novum pocket

Bálint Fogarasi Éva

A BETELJESÜLETLEN KERESZTÉNYSÉG

Csodák és Istenélmények – Hit és tudomány

Minden jog fenntartva, beleértve a mű film, rádió és televízió, fotómechanikai kiadását, hanghordozón és elektronikus adathordozón való forgalmazását, valamint kivonat megjelentetését, illetve az utánnyomását is.

Nyomtatva az Európai Unióban környezetbarát, klór- és savmentes, fehérített papírra.

© 2017 novum publishing

ISBN 978-3-99010-838-3
Borítókép:
© Ratina Thongteeka | Dreamstime
Borító, tördelés & nyomda: novum publishing
Illusztráció: Bálint Fogarasi Éva

www.novumpublishing.hu

TARTALOMJEGYZÉK

Bevezetés 9
Váratlan látogató 9
Atomrészecskék 14
„Mi az igazság?" 19
A világegyetem rendjéről Jézus szerint 23
Bilokáció és testen kívüli élmények 33
Csak palást a földi testünk 38
Mit mesélnek azok, akik a túlvilágon jártak? 56
Halálközeli élmények (HKÉ) 74
Az ember 83
Mit mondott Jézus a teremtésről? 93
Ismerd meg, ki vagy, és honnan jöttél 103
„Csimpánz agyunk" hozza létre
és tárolja gondolatainkat? 109
Isten – a fény, és minden rezgés létrehozója 128
Forgó fénykorong az égen 145
Napcsoda Fatimában 145
A tudásra vágyó Éva 154
Az istenek sokasága 158
„Kinek mondanak engem az emberek?" 169
Meghalt-e Jézus a kereszfán? 187
A beteljesületlen kereszténység 207
Az ősegyház 209
A reformáció kora 221
Modern idők 226
Befejezés 232
Égi lények és angyalok 232
Irodalom – Referencia 241

Ez a könyv a szerző 2015-ben kiadott svéd,
Den ofullbordade kristendomen
című könyvének a magyar változata

GONDOLATOK A LÁTHATÓ ÉS LÁTHATATLAN VILÁGRÓL

BEVEZETÉS

VÁRATLAN LÁTOGATÓ

Egy késő őszi délután lányaim, Kinga és Réka élénk játékkal töltötték az időt. A gyermekszoba és a nappali közt rohangáltak a beüvegezett erkélyen át. Izgatott nevetésük és kiabálásuk kihallatszott a konyhába, ahol a vacsorát készítettem. Kevés idő elteltével hirtelen nagy csend lett odabent. Aggódva siettem a szobába, arra gondolva, hogy valamelyik gyermek megütötte magát.

Két, csendben térdeplő, kicsit megszeppent gyereket találtam odabent. „Láttuk Jézust" – szólalt meg elsőnek Réka. „Benézett, mosolygott és azonnal eltűnt." „Először én láttam, aztán Réka is" – tette hozzá Kinga.

Egyéb részletet nem tudtak mondani. Többszöri kikérdezésemkor ugyanazt az egyszerű, gyermeki, magától érthető választ kaptam a történtekről.

Jómagam azonnal boncolgatni kezdtem a lehetőséget, hogy valaki valóban benézhetett-e az emeleti balkonablakon. Kénytelen voltam belátni, hogy ez kizárt, mivel a beüvegezett balkonszoba házunk emeleti, udvar felé néző részén van. A kapu állandó jelleggel be volt kulcsolva, ezért tudtam, hogy senki nem mászhatott fel, nem nézhetett be és főleg nem tűnhetett el azonnal ott és akkor. Az is kizárt, hogy a gyerekek fantáziáltak vagy képzelődtek volna arról, hogy Jézus benézett az emeleti ablakon, mivel a látomás vad rohangálás közben történt.

A lányok különleges élményéről szerettem volna családunk többi tagjával és néhány baráttal beszélni, azonban mindannyian kételkedő megjegyzéseket téve, zavartan nevettek. „Ugyan már, ez lehetetlen" megjegyzéssel hárították el a témát. Hozzáállásuk nem lepett meg, mivel tudtam, hogy a kommunizmus materialista hit- és világszemlélete erősen befolyásolta az egész társadalmat, és azon belül a legtöbb ember egyéni gondolkodását. Úgy tűnt, a többség könnyen elfogadta és hitte Marx tanait, amely szerint „Isten nem létezik, a vallás csak ópium a népnek". Különösen Ceausescu, a diktátor idejében számos tilalommal gátolták meg a vallásgyakorlást. Azon kívül, hogy tanárok és vezető állásban levő személyek nem vehettek részt egyházi szertartásokon, vallásos tartalmú irodalom terjesztése sem volt megengedve, főleg magyar nyelven. „Lelki táplálékot" Mirjam nővértől kaptam, aki a Temesvári Iskolanővérek zárda megszüntetése után folytatta a nem hivatalos, „civil apáca" életét.

Lányaim még ma is, harmincöt évvel a „látomás" után ugyanazzokkal a szavakkal írják le gyermekkori élményüket, amint azt tették négy, illetve ötéves korukban. „Jézus benézett, mosolygott, és hamar eltűnt" egy olyan játék közben, amely akár sérüléssel is végződhetett volna.

Abban az időben nem sejtettem, hogy lányaim élménye, saját istenélményeim, valamint Jézus Krisztus csodái megértéséhez szükséges ismereteket Svédországban, a lundi Teológiai Egyetemen, valamint később atomfizikáról szóló könyvek böngészése által fogom megszerezni.

Teológiai tanulmányaim, valamint később, lelkészi szolgálatom alatt megértettem, hogy csodáknak, természetfeletti jelenségeknek nincs helye az intézményesített keresztény egyházban, amely többnyire merev dogmák és tanok ismertetésével foglalkozik.

Az intézményesített kereszténység egy könyv, a Bibliában megfogalmazott történéseken, nem pedig a személyes megtapasztalásból való hiten alapszik. Részbeli kivétel e tekintetben a katolikus egyház, ahol a csodákban való hit természetes tartozéka a vallásnak.

Luther Márton és Kálvin János sajnálatos módon megfosztotta a protestáns keresztényeket az istenélményekben való hittől. Tanításaik szerint csak az Ige (a Biblia) és az igehirdetésre alapozott hit az igazi.

Bultmann Rudolf (1884–1976) német teológus, aki a bibliai csodákat többnyire mitológiai elbeszéléseknek tartotta, eldöntötte, hogy „demitologizálja" a kereszténységet. Azt hirdette, hogy a Bibliában leírt csodákat nem kell Isten valóságos tettének tekintenünk, mivel azoknak csak szimbolikus jelentőségük van. Nézete szerint a Világegyetem sérthetetlen és szigorú törvények szerint működik, amelyben csodáknak és természetfölötti jelenéseknek nincs helye. Bultmann szerint a csodákban való hit összeférhetetlen a Világmindenségről alkotott modern ember felfogásával.

Bultmann „felszabadító" teológiáját örömmel fogadták, legfőképpen a skandináv protestáns egyházi körökben, ahol manapság egyáltalán nem illik a papoknak Jézus csodáiról mint valóságos, megtörtént eseményről prédikálni.

Miközben Bultmann és számos más teológus hitt a Világegyetem szigorú törvényeiben, elutasítva minden természetfeletti jelenséget, számos neves tudós, mint például Max Planck, Niels Bohr és Albert Einstein, arra a következtetésre jutott, hogy az Univerzum titkait sokkal nehezebb kifürkészni és megérteni, amint azt korábban gondolták. Szerintük lehetetlen teljes magyarázatot adni a látható és láthatatlan valóságról kizárólag a természetről, azaz a fizikai, anyagi világ törvényeiről megfogalmazott elméletek útján.

A mai ember többet foglalkozik létkérdésekkel, mint valaha, talán azért, mert olyan világban élünk, ahol létünk állandó bizonytalanságban és veszélyben van. Honnan jöttünk és hová megyünk, amikor földi életünk véget ér? Léteznek-e más dimenziók, ki és milyen az Isten, mennyiben igazak az egyházak által hirdetett dogmák és Szentírás-magyarázatok? Lehet-e az Ószövetséget „szent könyvnek" tekinteni annak ellenére, hogy olyan történeteket tartalmaz, amelyek szerint vallásvezetők, mint például Mózes és Dávid király, népirtásra és Isten nevében indított háborúra buzdítják a zsidó népet? Lehet-e Isten szerető és irgalmas és ugyanakkor kegyetlen és megtorló, amint azt az ótestamentumi írások leírják? Ha Jézus megváltotta a világot, miért kell visszajönnie, ítélni eleveneket és holtakat? Valóban szüksége volt Istennek egy véres áldozatra ahhoz, hogy meg tudja bocsájtani bűneinket? Lehet-e hinni a természetfeletti jelenségekben? Összeegyeztethető-e a hit és a tudomány? Ezeket a kérdéseket vetem fel és boncolgatom e könyvben.

Sem tudós, sem teológus nem tud végleges és biztos választ adni az emberi lét, a csodák és természetfölötti jelenségek, azaz a Világmindenség látható és láthatatlan dimenziójával kapcsolatos kérdésekre. Ezért e könyvben is csak gondolatok, és nem pedig hitbéli tanok vagy dogmák vannak megfogalmazva.

ATOMRÉSZECSKÉK

Számos tudós az ókortól máig, Albert Einsteinnel és más atomfizikussal az élen kutatta és vitatta világunk anyagának, az atomnak titkát.

1920-ban megépült Schweiz-ban az atomrészecske kutatóintézetét (CERN), ahol még ma is több ezer ember azon dolgozik, hogy megtalálja, jobban mondva megpillantsa az anyag, az atom legkisebb részecskéjét. Óriási sebességgel ütköztetnek atomokat azzal a reménnyel, hogy az anyag legtitokzatosabb részét megismerjék. A tudósok szerint az a bizonyos titokzatos atomrészecske választ tud adni az Univerzum és az élet eredetével kapcsolatos kérdésekre. Azokat a részecskéket, amelyeket bonyolult számítások vagy kísérletek révén már felfedeztek, nevezik protonnak, mezonnak, barionnak, kvarknak, fotonnak, Higg-részecskének, de még „Isten részecskéjének" is.

Mi is a kvark és a foton, egyáltalán mindaz, amit „Isten részecskéjének" is neveznek? **Paul Davies,** ismert amerikai atomfizikus elmondja az *Isten és az új fizika* című könyvében, hogy ezek *„strukturálatlan elemi részecskék",* amelyeknek valószínűleg nincs is anyagi magjuk, és valójában *„soha nem jelennek meg, nem mutatják meg magukat",* tehát láthatatlanok.

Paul Davies leírása szerint a tudósok által hajszolt atomrészecskéket alig lehet anyagnak nevezni. Helyesebb lenne őket matematikai absztrakcióknak, vagy egyszerűen láthatatlan „szellemfiguráknak" tekinteni. Ez lenne tehát a Világmindenség és az általunk megélt valóság alapanyaga? Az anyag, azaz az atom titkát már az ókorban is megkísérelték kifürkészni. Négyszáz évvel Krisztus születése előtt görög filozófusok és tudósok az atom oszthatatlan jellegéről beszéltek, és az Univerzum legkisebb építőelemének tekintették azt. Később kiderült, hogy felfogásuk téves volt.

A kutatók újabb elméletet kezdtek hirdetni, amely szerint az atom osztható. Híres fizikusok, kutatásaikra hivatkozva állították, hogy az atommag körül szabályos pályán keringenek az elektronok és protonok.

Amint 1920-ban megépült Schweiz-ban az atomrészecske-kutató intézet, kiderült, hogy ez az elmélet is téves volt.

A legújabb elmélet az, hogy egyáltalán nem lehet szabályos és rendezett atomstruktúráról beszélni, mivel az *atom világa sötét és kaotikus*.

Számos atomfizikus elismeri, hogy az atomrészecskék rendezetlen világa nem engedi magát megismerni. Annak ellenére azonban, hogy titokzatos és láthatatlan részecskékről beszélnek a tudósok, felröppen időnként a hír, hogy a schweizi kutatóintézetben talán sikerült, ha csak egy pillanatra is, egy újabb részecskét, a legtitokzatosabbat, megpillantani. Higg-részecskének nevezik azt, ami maga Higg professzor szerint sem biztos, hogy valóságos anyagrészecske, hanem csak egy energiatér. Pezsgőbontással és ujjongással ünnepelték meg ennek a „valaminek" – legyen az valóságos részecske vagy energiatér – a megpillantását. Annak ellenére, hogy ez a részecske „bujdosik", és nem hajlandó magát állandó jelleggel láthatóvá tenni, Higg professzort Nobel-díjjal tüntettek ki. Ezt a díjat azonban kénytelen volt egy másik atomfizikussal megosztani, aki azt állította, hogy ő már rég megmondta, hogy egy ilyen „bujdosó valaminek" léteznie kell.

Higg professzor hiszi, hogy ő már ismeri az Univerzum létrejöttének, az ősrobbanásnak (BIG BANG-nek) a titkát. Az a kérdés azonban, hogy a Földön élő több milliárd ember, akinek nincs lehetősége a titokzatos atomvilágba bepillantania, tud-e a Nobel-díjas kutatók állításaiban hinni? Hisz oly sokszor bebizonyosodott, hogy időnként még a kutató atomfizikusok is téves utakon járnak!

A legtöbb atomfizikus és űrkutató elismeri, hogy a Világmindenségről szerzett ismeretük erősen hiányos. „Sötét" anyagnak nevezik a Világegyetemnek azt a 95%-át, amely teljesen ismeretlen számukra. Számos tudós beismeri, hogy az Univerzum és az észlelt természet törvényeinek megismeréséhez nem elegendő csupán a racionális gondolkodás és az absztrakt matematikai számítgatás és feltételezés.

Gary Zukav fizikus írja a *Wu-Li táncoló mesterek* című könyvében, hogy *„Az egyetlen dolog, amit tudunk az, hogy amit ma gondolunk, a múlté lesz holnap"* (Gary Zukav: Dancing Wu-Li Masters, 33. oldal).

Gary Zukav és más fizikus *kvantumnak* tekintik az atomrészecskéket. A kvantum nem más, mint valaminek a mennyisége, azonban hogy mi is ez a „valami", csak találgatni lehet.

A tudomány hiányossága és korlátai elővigyázatosságra és alázatra intik a kutatókat. Egyre többen beszélnek láthatatlan dimenziók létezéséről és állítják, hogy az anyag tulajdonképpen nem valóságos anyag. „Szellemanyagról" beszélnek, és egyesek úgy gondolják, hogy a hol megjelenő, hol eltűnő atomrészecskék sorsáról és viselkedéséről egy láthatatlan világban, akár egy másik dimenzióban vagy „egy másik galaxison" döntenek. (Paul Davis)

Az atomrészecskék titokzatos, számunkra még ismeretlen tulajdonságait lehetne akár „természetfeletti" jelenségeknek nevezni.

Számos atomkutató ugyanis arra a következtetésre jutott, hogy mindaz, amit természetfelettinek vagy természetellenesnek tartunk, meglehet, hogy nem más, mint a valóság ismeretlen része. Olyan jelenségek, mint a telepátia, a bilokáció (egyidejűleg két helyen lenni) és Jézus csodái, amelyeket természetfelettinek nevezünk, igazából meglehet, hogy nem más, mint egy számunkra ismeretlen dimenziónak a megnyilvánulásai.

Az újtestamentumi evangéliumok, valamint az úgynevezett gnosztikus írások arról tanúskodnak, hogy Jézus beszélt a mai kutatók számára még nem ismert Világmindenség titkairól. Tudását nem atomrészecske-kutatóintézetben szerezte, hanem magával hozta abból a világból, ahonnan jött.

Az írásokból kiderül, hogy Jézus többször elmondja, hogy ő nem ebből a világból való. Eljövetele célja az, hogy tudást – görögül *gnózist* közvetítsen nekünk, földi embereknek a láthatatlan, ismeretlen szférákról, dimenziókról.

A zsidóknak ezt mondta: *„Ti alulról valók vagytok, én pedig felülről való vagyok; ti ebből a világból valók vagytok, én nem ebből a világból való vagyok." (János 8:23)*

A Pilátus és Jézus közötti párbeszédből is kiderül, hogy Jézus „más világból" jött bolygónkra.

„Ismét bement Pilátus a várba, szólította Jézust, és ezt mondta neki: „Te vagy a zsidók királya?"

Jézus így felelt: „Magadtól mondod ezt, vagy mások mondták ezt neked rólam?"

Pilátus így felelt: „Hát zsidó vagyok én? A te néped és a papi fejedelmek adtak téged a kezembe. Mit tettél?"

Felelt Jézus: „Az én országom nem ebből a világból való. Ha ebből a világból való volna az én országom, a szolgáim harcolnának, hogy ne jussak a zsidók kezére. Ámde az én országom nem innen való... Én azért születtem és azért jöttem e világba, hogy bizonyságot tegyek az igazságról."

Pilátus ennyit mondott: **„Mi az igazság?"**

(János 18: 33–38)

„MI AZ IGAZSÁG?"

„*Az én országom nem ebből a világból való*", mondta Jézus Pilátusnak, tanítványainak és a zsidóknak. Isten országáról beszél, és különös módon a látható világ legapróbb „részecskéjét" használja fel hasonlataiban, amikor ezt a számunkra még láthatatlan „országot" próbálja érthetővé tenni.

„*Hasonló a mennyek országa a kovászhoz, amelyet vett egy asszony és belekevert három mérce lisztbe, mire az egész megkelt*", mondta Jézus Máté 13:33 evangéliuma szerint.

„*Hasonló a mennyek országa a mustármaghoz, amelyet az ember elvet a földbe.*

Kisebb ez minden magnál a világon. De mikor felnő, minden veteménynél nagyobb fává lesz, úgy hogy eljönnek az égi madarak és fészket raknak ágain." *Máté 13:31-32*

Az észak-egyiptomi Nag Hammadi település közelében talált ősi írásokból kiderült, hogy Jézus a Világegyetem titkairól való részletes tudást – gnózist csak a legközelebbi tanítványainak adta át. A tömegnek nem beszélt ezekről a dolgokról, hanem példabeszédek által próbálta őket tanítani.

Az újtestamentumi írások nem tartalmazzák Jézus és a legközelebbi tanítványainak a Világmindenségről szóló párbeszédeit. Mivel Márk és Lukács nem tartoztak a legközelebbi tanítványi körbe, sőt egyáltalán nem volt alkalmuk Jézussal személyesen találkozni, nem ismerték ezeket a tanításokat. Ők Pál apostol tanítványai voltak, és csak szóhagyomány által terjesztett elbeszélésekből, vagy mások által lejegyzett információból értesültek Jézus beszédeiről és cselekedeteiről. Teológusok vitatják, hogy Máté közvetlen tanítványa volt-e a Mesternek, vagy ő is csak később csatlakozott-e a Jézust követők köréhez.

Jakab titkos írása szerint Jézus keresztre feszítése után összegyűltek legközelebbi tanítványai, hogy felidézzék és leírják mindazt, amit a Mester mondott nekik:

„A tizenkét tanítvány összegyűlt, hogy felidézze és könyvbe gyűjtse mindazt, amit a Megváltó titokban, külön-külön a tanítványoknak mondott és mindazt, amit nyilvánosan hirdetett. Jómagam azt írtam le, ami a (könyvemben) van."

Különös története van az úgynevezett gnosztikus írásoknak, amelyek többek között Jézus közvetlen tanítványainak a lejegyzéseit is tartalmazzák, és amelyek 1500 éven át egy cserépedényben voltak elrejtve.

Muhammad Ali al-Samman és testvére sabakh-ot, egy sivatagi trágyafélét kerestek a felső egyiptomi Nag Hammadi város közelében. Miközben ástak e célból, egy nagy agyagedényre bukkantak. Arra gondolván, hogy aranyat tartalmaz az edény, széttörték azt, azonban csalódva állapították meg, hogy az edényben nem arany, hanem nagyon régi, rossz állapotban levő, bőrbe kötött papirusz könyvek voltak elrejtve.

Tűzgyújtásra szánták a fivérek e régi írásokat, így anyjuk hamarosan fel is használt néhányat e célra nem sejtve, hogy nagyon értékes és fontos írásokat dob a lángokba.

Néhány héttel később bűncselekményt követett el Muhammad Ali és testvére. Apjuk meggyilkolását bosszulták meg, amikor megölték Ahmed Ismailt, akinek levágták végtagjait, kiszakították és megették a szívét, így teljesítvén be a vérbosszút.

Tudták, hogy rendőrségi eljárás indul ellenük, ezért úgy döntöttek, hogy átadják megőrzésre a falu papjának az el nem égetett írásokat. Bizonyára értesültek közben arról, hogy jó pénzért el lehetne később adni ezeket. A pap és egy helybéli történelemtanár gyanította, hogy nagyon értékes dokumentumokhoz jutottak. Kairóba utaztak, és egy régiségkereskedőnek eladták a könyveket.

Hosszú és bonyodalmas kalandok után kutatók kezébe került végül az 52 gnosztikus írás, amelyeket teológusok és nyelvészek kopt nyelvről angolra, németre és franciára fordítottak le.

A kutatók szerint görög nyelvből lettek ezek az írások koptra fordítva. Legnagyobb részük körülbelül Krisztus után 150–200-as évekből származik, azonban a szövegkutatás arra mutat, hogy az eredeti szöveggyűjtemény egy része Jézus legközelebbi tanítványainak lejegyzéseit tartalmazza. Értékes és egyedi például *Jakab, Jézus mostohatestvérének írásai, János titkos írása, Fülöp evangéliuma, Jézus Krisztus bölcsessége, Párbeszéd a Megváltóval, Mária evangéliuma, Júdás evangéliuma* és még sok más, Nag Hammadi-ban megtalált írás.

Csak a kereszténység története tud választ adni arra a kérdésre, hogy miért voltak ezek az írások 1500 éven át elrejtve, és hogy miért nem került egyetlen egy sem közülük a Bibliába. Egyik fő ok az lehet, hogy az első századokban kialakuló hivatalos egyháznak nem volt érdekében Jézus legközelebbi tanítványainak lejegyzéseit terjeszteni. Egyházpolitikai okok miatt Pál apostol és ennek tanítványai, Márk és Lukács által megfogalmazott evangéliumokat, írásokat részesítették előnyben. Szigorú cenzúra és átdolgozás után fogadták el az újtestamentumi írásokat, ami abból is kiderül, hogy Máté, Lukács és Márk evangéliuma sok, szinte másolatszerűen hasonló anyagot tartalmaz.

Mindezeket számba véve megértjük, hogy mennyire fontos és értékes papírokra bukkant Muhammad Ali és testvére Nag Hammadi város közelében. Ezek az írások egész más képet tárnak elénk Jézusról és tanairól. Csak ezeknek az írásoknak a kutatásával és számbavételével ismerjük meg Jézust és tanait. A Nag Hammadi-ban talált könyveknek egy részét valószínűleg az úgynevezett gnosztikus keresztények használtak.

A gnoszticizmus nem volt egy önálló, szervezett kultikus vallás, mint például a judaizmus, hanem egy olyan ősegyházi irányzat volt, amely több tekintetben eltért az intézményesített keresztény egyháztól, amely riválisának tekintette a gnosztikusokat.

A *gnózis* tudást, tapasztalat által megszerzett ismeretet jelent a görög nyelvben. A gnosztikus keresztények szerint Istenről és a Világegyetemről való tudást csak a közvetlen megtapasztalás és megélés révén lehet elsajátítani. Ezt a gnózist, azaz tudást közvetlen Jézustól vagy annak legközelebbi tanítványainak írásaiból szerezték meg. Ez írások szerint Jézus nem azért jött el világunkba, hogy egy véres áldozat, a keresztre feszítés által mentse meg az emberiséget, hanem azért hogy gnózist – tudást – adjon át Istenről, a Világegyetem legfelsőbb Lényéről, az Egyről. A gnosztikusok szerint a Világmindenség Urának nincs szüksége véres áldozatra. Krisztus keresztre feszítéséért egy másik, alacsonyabb rendű hatalom a felelős, amit maga Jézus démonnak, a „világ urának", azaz egy alacsonyabb szféra urának nevezett.

A VILÁGEGYETEM RENDJÉRŐL JÉZUS SZERINT

Jézus célja az volt, hogy megváltoztassa a zsidó nép téves felfogását Istenről. Vitatkozott és hadakozott a farizeusokkal és a zsidó írástudókkal az ószövetségi istenképről, amely szerint a Mindenség Ura, akit Jahve, Sebaoth, El Elohimnak vagy Adonainak neveznek, emberekhez hasonlóan időnként oly szigorú és haragos, hogy népeket, beleértve kiválasztott népét, Izraelt is, háborúk és pusztítások által büntet. Jézus szerette volna meggyőzni a zsidó vallásvezetőket arról, hogy a Világmindenség Egyetlen Urának, aki csupa Fény és Szeretet, nincsenek ilyen negatív, félelmetes tulajdonságai.

A *Jézus Krisztus bölcsessége* című gnosztikus írás szerint a következőket mondta Istenről Jézus tanítványainak:

„A halálból való feltámadása után a tizenkét tanítvány és a hét nő továbbra is követői voltak. Galileába mentek a Jövendölés és Öröm hegyre.

Amikor összegyűltek, összezavarodtak, mivel nem értették a Világegyetem valóságos természetét, a megváltás módját, az isteni gondviselést, és a hatalmak erejét – egyáltalán mindazt, amit a Megváltó velük tett a megváltás céljából.

Ekkor megjelent nekik a Megváltó – nem az általuk ismert alakjában, hanem mint egy szellem-lény, mint a fény angyala, amelyet képtelenség leírni...

Ezt mondta nekik: „Béke legyen veletek. Az én békémet adom nektek!"

Elcsodálkoztak és megrémültek.

A Megváltó nevetett és azt mondta nekik: „Mire gondoltok? Zavarban vagytok? Mit szeretnétek megtudni?"

Fülöp azt mondta: „A Világegyetem valóságát és a megváltás tervét."

A Megváltó azt mondta: „Azt akarom, hogy tudjátok, hogy minden ember a földön, a világ kezdetétől mostanáig porból van. Habár kutatnak Isten után, hogy ki Ő és miként néz ki, nem találták még meg Őt. A legbölcsebb emberek elmélkedtek a Világegyetem alapjairól és működéséről, de találgatásaik nem fedik az igazságot. A filozófusok nem értenek egyet egymással, mivel három különböző véleményen vannak a Világegyetem rendjével kapcsolatosan. Egyesek azt mondják, a világ önmagát irányítja, mások szerint az isteni gondviselés uralkodik mindenek fölött, mások pedig a sorsot tekintik irányítónak.

E három vélemény közül egyik sem közelíti meg az igazságot. Mindez csak emberi okoskodás.

Én a végtelen fényből jöttem, és pontosan el tudom nektek mondani, mi az igazság.

Máté azt mondta neki: „Uram, senki sem képes megtalálni az igazságot, kivéve általad. Ezért taníts minket az igazságra." (Jézus Krisztus Bölcsessége, 90,14...)

A Megváltó így szólt: **„Az Egy, Aki Van, leírhatatlan.** A világ kezdetétől mostanáig nem ismerte Őt semmilyen erő vagy hatalom, semmilyen teremtmény vagy a természetben létező. Csak Ő, Aki Van, és az, akit Ő kiválaszt, ad kinyilatkoztatást az Első Fény által. Mostantól kezdve én vagyok a hatalmas Megváltó.

Az Egy (Isten), Aki Van
halhatatlan és örök; mivel örök, nem született,
mert aki megszületik, meghal.
Ő nem-nemzett, nincs kezdete;
akinek kezdete van, annak vége is van;
Az Egy (Isten) fölött nem uralkodik senki,
neki nincs neve,
mert akinek neve van, az valaki mástól jött;
Ő megnevezhetetlen, nincs emberi alakja,
mert akinek emberi alakja van, azt valaki létrehozta.
Az Egynek, Aki Van, saját fénymegjelenése van,
nem olyan, mint, amit láttatok vagy megkaptatok,
hanem egy más megjelenés, amely fölülmúl mindent,
és felsőbbrendű, mint a Világmindenség.
Az Egy végtelen,
felfoghatatlan,
és örökké megsemmisíthetetlen.
Semmihez nem hasonlítható,
változatlanul jó,
hibátlan,
örök,
áldott,
ismeretlen,
aki azonban ismeri önmagát.
Az Egy (Isten) mérhetetlen,
követhetetlen,
tökéletes, hiányosság nélküli.
Az Egy
áldott,
elpusztíthatatlan,
a Mindenség Atyjának hívják."
(Jézus Krisztus Bölcsessége 93, 24...)

Nehezen értik a tanítványok mindazt, amit Jézus mond az Egyről (Istenről), Aki Van.

Különös az a történet, amit Jézus világunkba való eljöveteléről mondott egyes gnosztikus írások szerint. Azt mesélte tanítványainak, hogy több Világegyetemen, illetve szférán kellett átjutnia a Föld felé utazása közben; kénytelen volt különböző alakot felvenni, mivel tudta, hogy Yaldabaoth, a fő arkon/démon el akarta őt fogni, bizonyára azért, hogy ne jusson el az emberiséghez. Arról is tesz említést, hogy előzőleg már kétszer járt Földünkön.

Jézus tudja, hogy nem elég csak szóban beszélni a számunkra láthatatlan világ rejtélyeiről, hanem fontos a saját megtapasztalás is. Ezért olyan dolgokat cselekszik, amelyek fölfedik természetfeletti, földöntúli mivoltát.

Jakabnak, Jézus mostohatestvérének és Jánosnak, a tanítványnak különös élményben volt részük, amikor Jézushoz testközelbe kerültek. Azt érezték, hogy Jézus teste egyik pillanatban kemény, mint a kő, majd teljesen puha. Annak ellenére, hogy tudták, hogy a Mester csak földi palástnak tekintette fizikai testét, János és Jakab elcsodálkoztak a furcsa jelenségen.

A *János cselekedetei* című írás szerint így mesélt erről maga János:

"Amikor az asztalnál ültünk, hagyta, hogy mellére hajtsam fejemet. És egyszer puhának, máskor pedig kőkeménynek éreztem a mellkasát, így azon tűnődtem, hogyan lehetséges ez? ...

Egy más alkalommal magával vitt engem, Jakabot és Pétert arra a hegyre, ahol imádkozni szokott. Körülötte egy olyan fényt láttunk, amit egyszerű emberi szavakkal lehetetlen leírni.

Felvitt hármunkat a hegyre és ezt mondta:

"Gyertek velem!" Vele mentünk és távolról néztük, amint imádkozik. Mivel szeretett engem, elővigyázatosan közelebb mentem, de úgy, hogy ne lásson. Ott álltam, és hátból figyeltem őt. Ruha (test) nélkül láttam őt, mint akinek egyáltalán nem emberi formája volt. Lábai fehérebbek voltak a hónál, olyanynyira, hogy még a földet is megfényesítették, a feje pedig az égbe nyúlt. Megijedtem és kiáltottam. Amikor azonban ő felém fordult, olyan volt, mint egy kicsi ember; és meghúzta a szakállam és azt mondta: „János, ne kételkedj, hanem higgy. És ne légy olyan kíváncsi."

És én mondtam neki: „Uram, mit tettem én?" És megmondom nektek, testvéreim, hogy harminc napig fájdalmat éreztem azon a helyen, ahol a szakállamat meghúzta. Mondtam is neki: „Uram, ha az a kevés kis szakállrángatás, amit viccből tettél velem, oly fájdalmas volt, mit éreztem volna, ha megütöttél volna?!" És ő azt mondta: „A jövőben ne kísértsd meg azt, akit nem lehet megkísérteni."

Elmondok nektek, testvéreim, egy másik furcsaságot. Amikor meg akartam érinteni, egy kemény testet éreztem. Időnként azonban, amikor megérintettem testét, anyagtalan volt, mint egy angyalé, mintha egyáltalán nem is létezett volna." (János cselekedetei)

A Jakab második kinyilatkoztatása című gnosztikus írásban is olvashatunk erről a furcsa jelenségről. Ezen írás szerint maga Jakab, Jézus mostohafivére mondja el, hogy Jézus eljött hozzá és azt mondta:

„Figyelj, mindent megmutatok neked. Értsd meg és ismerd meg ezeket a dolgokat, hogy te is el tudjad hagyni a tested és olyanná válj, mint én. Figyelj, megmutatom neked mindazt, ami el van fedve. Nyújtsd ki a kezed és ölelj meg."

Azonnal kinyújtottam a kezem, de nem olyannak éreztem őt, amilyennek gondoltam. Aztán ezt mondta: „Ölelj át és értsd meg.' Akkor megértettem és megijedtem, de ugyanakkor nagy örömöt is éreztem. (Jakab második kinyilatkoztatása: 56,14 ... 57,119)

„Lehetetlen! Ellentmond a természet törvényeinek!", vélik a kétkedők, nem gondolva arra, hogy a fizikai valóságban a legtöbb anyag külső hatás révén átalakulhat és formát változtathat. Gondoljunk például a vízre, amely az emberi testnek körülbelül 70%-át alkotja. Nulla fok alatt „jég-kemény", nulla fok fölött folyékony, magas fokú energia hatására pára lesz. Mindez azért lehetséges, mert a víz atomrészecskéinek belső frekvenciája és állapota külső hatások révén megváltozik.

Elképzelhető az, hogy Jézus Krisztus, aki ismerte a Világegyetem számunkra láthatatlan belső törvényeit, meg tudta változtatni az anyag, azaz saját teste atomrészecskéinek frekvenciáját és rezgéseit és ezáltal „alakot" változtatott.

2000 éve vitatják teológusok és tudósok Jézus kettős természetének titkát. Az a kérdés, hogy csak fizikai, „test ember" volt-e ő, vagy annál több, számos vitát idézett elő, és a korai keresztény egyházak szakadását okozta.

Ma, amikor a részecskekutatók elismerik, hogy a Világmindenség és a körülöttünk lévő valóságnak körülbelül 95%-a ismeretlen, ideje lenne Krisztusról való felfogásunkat újra fogalmazni. Ez azonban csak újabb kutatások, főleg az elrejtett gnosztikus írások megismerése által lehetséges, mivel ezekből tudhatjuk meg azt, hogy mit mondott Jézus a Világmindenség titkairól és arról, hogy ki ő, és honnan jött.

Meglehet, hogy Jézus Krisztus kettős természete, valamint természetfeletti képességei valójában nem „természetfeletti" jelenségek, hanem csak számunkra még ismeretlen tulajdonságai a láthatatlan és látható valóságnak. Különösen a keresztre feszítés után volt az őt követőknek alkalmuk Jézus Krisztus kettős természetét megtapasztalni.

Mária Magdolna, aki hűséges követője volt a Mesternek, a keresztre feszítés után megtapasztalja Jézus különböző „alakban" való megjelenését. Az evangéliumok szerint az üres sírnál egy égi lény jelent meg neki, és szólt hozzá. Először zavarban volt Mária és azt hitte, hogy a kertésszel beszél, de Jézus felfedte neki magát, aztán hirtelen eltűnt. Ugyanaznap a többi tanítványnak is lehetősége volt megtapasztalni azt, hogy Jézus, időt és tért legyőzve, hirtelen, váratlanul meg tudott jelenni.

„Aznap estefelé a hét első napján, összegyűltek a tanítványok zárt ajtók mögött, a zsidóktól való félelem miatt. Ekkor eljött Jézus, megállott a középen és így szól nekik: „Békesség nektek!..."

„Békesség nektek!", ismételte meg Jézus. „Amint engem elküldött az Atya, én is elküldelek titeket."

És ezt mondván rájuk lehelt, és így szólt: „Vegyetek Szentlelket!" (Az író megjegyzése: Jézus szóhasználata szerint „Szent Szellemet!)

(János evangéliuma 20:19...)

Igaz lehet-e az, hogy Jézus zárt ajtón át is tudott „közlekedni" és ha igen, akkor milyen, számunkra még ismeretlen törvényen alapszik e képessége?

Biztos választ a kérdésre nehéz adni, hiszen még az atomfizikusok sem tudják az anyag és a valóság minden titkát megmagyarázni. Arról azonban, hogy a zárt ajtókon keresztül való mozgás lehetséges, számos testen kívüli élménybeszámoló tanúskodik. Azok az emberek, akiknek elhunyt kedves hozzátartozója váratlanul, zárt ajtók ellenére megjelent, nem tudják a jelenséget megmagyarázni, csak elmondani. Ugyanez történik azon személyek esetében is, akik halálközeli állapotból visszatérve elmondják, hogy miközben testen kívül voltak, falon és zárt ajtón keresztül tudtak mozogni.

Balogh Béla, *A végső valóság* című könyv szerzője, a következőképen ír erről:

"A megkérdezettek közül, akiknek halálközeli élményben volt részük, sokan arról számoltak be, hogy a »túloldalon« egészen másképp telt az idő. Nem volt valóságos, de valahogy mégis az volt. Ez visszavezet bennünket **a tér és idő kérdéséhez**, *ami Einstein óta a fizika legnagyobb rejtélye...*

Einstein maga arra a következtetésre jutott, **hogy az idő csupán illúzió***. Szerinte a tér nem választható külön az időtől. Ezek olyan egységet képeznek, amit téridőnek nevezünk. Ha az idő illúzió, akkor viszont* **a tér és a téridő is az.**" (Balogh, 89–91 oldal)

Dióhéjban tehát ez lenne **Einstein téridő relativitásáról szóló tétele**. Hasonló gondolatot fogalmazott meg Jézus is majdnem kétezer évvel Einstein előtt, amikor a következőket mondta tanítványainak:

"Ha megértitek, hogy a világ mennyi ideje létezett már előttetek, és mennyi ideig fog létezni utánatok, úgy fogjátok találni, hogy életetek egyetlen nap csupán, és szenvedéseitek mindössze egy órát tesznek ki." (Jakab titkos könyve 4,22–6,21)

Különös, hogy Einstein, a híres atomfizikus, nem hitte azt, hogy csupán logikus gondolkodás és matematikai számítások által meg lehet ismerni a valóságot. Szerinte a megtapasztalás által szerzett ismeretek megbízhatóbb tudást adnak, mint a logika által felépített feltételezések. Ő volt egyike azoknak az atomfizikusoknak, akiknek szembesülnie kellett azzal a szomorú ténnyel, hogy többen tudós elődjeik közül téves tételeket fogalmaztak meg az anyagról és a világ egyéb titkairól.

„Tiszta, logikus gondolkodás nem vezethet az empirikus világról szóló tudáshoz." – írja Einstein a The World as I See It (Ahogy én látom a világot) című könyvében. „A valósággal kapcsolatos minden ismeret a tapasztalattal kezdődik, és a tapasztalattal végződik. Azok a következtetések, amelyek a tiszta logikus gondolkodás eredményei, nem tartalmaznak semmit a valóságból." (Balog Béla könyvéből átvett idézett, 107. oldal)

A látható és láthatatlan világ titkait nehéz csak értelmünkkel kifürkészni, különösen akkor, ha váratlan, számunkra érthetetlen dolgok történnek velünk. Erről számolnak be mindazok, akiknek valamilyen „természetfeletti" élményben volt részük. Mint lelkész, többször volt alkalmam olyan emberekkel találkozni, akik elmondták, hogy egy elhunyt kedves hozzátartozójuk megjelent szobájukban, nem álomban, hanem „valóságban". Mások halálközeli és testenkívüli élményről meséltek.

Az ismeretlen, más dimenzióval való szembesülés megrendítő, és sokak számára szinte félelemkeltő az első megtapasztaláskor. „Megőrültem? Tudathasadás? Mi erre a magyarázat?", és ehhez hasonló kérdések merülnek fel a megtapasztalóban. Hasonló a Jézusról szóló történetekkel kapcsolatos kételkedés. Szeretnénk például logikus választ kapni arra, hogy valóban tudott-e zárt ajtón keresztül megjelenni, és ha igen, akkor milyen fizikai törvények alapján történhetett meg az?

A modern atomfizika-kutatás szerint lehetne azt mondani, hogy Jézus „teleportálódott" (latinul tele = távoli; porta = visz, mozog), azaz egyik dimenzióból a másikba „utazott".

Az atomfizikusok kutatják ugyanis az atomrészecskék teleportálásának lehetőségét. Egyes tudósok arról beszélnek, hogy eljöhet az az idő, amikor nem repülővel utazunk New Yorkból Párizsba, hanem „teleportálódunk". Természetesen ez még csak fikció, képzelgés, azonban ne felejtsük el, hogy az űrben való repülés, vagy repülőgépen való utazás pár száz évvel ezelőtt elképzelhetetlen volt, ma azonban természetes valóság. Ugyanazt mondhatjuk a médiákkal kapcsolatosan. Száz évvel ezelőtt sejtelmünk sem volt arról, hogy eljön az az idő, amikor az amerikai elnököt, aki népéhez szól Washingtonban, élőben látni és hallani fogja távoli országokban élő több millió ember.

BILOKÁCIÓ ÉS TESTEN KÍVÜLI ÉLMÉNYEK

A legtöbb tudós nem hisz a „teleportálás" elméletében és abban sem, hogy Jézus zárt ajtók ellenére is megjelent és ugyanolyan titokzatos módon hirtelen, a semmibe, eltűnt. Abban sem hisznek, hogy Neri Szent Fülöp, Páduai Szent Antal, Ricci Szent Katalin, valamint a XIX. században élő Pio atya (1887-1968) **bilokációs** képességgel rendelkeztek.

A bilokáció latin eredetű szó és „két helyet" (bis = kettő(s), locatio = hely) jelent. Azokra vonatkoztatják ezt a kifejezést, akik, habár egy bizonyos helyen tartózkodnak, ugyanabban az időben más, egy távolban levő helyen is „megjelennek". Magyarázat erre a jelenségre az lehet, hogy a lélek egy időre kilép a fizikai testből, eltávolodik tőle és egy másik, nem fizikai, hanem egy éteri, illetve légies testet ölt. Ehhez hasonló dolog történhet azzal a személlyel is, aki egy súlyos betegség vagy egy baleset miatt elhagyja fizikai testét, amit aztán kívülről úgy szemlél, mint egy levetett „ruhát". Hamarosan eltávolodik attól, és egy sebes „űrutazás" után egy más dimenzióban - amit sokan Isten országának neveznek - találja magát, ahol érdekes élményekben van része.

A XIX. század legismertebb bilokációs esetei Pio atya nevéhez fűződnek. Számos bizonyíték, levelek, dokumentumok, rögzített telefonbeszélgetések tanúskodnak arról, hogy habár Pio atya 50 éven át szinte soha nem hagyta el a kolostort, látták őt Magyarországon, Uruguayban, Amerikában és más távoli helyeken. Maga Mindszenty bíboros arról számolt be, hogy Pio atya egyszer hirtelen meglátogatta őt a börtöncellában és beszélgetett vele. Mindenki tudta azonban, hogy Pio atya ebben az időben Olaszországban, a kolostorban tartózkodott, és hogy soha nem tett fizikai látogatást Magyarországon.

Pio atya, a karizmatikus szerzetes és pap, az olaszországi San Giovanni Rotondo kapucinus kolostorban élt és halt meg. Már korai papsága idején, 1903–1904 között megtapasztalta a látható stigmák, Krisztus sebeinek kevésbé feltűnő változatát.

A látható sebek eltűntek egy időre, de 1918 szeptemberében újra megjelentek testén. Pio atya szeretett volna titokban szenvedni, hisz a jelenség fájdalommal és mindennapi vérveszteséggel járt, de a stigmatizált szerzetes híre elkezdett terjedni a világban. Maga a katolikus egyház is szerette volna a jelenséget titokban tartani, attól tartva, hogy botrányt idéz elő ezzel az atya.

A pápa és a Vatikán kérésére több orvos megvizsgálta Pio atya soha nem gyógyuló sebeit. Az orvosok nem tudták tudományosan megállapítani, hogy mi okozhatta a sebeket, hogy miért nem fertőztek el azok az évek során, valamint azt sem, hogy miért áradt kellemes illat belőlük.

A stigmákon kívül Pio atya ismert volt gyógyító és tisztánlátása (médiumi) képességéről is. Mindent látott és tudott a gyónók életéről, problémáiról, és elhallgatott bűnökről.

Amikor megkérdezték Pio atyát, hogy miképpen tud két helyen egy időben lenni, azt válaszolta:

„Ha Krisztus meg tudta szaporítani a kenyeret és a halat, akkor miért ne tudna engem is megduplázni".

Dr. Sanguinetti kérdésére, hogy a bilokáció ideje alatt tudatában van-e az a személy, akivel a jelenség történik, így válaszolt Pio atya:

- „Igen... Egyik pillanatban még itt van, és a következő pillanatban, már ott, ahol Isten akarja, hogy legyen.
- De valóban egyszerre két helyen van?
- Igen.
- De hogyan lehetséges ez?
- A tudat kiterjedése által."

Pio atya szerzetes társai mesélték el, hogy egy házi koncert szünetében látták, hogy az atya hirtelen egy széknek támaszkodik, és legalább öt percen át mozdulatlanul, szinte lemeredve hallgat. Úgy gondolták, pihen, ezért nem szóltak hozzá. Másnap egyik lelkész társuk meglátogatott egy beteget, akinek a családja lelkesen mondta el, hogy Pio atya egy rövid látogatást tett náluk előző estén. Kiderült, hogy ez ugyanakkor történt, amikor Pio atya a koncert szünetben, a széknek támaszkodva máshol „járt".

Eusebio nevű szerzetes, aki Pio atya személyes ápolója volt, szeretett volna többet megtudni a bilokáció titkáról, ezért említést tett egy férfiről, aki Pio atya lelki gyermekei közé tartozott, és akit az atya meglátogatott anélkül, hogy elhagyta volna a kolostort.

- „Atya, ugye ismeri annak az embernek a házát Rómában?" - kérdezte a szerzetes.
- „Én?" - felelt Pio atya. - „Hát hogyan ismerném, amikor több éve nem voltam a kolostoron kívül?"
- „Jól van atyám, de ez az ember azt mondta, hogy Ön nála volt egyszer."
- „Az más" - mondta Pio atya. - „Amikor ilyesmi történik, csak a személyt látom és nem a környezetet." *(Ulrika Ljungman, 117. oldal)*

Pio Atya mindig tudatában volt annak, hogy mi történik egy bilokációs „utazás" közben. Ez például kiderül annak a rádióriporternek az esetéből is, akinek egyszer adás közben olyan súlyos fejfájása volt, hogy alig tudott dolgozni.

A fájdalommal küszködő riporternek különös élményben volt része, amikor hirtelen, megmagyarázhatatlanul Pio atya jelent meg a stúdióban. Kezét a férfi fejére téve meggyógyította fejfájását. A riporter nem értette, hogy mi is történt akkor és ott, hisz tudta, hogy az atya soha nem hagyta el a kolostort, tehát fizikailag nem lehetett nála, és különben is, pillanatok alatt el is tűnt a stúdióból. Ezért képzelődésnek vélte a riporter a jelenséget.

A férfi időnként el szokott látogatni Pio atya kolostorába, így egyik alkalommal úgy gondolta, elmondja az atyának a vele történt furcsa esetet. Meglepetésére Pio atya egyáltalán nem lepődött meg, hanem a férfi fejére téve kezét, mosolyogva megjegyezte: „Hát igen, ezek a hallucinációk!".

Pio atya bilokációs képességéről tanúskodik az az eset is, amikor XI. Pius pápa idejében a Szent Péter-bazilikában megtartott egyik ünnepélyes misén több ember, köztük egy pap és bíboros is, látta Pio atyát imádkozni. Amikor az egyik pap feléje ment azzal a szándékkal, hogy beszél vele, Pio atya hirtelen megmagyarázhatatlanul eltűnt. Jelentették az esetet a pápának, mivel mindannyian tudták, hogy abban az időben Pio atyának nem volt szabad elhagynia a kolostort. Kiderült, hogy a szerzetes nem szegte meg a szabályokat és nem hagyta el a kolostort, hanem a Szent Péter-bazilikában való jelenlétének más magyarázata volt.

Tizenhárom vagy tizennégy éves lehettem, amikor Pio atya megjelent egy hajnalban az ágyamnál. Körülbelül másfél méter magasságban, az ágyam fölött láttam őt, aki szeretetteljesen pár pillanatig rám nézett, mosolygott, és aztán eltűnt.

Elmondtam Édesanyámnak a különös „látomást", de ő nem értette, miről beszélek, hisz református hite szerint minden paranormális jelenség csak képzelődés. Mirjam nővér, az a katolikus apáca, akihez annak idején privát németórára jártam, tudta és megértette, hogy egy kiváltságos élményben volt részem, aminek én akkor, gyermeki fejjel nem tulajdonítottam nagy jelentőséget.

CSAK PALÁST A FÖLDI TESTÜNK

A gnosztikus írások szerint Jézus azt tanította tanítványainak, hogy testünk csak egy átmeneti földi palást, amelyben lelkünk, szellemünk, tudatunk és értelmünk egy ideig lakozik.

Jézus különbséget tett a szellem (görögül *pneuma*) és a lélek (görögül *pszükhé*) között. Beszélt a Szellemről, Szent Szellemről, Szeplőtelen Szellemről, Láthatatlan Szellemről, nem használta azonban a Szent Lélek fogalmat, mivel a lélek (pszükhé) alatt a földi testbe bezárt „szellemet" értette. Tanítása szerint a Szent Szellem nem más, mint az Egy Isten megjelenési „formája". A Szent Szellem benne van az egész teremtett világban, többek között az életadó női principiumban, akit Hawah-nak, azaz Évának nevezünk.

Sophia, a Bölcsesség istenanya is, aki egyedül akart valamit teremteni, az Istentől kapott szellemet lehelte be fiába, Yaldabaothba. Ez az isteni szellemet bíró démon, Yaldabaoth arkangyalainak segítségével emberi testet, palástot alkotott a föld porából, amibe „bezárta" az anyjától örökölt isteni szellemet. A durva, földi anyagból teremtett palástba „bezárt" szellem ráhangolódott az anyagi világ alacsonyabb rezgésű frekvenciákra, létrehozva az emberben lakó lelket (pszükhét).

Amikor a durva anyagi test elhasználódik és „meghal", akkor a lélek elhagyja földi lakóhelyét, és újra ráhangolódik a szellemvilág rezgéseire.

Azt lehet mondani, hogy a bennünk lakozó lélek kapocs a fizikai test és a szellemvilág közt. Az ember befolyásolja a benne lakozó lélek rezgéseinek állapotát. A pozitív, magasztos gondolatok és cselekedetek, mint például a szeretet, jóság, békesség, megemelik a lélekrezgés- frekvenciákat, amely által az könnyebben rá tud hangolódni a szellemvilág rezgés-frekvenciákra, aminek következtében az ember közelebb kerül Istenhez. A gonoszság, szeretetlenség és más negatív emberi tulajdonságok leépítik az emberi lelket, és alacsonyabb frekvenciára csökkentik annak rezgéseit, meggátolva ezáltal a spirituális fejlődést. Minél alacsonyabb rezgésfrekvenciára állítódik be a lélek, annál jobban eltávolodik a szellemvilágtól, Istentől, és „földhözragadtabbá" válik az ember.

Lelki állapotunk kihat a halál utáni életünkre is. Az anyagvilághoz való makacs ragaszkodás miatt a lélek is erősebb szálakkal kötődik az anyagszférához, amelytől nehezen tud elválni, így igaz lehet az a mondás, hogy „ki hogy él, úgy hal meg".

Jézus elmondja tanítványainak, hogy a földi lét alatt a testbe bezárt lélek (pszükhé) állandó jelleggel jó és rossz hatásoknak van kitéve, attól függően, hogy az ember jót vagy rosszat gondol, mond és cselekszik. Arról is beszél, hogy a testet és az ahhoz tartozó lelket meg lehet sebezni, de nem az örökkévalóság dimenziójához tartozó Szent Szellemet. Jézus szerint a Szent Szellem káromlása megbocsájthatatlan bűn.

Jakab titkos könyve szerint ezeket mondta Jézus a test, a lélek és a szellem kapcsolatáról:

„*A test nem bűnözik a lélek nélkül, amint a lélek sem tud megváltódni a szellem nélkül. Azonban ha a lélek és a szellem megszabadul, akkor a test is bűn nélküli lesz. A szellem megeleveníti a lelket, de a test megöli azt. A test saját magát pusztítja el.*" *(Jakab titkos könyve, 11,6–12,17)*

Sajnálatos módon a bibliaszerkesztők és -fordítók nem értették meg a lélek (pszükhé) és a szellem (pneuma) közti különbséget, és ezért összekeverték a fogalmakat, legfőképpen a magyar nyelvű Szentírásban, ahol Isten Szent Szellemét úgy az Ótestamentumban mint az evangéliumokban Szentléleknek nevezik. Ezáltal egyenrangúvá teszik Isten Szent Szellemét az emberbe bezárt lélekkel (pszükhével). Ez az antropomorf (emberarcú) istenkép a zsidó vallásra jellemző, és nem egyezik meg azzal az istenképpel, amit Jézus Krisztus akart hirdetni. Izrael Istene, az emberi lélekhez hasonlóan, haragszik, büntet, háborúra buzdít és szeretetét legtöbbször feltételekhez köti. Nem szeret minden népet egyformán, hanem csak a kiválasztott népét szereti féltőn. Nem ilyen azonban a Jézus által hirdetett Szent Szellem Isten, aki egy emelkedettebb világban csupa Fény és Szeretet.

Érdekes felfigyelni arra, hogy a teológusoktól eltérően az átlag magyar ember ráérez a fogalmak mögötti valóságra, amikor szellemjárásról beszél, ezáltal egy más dimenzió jelenlétét jelölve. A szellemi tevékenység szóhasználat is egy magasabb rendű világra utal, ahonnan gondolatokat és ihletet kaphat az ember.

Jézusnak a láthatatlan világról szóló beszédeit nem volt könnyű megérteni, főleg azért nem, mert **a zsidó vallás fő eleme nem a belső, lelki világ, hanem a**

törvény betartása, valamint a mindennapi véres áldozat volt. Hitük szerint egy állat vére, illetve elődjeik korában akár emberi vér, amellyel papjaik a jeruzsálemi templom oltárát fröcskölték, ki tudta engesztelni Izrael Urának haragját. A feláldozott állatok húsát megsütötték, és közösen elfogyasztották. Ezzel a konkrét fizikai, hús és vér áldozattal szemben nehéz volt Jézus elvont, szellemi, lelki dolgokról szóló beszédét megérteniük. Ezért Jézus kénytelen volt földi, fizikai hasonlatot használni, abban reménykedve, hogy megértik üzenetét. A bibliai evangéliumok szerint egy alkalommal azt mondta a zsidóknak és a tanítványainak:

„*Bizony, bizony, mondom nektek, ha nem eszitek az Ember Fia testét, és nem isszátok az ő vérét, nincsen élet tibennetek.*

Aki eszi az én testemet és issza az én véremet, örök élete van annak, és én feltámasztom azt az utolsó napon.

Mert az én testem igazi étel, és az én vérem igazi ital.

Aki eszi az én testemet és issza az én véremet, az énbennem marad, és én őbenne."

...

Ezeket mondta, amikor tanított a kapernaumi zsinagógában.

Sokan az ő tanítványai közül, akik mindezt hallották, így szóltak:

„Kemény beszéd ez, ki hallgathatja ezt?"

Amikor Jézus látta, hogy tanítványai zúgolódnak emiatt, így szólt:

„Ti ezen megütköztök?...

Hát nem értitek? A lélek (azaz a szellem) **az, ami megelevenít, a test nem használ semmit; a beszédek, amelyeket én mondtam nektek, lélek és élet."** *(János evangéliuma 6: 53–63)*

E szövegben is helytelenül használják a magyar bibliafordítók a „lélek" szót, amit más, például angol és svéd nyelvű Szentírásban „szellemnek" neveznek. Nem valószínű, hogy a János evangéliumából idézett szöveg teljességében Jézustól származik, mivel a textus első része, amely szerint Jézus saját teste „evésére" és „vére ivására" buzdította volna a tanítványokat, nem fordul elő apokrif, Biblián kívüli írásokban. A szöveg második része, amely szerint Jézus elmondja, hogy a Szellem (magyar Bibliában Lélek) az, ami megelevenít, megegyezik azonban a *Jakab titkos írásából* idézett szöveg mondanivalójával. Kétséges az is, hogy a Mester, aki még fizikai testében élt, arra bátorította volna tanítványait és követőit, hogy egyék az ő testét és igyák az ő vérét. Azt is tudjuk, hogy az első keresztények nem gondoltak arra, hogy az a kenyér és bor, amit összejöveteleiken, az agapén, azaz a szeretetvendégségen fogyasztottak, Jézus valóságos teste és vére lett volna.

Meglehet, hogy az Újtestamentumban levő „aki eszi az én testemet és issza az én véremet" szöveg csak később került be a Szentírásba, és az nem más, mint az *„Én vagyok az élet kenyere"* hasonlatnak az átírt és elferdített változata. Ne felejtsük el, hogy a nehezen kialakuló zsidó-keresztény korai egyházba olyan személyek is beépülhettek, akiknek érdekük volt Jézusról „rémhíreket" terjeszteni, például azt, hogy emberi vér és hús kultikus áldozatot akart bevezetni. Egy ilyen hír elég volt ahhoz, hogy elrettentse a zsidókat a kialakulóban levő új valláshoz való csatlakozástól.

Elgondolkodtató az is, hogy annak ellenére, hogy a bibliai szöveg szerint Jézus világosan elmagyarázza, hogy a test nem ér semmit, tehát nincs értelme a húsés véráldozatnak, hanem a lélek (illetve Jézus szóhasználatában a Láthatatlan Szellem) az, ami megelevenít, még ma is hiszik a katolikus papok és hívek azt, hogy a misén felmutatott bor és kenyér színében valóságos krisztusi testet és vért vesznek magukhoz. Hiszik azt, hogy Isten volt az, aki feláldozta Fiát azért, hogy vére által kiengesztelődjék a világgal. Mindez nem más, mint az ősi zsidó vallás kultikus áldozatbemutatásának a továbbterjesztése.

A probléma az, hogy Jézus nem tekintette magát még a keresztfán sem áldozati „báránynak", állatnak, amely mindörökre kiengeszteli Isten haragját. Ez a furcsa és nehezen elfogadható gondolat Pál apostoltól származik. Megtérése előtt, buzgó farizeusként hitt a véres áldozat tanában, ezért fogalmazta meg Jézusról, mint áldozati bárányról szóló „evangéliumát", amely lassan beépült és elterjedt a keresztény hitrendszerbe. Ennek következtében katolikus papok még most is naponta többször áldozzák fel oltáraikon Jézust, mint Isten bárányát, eleget téve az ótestamentumi előírásoknak, nem pedig Jézus akaratának. *Ezékiel próféta könyve* szerint kötelező volt ugyanis a napi bárányáldozat a jeruzsálemi templom oltárán:

„És egy esztendős ép bárányt áldozz égőáldozatul naponként az Úrnak; minden reggel áldozz azzal.

És ételáldozatot tégy hozzá minden reggel... örökre állandó rendelések ezek.

Hozzátok azért a bárányt és az ételáldozatot és az olajat minden reggel állandó égőáldozatul." (Ezékiel könyve 46:13–15)

Izrael népe nem gyakorolja már a próféta által megadott napi bárányáldozat szokást. Ezzel szemben teszik ezt buzgó keresztény katolikus, helyenként protestáns papok, akik naponta „bárányáldozatként" mutatják be Jézust oltáraikon.

Jézus elmondja tanítványainak, hogy a zsidók, amikor megölik őt és később néhányat a tanítványok közül, azt hiszik, hogy áldozatot mutatnak be Izrael Istenének. Teszik ezt, mivel nem ismerik az Atyát és azt sem tudják, hogy ki ő.

„*Kirekesztenek benneteket majd a zsinagógákból, sőt eljön az az idő, amikor **azt hiszik, áldozatot mutatnak be Istennek, amikor megölnek titeket**.*

És ezeket azért cselekszik, mert nem ismerték meg az Atyát, sem engemet." *(János evangéliuma 16:2–3)*

Lukács evangéliuma szerint Jézus így imádkozott, amikor megfeszítették:

„***Atyám, bocsáss meg nekik, mert nem tudják, mit cselekszenek.****" **(Lukács evangéliuma 23:34)**

Ez az ima megcáfolja azt a tant, amely szerint Jézus saját akaratából vállalta a kereszthalált, azért, hogy kiengesztelje bűneinket. Ez az ima azt is bizonyítja, hogy nem Isten akarta feláldozni fiát, hanem azok a bűnös főpapok és hóhérok, akik ezért a borzalmas tettért felelősek voltak, és akikért Jézus imádkozott. **Tudta, hogy Isten előtt nagy bűnt követtek el mindazok, akik a „Feszítsd meg!"-et kiáltották.**

A „bocsáss meg nekik…" jézusi kijelentésből világosan kitűnik, hogy csak azok mutatnak be emberi áldozatot, őt és tanítványait megölve, akik nem ismerik a Mindenség Urát, azt az Egy Istent, aki nem leli örömét véres áldozatban, hisz Ő a Fény és a Szeretet Ura.

Páter Pio egyik látomása szerint Jézus Krisztus elborzad és szenved a keresztény papok áldozati szokása látványától. **„Henteseknek!" nevezi Jézus azokat, akik a mise során feláldozzák őt az oltáron.**

Pio atya Ágoston atyának szóló egyik levelében írja le azt, hogy 1913. április 7-én megjelent neki Jézus: „Péntek reggel még ágyban voltam, amikor megjelent előttem Jézus. Meggyötört volt, arca és egész megjelenése szenvedésről árulkodott. Egy nagy csapat szerzetest és papot mutatott nekem, különböző egyházi méltóságot viselő személyeket, akik közül egyesek misét mondtak, mások éppen misézéshez öltöztek, megint mások épp levették a szent öltözéket. Jézus szenvedő arcának látványa mérhetetlen szomorúsággal töltött el. Megkérdeztem tőle, mitől szenved oly nagyon. Ő nem válaszolt. Tekintetét az említett papok felé fordította, ám nemsokára borzadva elfordult tőlük, mintha a látványuktól is elege lett volna. Rám nézett, én pedig megrökönyödve két könnycseppet láttam kigördülni a szeméből. Eltávolodott a papok csapatától, és arcán undorral így kiáltott fel: **„Hentesek!"**. Majd hozzám fordult, és azt mondta: „Fiam, ne hidd, hogy az én haláltusám három óráig tartott, nem. Én a világ végezetéig vívom haláltusámat azokért a lelkekért, akik számomra kedvesek. Miközben haláltusámat vívom, fiam, nem szabad elaludnod. Lelkem keresi az emberi jóság cseppjeit; de jaj, magamra hagynak közömbösségük terhével." (Pio atya világa 3., Etalon kiadó, 2014, 168. oldal)

Arra a kérdésre, hogy mit élt meg a misékben, Pio atya röviden és egyszerűen válaszolt, mondván: „Egyesülést Krisztussal."

Erre a Megváltóval való „egyesülésre" és találkozásra imával és meditációval készült Pio atya, akinek a miséin több száz ember érezte, hogy a kapucinus szerzetes és pap nem volt egyedül az oltárnál. Hosszúra nyúló miséin látták és érezték az egész világból érkezett hívek, hogy Pio atya egy láthatatlan lénnyel beszél.

Egyik felettesének így írt az oltárnál való élményéről:

"Szívem gyorsan dobog, amikor Jézussal vagyok az oltáriszentségben. Néha úgy érzem, mintha ki akarna ugrani a mellemből. Egész lényem izzó parázzsá válik."

"Oly gyöngéd (kegyes) Jézus Szelleme! Olykor zavarba ejt és csak sírok és ismétlem: **Jézus, az élet kenyere, lelkem tápláléka.***" (Ulrika Ljungman, 63. oldal)*

Pio atya nem beszél valóságos Krisztus testről és vérről, hanem az élet kenyeréről és lelke táplálékáról.

Az egyik miselátogató így nyilatkozott Pio atya miséjéről:

"Részt vettem több Pio atya által tartott misén. Hűségesen betartotta a liturgikus szabályokat, mozdulatai mérsékeltek voltak, és egyértelmű volt, hogy nem volt egyedül az oltárnál." (Ulrika Ljungman, 63. oldal)

Arról, hogy **az úrvacsorát kiszolgáltató papok nem egyedül, hanem egy Fénylény, Krisztus társaságában vannak az oltárnál**, olvashatunk az *Akik látták és hallották Jézust* című könyvben, amelyben a szerzők, Gunnar Hillerdal és Berndt Gustafsson professzor svéd emberek által elmesélt istenélményeket gyűjtötték össze.

Egy asszony levélben írja meg Gunnar Hillerdal professzornak az Onsala nevű templomban 1967-ben történt élményét.

"Élményem mai napig oly eleven, mintha ma történt volna" –meséli az asszony arról a vasárnapi istentiszteletről, amelyre betegség miatt egyedül, és nem férjével ment el.

"Amikor az úrvacsoraosztás elkezdődött, ülve maradtam. Úgy gondoltam, nem megyek az Úrasztalához ma, megvárom a következő alkalmat, amikor nem leszek egyedül.

Hátul ültem, jobboldalon. Azt hiszem, még egy személy ült rajtam kívül, kijjebb tőlem a padsorban.

Amint ott ülök, és mindezeken gondolkodom, hirtelen emberi magasságban egy erős fényt látok a padsor végén. Balra tőlem hallok egy hangot, amely csak egy szót – ,Krisztus' – mond. Úgy tűnt, hogy a hang a fényt nevezte meg.

Abban a pillanatban hallottam a fényből jövő következő szavakat: „Aki nem eszik és iszik **velem**, annak nincs része bennem.'

Aztán egy pillanat alatt eltűnt a látomás.

Nem tudom, hogy ez a megfogalmazás benne van-e a Bibliában, és hogy mondta-e ezt így Jézus, de szóról szóra emlékszem arra, amit mondott, arra, hogy ,**velem**'.

Gyorsan az úrvacsorai asztalhoz siettem; láttam, hogy a körülöttem ülők nem vettek észre semmit a velem történtekből.

Gyakran gondolok erre, azonban senkinek nem mondtam el, hanem elrejtettem szívembe, mint egy édes emléket.

Gyávák vagyunk, és nem merjük Krisztust megvallani. Pedig mernünk kellene elmondani azt, hogy Krisztus köztünk van."

(G. Hillerdal/B. Gustafsson: Akik látták és hallották Jézust, 27–28 oldal)

Gunnar Hillerdal 13. dokumentumként őrizte meg azt a levelet, amelyben egy 1920-ban született férfi írja le a következő történetet:

„A Snötorpban levő templomban történt, amikor a fiam konfirmált.

Éppen letérdeltem az oltártérdeplőre, amikor megjelent előttem egy fénylény. Férfiszemély volt, ragyogó fehér ruhában. Karjait felém nyújtotta, mintha magához akart volna vonzani.

Ez a látomás kevés ideig tartott. Azonnal azután észrevettem, hogy remegek.

Élményemről nem sokan tudnak, számomra azonban nagyon valóságos volt." (Hillerdal, 32. oldal)

Egy 80 éves asszony a következő levelet küldte Hillerdal professzornak, aki 31. dokumentumként őrizte meg azt:

„Több évvel ezelőtt történt. 1946-ot írtunk. Áldozócsütörtök volt. Värmland kicsi falusi templomában úrvacsoraosztást készítettek elő. A lelkész az oltár előtt állt a szentségekkel, és hívta a híveket az Úrasztalához. Férjem és én úrvacsorázni mentünk. Ekkor különös dolog történt velem, ami igen nagy, valóságos és igaz élmény egy kicsi ember számára. A lelkész ugyanis „eltűnt", és helyette egy szépséges, fényben ragyogó alak állt ott..." (Hillerdal, 32. oldal)

Jézus Krisztus jelenlétét jómagam is megtapasztaltam Angliában, Haywards Heath városka baptista templomában, ahol lányommal és családjával vettem részt egy vasárnapi istentiszteleten.

Amikor úrvacsorára került sor, felállt a gyülekezet, és zenekari kíséretben gyönyörű énekbe kezdett.

A templom bal oldalán levő nagy szövegkivetítőre koncentráltam azzal a szándékkal, hogy részt veszek a zsoltáréneklésben. Hirtelen azonban teljesen váratlanul megjelent Jézus, aki körülbelül 50 cm magasságban „lebegve", táncoló mozdulattal, boldogan mosolyogva volt jelen. „Itt van velünk", rebegtem magamnak, miközben örömkönnyek áradtak szememből.

Évszázadok óta vitatják teológusok és egyházvezetők, püspökök és pápák azt, hogy miként van Jézus Krisztus jelen az úrvacsorában. Az az egyszerű szeretetvendégség, amelyen az ősegyház keresztényei imában Jézus Krisztusról emlékeztek meg, az idők folyamán egy olyan bonyolult liturgiává alakult, amelynek értelmezése egyházszakadáshoz vezetett, legfőképpen a reformáció idején.

A katolikus egyházi dogmák szerint csak az ő papjaik vannak felhatalmazva arra, hogy az áldozati misét elvégezzék. Hitük szerint csak az általuk felmutatott kenyér (ostya) tud Krisztus valóságos testévé, és a bor valóságos vérrévé átalakulni. Ezt az átalakulást *transsubstantion*-nak nevezik, amely szabad fordításban „anyagátalakulást" jelent. A római katolikus egyház így foglalja össze szemléletét:

„*A Szentmise szertartás során a kenyeret és a bort átváltoztatja Krisztus testévé és vérévé. Ezt transsubstantion-nak nevezik, mivel az Eukarisztia szentségében a kenyér és a bor anyaga (szubsztanciája) nem marad meg, hanem a kenyér teljes anyaga átváltozik Krisztus testévé, és a bor teljes anyaga átváltozik Krisztus vérévé. Egyedül a külső megjelenés, a kenyér és a bor hasonlósága marad meg.*"

Az átlényegülés tana szerint tehát a katolikus keresztények valóságos emberi húst és vért vesznek magukhoz a misén. Az egyházi előírások szerint csak a meggyónt katolikus híveknek van joguk ezt a „valóságos" krisztusi testet és vért magukhoz venniük, és ezért protestáns és katolikus hívek nem vehetnek együtt részt a Jézus Krisztus által elrendelt szeretetvendégségben.

Az átlényegülés tana, amit hosszú időn át fogalmazgattak a katolikus teológusok, csak 1215-ben, tehát Jézus után több mint ezer év elteltével lett elfogadott dogma. A Trentói zsinat rendelete szerint átkozott legyen az, aki nem hisz az átlényegülés tanában. A probléma azonban az, hogy Jézus nem mondta azt, hogy a kenyér és bor felmutatása közben valamilyen „mágikus" átváltozásnak kell történnie. Mindezt püspökök és papok találták ki, hogy ezzel megerősítsék egyházi hatalmukat.

Jézus idejében szokás volt az ételért és italért való hálaadási ima (eukarisztia). Bizonyára Jézus minden alkalommal, amikor asztalhoz ült tanítványaival, hálát adott az ételért és italért, ezért elképzelhető az, hogy az utolsó vacsorán, amikor kezébe vette a kenyeret és a bort, hálát adott ezekért és azt mondta: *"Ezt cselekedjétek az én emlékezetemre"*. Nem valószínű azonban, hogy tanítványait arra biztatta volna, hogy őt mindennapos „bárányáldozatként" mutassák be. Az első keresztények nem gondoltak Jézusra, mint „Isten báránya, aki elveszi a világ bűneit". Egy agapén, azaz szeretetvendégségen jöttek össze, amely alkalomkor imában és gondolatban közeledtek Jézushoz, és hitték azt, hogy velük és köztük van ő, mint láthatatlan Égi Lény. Mivel azonban ezeken az összejöveteleken az étel elosztásakor vita és veszekedés is előfordult, úgy döntöttek a korai egyházvezetők, hogy kijelölt személyek, diakónusok osszák szét az ételt.

Kálvin János, a reformátor, nem hitt a transsubtantiában, vagyis abban, hogy a hívők a kenyér és bor által Krisztus valóságos fizikai testét és vérét veszik magukhoz. **Szerinte a Megváltó lelkünkben és szívünkben van jelen, amikor az úrvacsorán kenyér és bor színében vesszük Őt magunkhoz.** Kálvin János hitte azt, hogy Krisztussal való egyesülés nem fizikai értelemben, hanem szellemi, lelki síkon történik.

Luther Márton, volt katolikus pap és szerzetes, óvatosan fogalmazta meg a témával kapcsolatos nézetét. A katolikus miseliturgiából ragad ki egy részt, amely szerint **Krisztus jelen van a kenyér- és borban és által,** amit a katolikus teológia latinul, **„in, cum, sub"** jelzők által fejez ki. Luther használja az *„ubiquitas"* fogalmat, amellyel azt jelöli, hogy Jézus egyidejűleg van jelen mindenhol, a Mennyben és a Földön, valamint az úrvacsorai elemekben is.

Egyik lejegyzett asztali beszédéből kitűnik azonban, hogy Luther továbbra is a katolikus szemlélet szerint hitte azt, hogy ő a misén „megfeszíti", azaz feláldozza Krisztust, aki nem más, mint maga az Isten. A következőket nyilatkozta barátainak:

„Ha Isten megbocsájt nekem azért, hogy húsz éven át megfeszítettem és megkínoztam, *akkor azt is megbocsájtja, hogy néha iszok tiszteletére egy pohárkányit...*

Holnap Noé részegségéről prédikálok, ezért ma sokat akarok inni, hogy tapasztalatból tudjak beszélni a rosszról."
(Asztali beszédek, 103. oldal)

Jézus Krisztus kettős természetét, azt, hogy jelen tud lenni úgy a fizikai világban, mint a láthatatlan másik dimenzióban, számos ember megtapasztalta az idők során. Egy ilyen élményről olvashatunk egy Nag Hammadiban megtalált írásban, amely szerint Péter, a tanítvány a következőket mondta el:

„... Tisztán láttam, amint elfogták őt.

És mondtam neki:»Mit látok, Uram? Te vagy valóban az, akit elfogtak?... Vagy valaki más lábaiba és kezeibe verik a szögeket? Ki az, aki a kereszt fölött van és boldogan nevet?«

A megváltó azt mondta nekem:»Akit te boldogan nevetni látsz, az az Élő Jézus. De akinek kezeibe és lábaiba a szögeket verik, az az ő testi része, amely nem más, mint egy helyettesítő anyag. Meggyalázták az ő alakját. Nézd meg őt és (nézz) meg engem!«

Aztán láttam valakit közeledni, aki hasonló volt ahhoz, aki a kereszt fölött nevetett. Szent Szellemmel volt körül-

fonva, és ő volt a Megváltó. Egy kimondhatatlan fény vette körül őket, és egy leírhatatlan angyali sereg dicsérte őket... És ő (Jézus) azt mondta: ...

»Ő, akinek szenvednie kell, itt marad, mivel a test csak egy helyettesítő anyag, de ami szabaddá tétetett, az az én test nélküli alakom. Én a gondolat szelleme vagyok, amelyet ragyogó fény tölt el... «" (Nag Hammadi írásgyűjtemény: Péter látomása, 81,3)

Azt, hogy a keresztre feszítéskor kiszállt fizikai testéből, „a palástból", maga a Mester mondja el mostohatestvérének, Jakabnak.

Jakab első kinyilatkoztatása című írásban olvashatunk erről.

„A Mester megjelent nála. Ő (Jakab) abbahagyta az imát, megölelte és megcsókolta őt és azt mondta: »Mester, megtaláltalak téged. Hallottam a nagy szenvedésedről és nagyon aggódtam érted. Nagyon sajnálom. Ezért úgy döntöttem, nem is akarok többet ezekkel az emberekkel találkozni. Büntetést kell kapniuk azért, amit tettek, hisz az nem volt helyes.«

A Mester azt mondta: »Ne aggódj miattam vagy ezek az emberek miatt, Jakab. **Én az vagyok, aki bennem van. Én nem is szenvedtem és nem aggódtam.** *Ezek az emberek nem engem sebesítettek meg, hanem azt az alakot (lényt), amely a világ uraihoz (e világhoz) tartozik.«" (Jakab első kinyilatkoztatása: 30,16)*

Miként értelmezzük Jakab kinyilatkoztatását, és igaz lehet-e az, hogy Jézus lelke/szelleme elhagyta fizikai testét a keresztre feszítés közben?

Manapság, amikor már komoly kutatás folyik a halálközeli élmény (HKÉ) körül, talán nem is olyan nehéz ezekre a kérdésekre választ adni.

Vallási hovatartozástól és etnikumtól függetlenül több ezer ember, legyen az kínai, amerikai vagy magyar, beszámolt arról, hogy egy baleset vagy egy súlyos betegség alkalmával fizikai testüket elhagyva és egy alagúton áthaladva egy más, fényben úszó világba jutottak. Az orvosok és pszichológusok kénytelenek voltak felfigyelni, és komolyan venni ezeket a beszámolókat. *Raymond A. Moody*, aki ismert kutatója a témának, több éven át gyűjtötte és rendszerezte a halálközeli élményekről szóló beszámolókat. A *Fény az alagútban* című könyvében a következő történetet írja le:

„Egy gyerek, akit itt Jasonnak nevezek, lelkesen mesélt halálközeli élményéről, amelyet egy biciklizés közben történt baleset alkalmával élt meg...

Három évvel a baleset után beszéltem a fiúval halálközeli élményéről, és ekkor már tizennégy éves volt. Annak ellenére, hogy nagyon súlyos balesetet szenvedett, nem maradt semmi utólagos agykárosodása.

Jason: Tizenegy éves voltam, amikor szülinapomra kaptam egy biciklit. Másnap kimentem biciklizni; nem láttam, hogy jön egy autó, ami aztán elütött engem.

Arra emlékszem, hogy megsérültem, és hogy hirtelen saját magam néztem kívülről. Láttam, amint testem a bicikli alatt feküdt, és hogy eltört a lábam és vérzett. Emlékszem, hogy megnéztem a szemeim és láttam, hogy be voltak csukva.

Körülbelül két méter magasságban lebegtem a testem fölött. Emberek álltak ott, és az egyik megpróbált segíteni nekem. Aztán jött egy mentőautó. **Csodálkoztam azon, hogy annyira aggódnak, hisz én jól éreztem magam.** *Láttam, amint beemelték testemet a mentőautóba. Próbáltam nekik elmondani, hogy jól vagyok, de senki közülük nem hallotta, amit mondtam.*

Megpróbáltam a mentőautót követni, miközben az elhajtott. Fölötte voltam. **Arra gondoltam, hogy meghaltam. Körbenéztem, aztán egy alagútban, aminek a végén erős fény ragyogott, találtam magam.** *Úgy tűnt, hogy maga az alagút halad felfelé.*

Az alagút végén aztán kimentem.

Sok ember volt a fényben, *de én nem ismertem senkit. Elmondtam nekik a balesetet és ők azt mondták, hogy vissza kell mennem. Azt mondták, hogy még nincs itt az ideje, hogy meghaljak, ezért vissza kell térnem apámhoz, anyámhoz és testvéremhez.*

Sokáig maradtam a fényben. Úgy éreztem, hogy ott mindenki szeret engem. Mindannyian boldogok voltak. Azt hiszem, a fény Isten volt.

Amikor a fényben voltam, nem akartam visszatérni. Majdnem megfeledkeztem a testemről.

Amikor az alagútban voltam, két ember volt velem, és segítettek nekem. Láttam őket, amikor kijöttünk az alagútból. Egész idő alatt velem voltak.

Aztán azt mondták nekem, hogy vissza kell térnem.

Az alagúton át tértem vissza és a kórházban találtam magam, ahol két orvos „dolgozott" rajtam. Engem szólítottak: „Jason, Jason".

Láttam, hogy a testem egy asztalon feküdt, és hogy teljesen kék volt...

Az orvosok aggódtak, de én próbáltam nekik elmondani, hogy jól érzem magam. Egyik orvos két lemezt nyomott a mellkasomhoz, és testem megugrott.

Amikor magamhoz tértem, elmondtam az orvosnak, hogy láttam, amint a lemezt a mellkasomhoz nyomta. Anyámnak is el akartam mondani, de senki nem hallgatott meg. Egy nap elmeséltem az iskolában a tanítómnak, és ő pedig elmondta

Önnek." (Raymond A. Moody: Fény az alagútból – A halálközeli élményekkel kapcsolatos új megállapítások)

A fiú beszámolójából kitűnik, hogy nem érzett fájdalmat, miután elhagyta fizikai testét. Ez az állapot hasonló ahhoz, amelyről Jézus beszél, amikor a keresztre feszítés után azt mondja Jakabnak: *„Jakab, ne aggódj miattam... Én az vagyok, aki bennem van. Egyáltalán nem szenvedtem és nem aggódtam."* *(Jakab első kinyilatkoztatása: 30,16)*

Az orvosok és a hozzátartozók nem mindig értik, hogy miről beszél a halálközelből visszatért személy, emiatt kételkedve hallgatják beszámolójukat. Erről ír *A mennyország létezik – Egy idegsebész tapasztalatai a túlvilágról* című könyvében *dr. Eben Alexander,* híres agysebész és docens az amerikai Harvard egyetem orvostudományi fakultásán:

„Idegsebészként töltött éveim során több furcsa történetet hallottam emberekről, akik különös dolgokat éltek át, általában a szívműködés leállása után; olyan történeteket, amelyekben titokzatos, gyönyörű tájakon jártak, halott rokonaikkal beszélgettek – vagy akár magával Istennel találkoztak.

Ez kétségkívül csodálatos dolog. De úgy tartottam, hogy teljes mértékben a fantázia műve...

Legalábbis ezt mondtam volna, mielőtt az én agyam is leállt. A kómám alatt az agyam nem rendellenesen működött – egyáltalán nem működött." (A mennyország létezik, 14–15 oldal)

MIT MESÉLNEK AZOK, AKIK A TÚLVILÁGON JÁRTAK?

Dr. Eben Alexander súlyosan megbetegedett 2008. november 10-én. Bakteriális agyhártyagyulladást, lesújtó és aggodalmat keltő betegséget állapítottak meg orvoskollégái.

A baktérium először az agykérget sújtotta. Ez az agyrész nagyon fontos az emberi lét fenntartásához, mivel ez felelős az emlékekért, a nyelvtudásért, az érzelmekért, a látásért, a hallásért és a logikáért.

A bakteriális agyhártyagyulladásban szenvedő betegek legnagyobb része pár napon belül meghal. Az a 10%, aki túléli a betegséget, nagy valószínűséggel vegetatív, tehetetlen állapotban tölti élete hátralevő részét.

Dr. Eben Alexander esetében a „gyilkos" baktérium továbbterjedt az egész agyba, valamint a gerincfolyadékba. Orvoskollégái nem sok esélyt adtak neki a túlélésre. Hat napig volt kómában.

„Amíg kómában voltam, az agyam nem rendellenesen, hanem egyáltalán nem működött" – írja dr. Eben a könyvében. *„Teljesen kikapcsolódott az a része, amelynek, orvosi tanulmányaim szerint, az a funkciója, hogy a körülöttem lévő világból érzékszerveimen keresztül érkező adatokat feldolgozza és számomra egy értelmes világgá, Univerzummá átalakítsa.*

Annak ellenére, hogy agyam észlelő képessége teljesen megszűnt, továbbra is éltem és tudatomnál voltam, a valódi tudatomnál egy olyan Univerzumban, amely legfőképpen szeretetből, magas fokú tudatosságból és valóságból áll. Mindezt olyan biztosan tudtam, hogy az szinte fájt.

Amit átéltem, valóságosabb volt a háznál, amelyben tartózkodtam..." (156. oldal)

Betegsége előtt dr. Eben Alexander megkérdőjelezett minden természetfeletti jelenséget, megtapasztalást. A kómában töltött napok azonban teljesen megváltoztatták világszemléletét, mivel halálközeli állapotában belátást kapott egy másik dimenzióba, ahol fontos és értékes ismeretet szerzett az emberi tudatosságról, a lélekről, valamint arról a valóságról, amely valóságosabb, mint az, amit földi, fizikai világunkban tapasztalunk.

„Elhitették velünk, hogy a rohamosan fejlődő tudományos világszemlélet elméletek segítségével magyarázatot ad minden kérdésünkre" – írja dr. Alexander. *„E szemléletben azonban nincs helye Istennek, léleknek és szellemnek, vagy a mennyek országának.*

A mély kómában megtett utazásom alkalmával, amikor kiléptem a fizikai szférából és elértem a Teremtő legmagasabb lakhelyére, megtapasztaltam azt a leírhatatlanul nagy szakadékot, amely emberi tudásunk és Isten lenyűgöző birodalma között van.

...

A materiális világ fizikája, a kvarkokról, elektronokról, fotonokról, atomokról és egyebekről felépített elméletek, de még az agyműködésről megszerzett ismeretek sem adnak kellő magyarázatot a valóságos tudatosságról." (184.oldal)

„Számos sikert ért el a nyugati civilizáció, azonban ezért nagy árat fizetett maga a lét legfontosabb alkotóeleme, a lélek.

A modern fegyverkezés, népirtások, öngyilkosságok, lepusztult városok, ökológiai káosz, ... a gazdasági források polarizálódása, azaz a modern technológiák sötét oldalai, önmagában is elég rossz. Ennél azonban rosszabb az, hogy az állandó technikai és tudományos fejlődésnek a megcélozása megfosztott bennünket az élet örömétől és értelmétől. Megfosztott bennünket attól a felismeréstől, hogy létünk egy nagyobb összefüggés, az örökkévalóság szoros tartozéka.

Bebizonyosodott, hogy a tudomány segítségével nem vagyunk képesek választ adni a lélekkel, halál utáni élettel, újjászületéssel, Istennel és országával kapcsolatos kérdésekre... Ugyanez a helyzet a jövőbelátással, telepátiával, jóslással, pszukho-kinézissel, a hatodik érzékkel és más paranormális jelenségekkel kapcsolatosan is. Mindezek makacsul ellenállnak a tudományos boncolgatásnak, vizsgálatoknak. Betegségem előtt jómagam is kételkedtem ilyen jelenségek létezésében, egyrészt mert nekem nem volt részem ilyen tapasztalatban, másrészt nem illettek be az én leegyszerűsített tudományos világszemléletembe." (46–47. oldal)

Eben Alexander beszámol a különböző dimenziókban való utazásáról. Elmondja, hogy először az általa úgynevezett Mag szférába került, ahol kellemetlen sötétséget élt meg és ahol a beszédnek, érzelemnek és logikának nem volt helye. „*Olyan volt, mintha az emberi lét kezdetéhez tértem volna vissza*", meséli könyvében dr. Alexander.

Ezt a sötét, kellemetlen állapotot hamarosan elhagyta és továbbment egy „fényvilágba", ahol egy isteni szellő „*Mindent megváltoztatott, még magasabb oktávra, egy emelkedettebb vibrálási szintre mozdította*" a körülötte levő világot. Így ír erről:

„*Valami közeledett a sötétségben.*

Lassan forgott és fehér, aranyszínű fényt sugárzott, megtörve és szétoszlatva a körülöttem levő sötétséget.

Ekkor egy újabb, eleven hangot hallottam. Olyan volt, mint a legösszetettebb és leggyönyörűbb zene, ami a világban létezhet. Minél közelebb jött a tiszta, fehér fény, annál jobban hallatszott a hang...

A fény egyre közelebb került, körbe-körbeforgott, *és tiszta, fehér, vékony sugárnyalábokat bocsátott ki.*

Aztán a fény közepén valami más is megjelent. Megpróbáltam kitalálni, mi lehet az.

Egy nyílás.

Abban a pillanatban, amikor ez tudatosult bennem, elindultam felfelé. Miközben egy suhogó hangot hallottam, villámsebesen átjutottam a nyíláson. Egy új világban találtam magam, egy szebb és különösebb világban, mint amelyet valaha láttam.

Vibrált és ragyogott, lenyűgözött és elbűvölt... Egyik jelzőt a másik után halmozhatnám, hogy leírjam, milyennek tűnt ez a világ. Úgy éreztem, mintha éppen megszületnék. Nem újjászületnék, hanem... megszületnék.

Alattam vidéki táj volt. Zöld, buja, és olyan, mint a Föld. A Föld volt az. Csakhogy ugyanakkor mégsem. Olyan érzés volt, mint amikor az embert a szülei visszaviszik egy helyre, ahol kicsi gyermekként eltöltött pár évet. És már nem ismeri meg azt a helyet. Legalábbis úgy gondolja. De miközben körülnéz, valami magával ragadja, és ráébred, hogy valami a lelkében mégis emlékszik arra a helyre, ahol újra boldog, mert ott lehet...

Nem tudom, mennyi ideig repültem (azon a helyen az idő nem lineáris volt, amint azt a Földünkön megéljük...)

Egyszer csak megértettem, hogy nem vagyok egyedül. Egy gyönyörű, mélykék szemű lány volt velem... Együtt haladtunk egy bonyolult mintázású felületen..." (48. oldal)

Eben Alexander megérti később, hogy a lány nem más, mint az a biológiai lánytestvére, akit soha nem volt alkalma megismerni, mivel ő, Alexander csecsemő korától fogva nevelő-, és nem pedig a biológiai szülőknél élt. Később, betegsége után tudta meg, hogy ez a lánytestvére, akiről ő semmit sem tudott, fiatalon hagyta el a földi életet.

Szavak nélkül értekezett vele a lány.

„A közlendője úgy hatolt át rajtam, mint a szél, és azonnal megértettem, hogy igaz. A lány közlendője három részből állt, és ha földi nyelvre kellene tolmácsolnom, akkor azt mondanám, hogy valami ilyesmit mondott:

„Kedvesem, téged mindörökké szeretnek és nagyra becsülnek."

„Nincs mitől félned."

„Semmilyen hibát nem tudsz elkövetni."

„Sok dolgot mutatunk meg neked... De utána vissza kell menned."

Ezek után felbukkant bennem a „Vissza... de hová?" kérdés.

... Nem vagyok egy elpuhult szentimentális személy. Láttam már a halál beálltát, tudom, milyen az, amikor egy ember, akivel naponta beszélgetünk és viccelődünk, élettelen valamivé változik a műtőasztalon, miután mi, orvosok, órákig küzdöttünk azért, hogy testének gépezetét működésben tartsuk. Mint külső megfigyelő, ismerem azt a nagy fájdalmat, amelyet a hozzátartozók éreznek, amikor elveszítik azt a kedves hozzátartozót, akiről el nem tudták képzelni, hogy eltávozik az élők sorából. Ismerem a biológiát, és a fizikában sem vagyok teljesen járatlan. Különbséget tudok tenni a képzelgés és valóság között. Azt is tudom, hogy azt a kómám alatti élményt, amely életem legvalóságosabb, megtapasztalása volt, soha nem leszek képes szavakkal megfogalmazni." (48–49. oldal)

„Ahányszor feltettem egy kérdést, a választ nem szavak által, hanem egy óriási fény, színpompa, a szeretet és a szépség áradatán keresztül kaptam. Folyamként hömpölygött mindez át rajtam, és a gondolatok egyenesek belém hatoltak." (60. oldal)

Annak ellenére, hogy Eben Alexander szeretett volna örökre abban a „világban" maradni, örömöt érzett, amikor *visszatért* földi sátorházába, testébe, azokhoz a személyekhez, akiket nagyon szeretett. Boldog volt amiatt is, hogy először életében értette meg azt, hogy ki is ő a valóságban. Halálközeli élménye megváltoztatta ugyanis teljesen az agyról, a tudatosságról és egyáltalán magáról az életről alkotott, kóma előtti szemléletét.

Arról, hogy a halálközeli élmény, milyen nagy mértékben tud változást okozni egy ember életében, Betty J. Eadie *Átölelt a fény* című könyvében is olvashatunk.

Betty tizedik gyermekként született egy olyan amerikai családban, ahol az apa egy szőke hajú, skót-ír származású férfi volt, az anya pedig a sioux indiánok közül való volt.

Négyéves volt Betty, amikor a szülők elváltak, és ennek következtében hat gyermeket katolikus, bentlakásos iskolába adtak. Itt nem kevesebb, mint negyven leánynak kellett egy nagy teremben együtt aludnia.

Ötéves Betty, amikor súlyosan megbetegszik. Kétoldali tüdőgyulladást és szamárköhögést állapítanak meg az orvosok, akik alig hiszik, hogy túléli a betegséget. „Nem tudjuk már megmenteni. Elveszítettük őt" – mondja az egyik orvos egy nap.

Annak ellenére, hogy fehér lepedővel terítik le a halottnak hitt gyermek testét és arcát, Betty elmondja később, hogy tisztán látta az orvost és a nővért, akik az ágya mellett álltak. Azt is látta, hogy a szoba ragyogó fénnyel telt meg. Aztán hirtelen úgy érezte, hogy már nem az ágyban fekszik, hanem egy fehér szakállas bácsi tartja karjaiban. Bettyt lenyűgözte a férfi szakálla, amelyből fény csillogott. Ringatta őt és, habár Betty nem tudta, ki ő, nem akart tőle elszakadni. Aztán hallotta, hogy egy nővér felkiáltott: „Újra lélegzik!"

Miután Betty felgyógyult, szerette volna megtudni, ki volt a fehér szakállas bácsi, de senki nem tudta megmondani. *„Emléke soha nem fakul. Valahányszor rágondolok, ugyanaz a nyugalom és békesség jár át, amit akkor éreztem a férfi karjaiban"* – mesélte Betty később.

Iskolaéveire és arra az istenképre, amit abban az időben kapott, nem szívesen emlékszik vissza Betty. Erről a következőket meséli el könyvében:

„Vasárnap minden gyermek templomba ment, ami lehetőséget adott a nővéreimnek és nekem, hogy a kápolna másik oldalán megláthassuk fivéreinket. Ahogy próbáltam magam átküzdeni a lányok tömegén, hogy egy pillantást vethessek fivéreimre, koppanást éreztem a fejemen. Amikor megfordultam, egy hosszú rudat láttam gumilabdával a végén. Ezt az eszközt használták a nővérek a templomban viselkedésünk javítására, és ez csak az első eset volt a sok közül, amit majd megtapasztalhattam. Mivel nehezen tanultam meg a különböző csengetések jelentését és azt, hogy mikor kell letérdelnem, gyakran koppant a gumilabda a fejemen…

Istenről tanítottak bennünket; olyan dolgokat kellett megtanulnom, amelyekre soha nem gondoltam azelőtt. Azt mondták, hogy mi, indiánok bűnös pogányok vagyunk, és persze én el is hittem. Az apácákra úgy kellett tekintenünk, mint Isten kiválasztottjaira, akik azért vannak az iskolában, hogy nekünk segítsenek. Thelma lánytestvéremre sokszor rávertek a gumibottal, amit ő köteles volt megköszönni, mert ha nem, több verést kapott." (23. oldal)

Betty végül megtanulta „félni Istent".

„Minden, amit róla tanítottak, megerősítette félelmemet. Haragosnak, türelmetlennek és mindenhatónak tűnt, amit én úgy értelmeztem, hogy az ítélet napján vagy még korábban engem valószínűleg vagy elpusztít, vagy egyenesen a pokolba vet, ha szembeszállok vele.

...

Nyári vakációban a lutheránus vagy baptista, de néha az Üdvhadsereg templomába mentem istentiszteletre. Nem volt fontos, hogy hol, hanem az, hogy egyáltalán részt vegyek.

Isten iránti érdeklődésem egyre nőtt az idő haladtával, főleg azért, mert beláttam, hogy fontos szerepe van életemben... Imába foglaltam kéréseimet, de úgy éreztem, nem hallgat meg. Amikor 11 éves voltam, merészeltem megkérdezni az iskola felügyelőnőjét, hogy valóban hiszi-e, hogy van Isten. Úgy éreztem, ha valaki tudhatja, hát ő az. Válasz helyett pofont kaptam, azon címen, hogy kétségbe mertem vonni Isten létét. Térden állva kellett bocsánatot kérnem, amit azonnal meg is tettem. Tudomásul kellett vennem, hogy pokolra vagyok ítélve hitetlenségem miatt, mivel Isten létéről mertem kérdezni." (24. oldal)

E sok viszontagság megingatta Betty valláshoz való viszonyát. Nem hagyta abba az imádkozást, azonban Isten és közte való kapcsolat nem volt bensőséges, hanem többnyire félelemmel teljes.

„Kutattam Isten valóságos természetét" – írja Betty. *„Emlékszem, hogy eljártam különböző templomba és kívülről megtanultam több újtestamentumi textust. Kezdtem azt hinni, hogy a halál után lelkünk a testtel együtt a sírban marad egészen az utolsó ítéletig. Hittem azt, hogy Krisztus új-*

raeljövetelekor a megigazultak felmennek vele a mennybe. Gyakran gondoltam erre, és továbbra is féltem a haláltól és a fekete sötétségtől, ami ott lesz." (28. oldal)

1973-ban, egy műtét során betekintést kap Betty a túlvilági életbe. Kiszáll a testéből, és áttérve egy másik dimenzióba, választ kap olyan létkérdésekre, amelyekkel egész életében küszködött. Halálközeli élménye alatt megérti például azt, hogy nem kell az utolsó ítéletnapig várnia ahhoz, hogy Jézus Krisztus közelébe juthasson. Tudomást szerez arról is, hogy a Megváltó nem jön el ítélni eleveneket és holtakat, amint azt az egyházi tanítás mondja.

„Este volt, 1973. november tizennyolcadika. Azért feküdtem a kórházban, hogy átessem egy méheltávolítás műtéten. Mint hét gyermek harmincegy éves anyja, aki egyébként kitűnő egészségnek örvend, úgy döntöttem, hogy megfogadom orvosom tanácsát, és alávetem magam a műtétnek. Férjem, Joe és én úgy éreztük, helyesen döntöttünk" – írja Betty könyvében. (17. oldal)

Miután férje hazament a gyerekekhez, és Betty egyedül maradt a kórházszobában, kezdte érezni, hogy „baj van".

„A zsinór felé nyúltam, azzal a szándékkal, hogy hívom az ápolónőt. De akárhogy próbáltam, nem jutottam el a mozdulatig. Egy rémisztően süllyedő érzés vett rajtam erőt, mintha csak az utolsó csepp véremet is elvesztettem volna. Lágy, zúgó hangot hallottam a fejemben, és tovább süllyedtem, amíg csak mozdulatlanná és élettelenné nem vált a testem.

Aztán egy energiahullámot éreztem. Olyan volt, mintha valami megpattant volna bennem, és mintha egy hatalmas mágnessel kihúzták volna belőlem a szellememet... Az ágyam fölött, a mennyezet alatt lebegtem. Szabadságérzetem határtalan volt, és úgy tűnt, mintha mindig is így lett volna. Meg-

fordultam, és egy testet láttam feküdni az ágyon. Érdekelt, hogy ki lehet az, és nyomban ereszkedni kezdtem lefelé… Aztán felismertem, hogy a saját testem az. Nem lepődtem meg, és nem ijedtem meg, csak egyfajta rokonszenvet éreztem iránta. Fiatalabbnak és csinosabbnak tűnt, mint amire emlékeztem, és most halott. Olyan volt, mintha levetettem volna egy használt ruhát… Felfedeztem, hogy még soha nem láttam magamat három dimenzióban, hanem csak a tükörben, ami csupán egysíkú felület. Lelki szemünk több dimenzióban képes látni, mint a fizikai/testi szemünk…

Az új testem súlytalan és különlegesen mozgékony volt; egészen fellelkesített ez az új létállapot. Néhány pillanattal korábban még éreztem a műtét fájdalmait, most azonban semmi kellemetlen érzésem nem volt. …

Meghaltam – gondoltam –, *és senki nincs itt, akivel ezt tudassam! De mielőtt mozdulni tudtam volna,* **három férfi jelent meg mellettem.** *Szép, világosbarna köpenyt viseltek, és az egyiknek csuklya volt a fején.* **Gyenge fény áradt belőlük,** *Aztán* **rájöttem, hogy belőlem is halovány fény árad, és hogy fényeink összeérnek.** *Nem féltem…*

Azt mondták, hogy örökkévalóságok óta velem vannak. Ezt nem egészen értettem. Nehezen értettem meg magát az örökkévalóság fogalmat, nem beszélve az „örökkévalóságokról". Az örökkévalóság számomra mindig a jövőben volt, de ezek a lények azt mondták, hogy örökkévalóságok óta velem voltak a múltban…

Aztán képek jelentek meg előttem egy régmúlt időből, a földi életemet megelőző létemből és ezekkel a férfiakkal való korábbi kapcsolataimról… Megértettem, hogy igazából mindig ismertük egymást. Izgatott lettem. … Láttam, hogy a halál tulajdonképpen egy nagyobb megértést és tudást magába foglaló életbe való „újraszületés". Abban az életben az idő előre és hátra nyúlik. Megértettem, hogy ők voltak az én leghívebb barátaim abban a „nagyobb" életben, és hogy ők döntötték el azt, hogy velem legyenek. Elmondták, hogy ők, másokkal együtt, az én őrangyalaim földi életemben...

Azt mondták, hogy túl korán haltam meg. Valamiképpen a békesség érzését közvetítették felém, és azt mondták, ne aggódjam, minden rendben lesz. Éreztem mélységes szeretetüket és együttérzésüket. Ezeket az érzéseket és gondolatokat szellemtől szellemig, intelligenciából intelligenciába közvetítették... Éreztem a szeretetüket...

Rengeteg dolog volt, amit meg akartak osztani velem, és amit én meg akartam tudni tőlük, de mindnyájan tisztában voltunk azzal, hogy a pillanatnyi problémák előbbre valók. Egyszerre csak a férjemre és a gyermekeimre gondoltam, és aggódni kezdtem, hogy miként hat majd rájuk a halálom. Hogy fog tudni gondoskodni a férjem a hat gyermekről? Hogyan lesznek el nélkülem a gyerekek? Látnom kellett őket még egyszer...

... Meglehetős sebességgel kezdtem „utazni", és éppen csak érzékeltem az alattam elsuhanó fákat. Nem határoztam el semmit, nem irányítottam magamat – csak az otthonomra gondoltam, és tudtam, hogy oda tartok. Egy pillanaton belül ott voltam a háznál, és azon vettem észre magam, hogy belépek a nappaliba.

Láttam, hogy a férjem a kedvenc karosszékében ül és újságot olvas. Láttam a gyerekeket szaladgálni fel-le a lépcsőn, és tudtam, hogy már készülnek a lefekvéshez. ...

Nem éreztem vágyat, hogy kapcsolatba lépjek velük...

Amint egyenként figyeltem őket, valamiképpen betekintést kaptam mindegyikük jövő életébe. Megértettem, hogy minden gyermekem saját léte miatt jött a Földre, és tévedés volt azt gondolnom, hogy az „enyémek". Egyéni szellem *volt mindegyikük, mint jómagam, és olyan intelligenciával rendelkeztek, amelyet már földi életük előtt kifejlesztettek. Mindegyikük szabad akarata szerint élhette az életét... Nekem csak gondjukat kellett viselnem... Akkor tisztában voltam azzal, hogy a gyermekeimnek saját feladatuk van az életben, és hogy amint elvégezték azt, vége lesz földi tartózkodásuknak. Láttam előre néhány feladatukat és nehézségüket, de azt is tudtam, hogy szükség volt ezekre fejlődésük miatt. Nem kell sem szomorkodni, sem félni.*

Hálás voltam ezért a felismerésért...

Egyszeriben éreztem, hogy tovább akarok haladni, hogy megtapasztaljam, ami rám vár. Visszakerültem a kórházba, de az útra nem emlékszem, mintha egy pillanat alatt történt volna. Láttam a testemet, amely még mindig ott feküdt az ágyon, úgy egy méterrel alattam, egy kissé balra tőlem. A három barátom is ott volt még, vártak rám. Ismét éreztem a szeretetüket és az örömet, amelyet ők éreztek, hogy segíthetnek nekem...

Hirtelen süvítő hangot hallottam...

Egy mély, morajló, zúgó hang kezdte betölteni a szobát. Éreztem mögötte az erőt. És egy kérlelhetetlennek tűnő mozgást. Habár a hang és az erő félelmetesek voltak, engem nagyon kellemes érzés töltött el ismét... Távoli harangokat hallottam kongani a háttérben – csodaszép hangot, amit soha nem fogok elfelejteni.

Egész valómat sötétség kezdte körülvenni.

A sötétség több volt, mint a fény hiánya; ... A józan eszem szerint rémültnek kellett volna lennem... de ennek a fekete masszának a közepén mélységes jó érzés és nyugalom járt át. Éreztem, hogy előrehaladok benne... A sebesség olyan hihetetlenné fokozódott, hogy úgy tűnt, fényévekben sem lehetne mérni. A békesség és nyugalom is növekedett...

Egy tűhegynyi fénypont jelent meg a távolban. A fekete massza körülöttem egyre inkább egy alagút formáját vette fel, és én ereztem, amint átutazom rajta, talán még nagyobb sebességgel, mint eddig, robogok a Fény felé. Önkéntelenül **vonzódtam a Fény felé...**

Amint megközelítettem, **észrevettem, hogy egy emberi alak, aki fényt áraszt maga körül, áll a Fényben***. Ahogy közelebb értem, a Fény ragyogóvá vált – leírhatatlan ragyogóvá, sokkal ragyogóbbá, mint a Nap. Tudtam, hogy földi szem a természetes állapotában nem tekinthetne a Fényre anélkül, hogy meg ne semmisülne. Csupán a szellemi szemek képesek elviselni és felfogni...*

Láttam, hogy a férfialakot körülvevő fény aranyszínű, mintha egész testének aranyglóriája lett volna. Ez az aranyglória kisugárzott és ragyogó, hatalmas fehérséggé terült szét. Éreztem, hogy **ez a Fény szó szerint magához vonja az én fényemet, és összevegyül azzal***. Olyan volt ez, mint amikor két lámpa ég egy szobában, és fényük egybeolvad.*

És amikor kettőnk fénye egyesült, olyan volt, mintha beléptem volna az ő lénye fényességébe*. Mindenek fölötti szeretet áradását éreztem.*

Ilyen tökéletesen fenntartás nélküli szeretetet még soha nem tapasztaltam. Láttam, amint karjait kitárja, hogy fogadjon, és én odamentem hozzá, átadtam magam az ölelésének, és újra és újra csak azt tudtam mondani: „itthon vagyok". Éreztem hatalmas szellemét és tudtam, hogy mindig is része voltam, hogy igazából soha nem távolodtam el tőle. Tudtam, érdemesnek tart arra, hogy vele legyek, hogy megöleljem őt. Tudtam, hogy tisztában van minden bűnömmel és hibámmal, de azok most nem számítanak. Ő most csak meg akarta osztani szeretetét velem, ahogy én is meg akartam osztani az enyémet vele.

Nem volt kérdés, hogy kicsoda ő. Tudtam, hogy ő az én Megváltóm, barátom és Istenem. Ő Jézus Krisztus, aki engem mindig szeretett, még akkor is, amikor azt gondoltam, hogy megvet engem. Ő maga az élet, a szeretet. Szeretete örömmel töltött el... Tudtam, hogy ismertem őt már a kezdetektől fogva, jóval földi életem előtt, mert a szellemem emlékezett rá.

Egész életemben féltem tőle, és most láttam – tudtam –, hogy ő a legeslegjobb barátom. Így szólt: „Korai volt a halálod, még nem érkezett el az időd."...

Eddig nem éreztem, hogy az életnek célja lenne, egyszerűen csak bandukoltam, szeretetet és jóságot keresve, de soha nem tudtam, hogy helyesen cselekszem-e. Most az ő szavaiból valami küldetést, célt éreztem... megértettem, hogy földi életem nem értelmetlen.

Aztán kérdések toldultak a tudatomba. Tudni akartam, hogy miért „így" történt a halálom – nem azt, hogy miért idő előtt –, hanem, hogy miért került szellemem ő elé a feltámadás előtt? Még mindig gyerekkorom tanításainak és hiedelmeinek a befolyása alatt voltam.

Ekkor az ő Fénye kezdte betölteni gondolataimat, s így kérdéseimre választ kaptam, mielőtt azokat egyáltalán teljesen megfogalmaztam. Az ő Fénye tudás volt...

Félelmemben félreértettem a halált. Valami másra vártam, arra, aminek elképzeltem. Most megértettem, hogy a sír csupán a testnek van szánva, és nem szellemünknek. Nem ítélt el tévedésem miatt...

Megértettem, hogy ő Isten Fia, bár ő maga is isten (egy istenség)... Küldetése világunkban az, hogy a szeretetről tanítson...

Legnagyobb meglepetésemre megértettem, hogy Jézus Istentől külön lény, a maga saját isteni feladatával, és hogy

Isten a mi közös Atyánk. Protestáns neveltetésem szerint Istent és Jézus Krisztust egy lénynek kellett tekintenem.

...

A fizikai, anyagi világ teremtése előtt szellem formában lett minden megalkotva – naprendszerek, napok, holdak, csillagok, bolygók, az élet a bolygókon. Láttam a folyamatot, de hogy jobban megértsem, azt mondta a Megváltó, hogy a teremtést egy fényképelőhíváshoz lehet hasonlítani: a szellem/ mennyei alkotás az éles, csillogó képhez, a földi teremtés pedig annak a sötét negatívjához hasonlítható. **Földünk a szellemvilág szépségének és dicsőségének csak árnyéka**, *amelyre valójában fejlődésünk miatt van szükség... Sok földi felfedezés, sőt maga a technológiai fejlődés előbb a szellemvilágban jön létre, szellemzsenik révén. Aztán földi egyéniségek lesznek arra ihletve, hogy a találmányokat itt megvalósítsák.* **Megértettem, hogy egy dinamikus, élettel teli kötelék van a szellemvilág és a földi halandók között**.

...

Szabad akaratot kaptunk az önálló cselekvésre. Saját tetteink határozzák meg életünk menetét, amit azonban bármikor megváltoztathatunk, és más irányt adhatunk neki... Isten megígérte, hogy nem avatkozik bele az életünkbe, hacsak mi nem kérjük azt. (44. oldal)

Betty nem volt jártas a teológiában, filozófiában vagy valamilyen tudományban, amikor ez történt vele. Ezért nagyon érdekesnek és értékesnek tartotta azt az információt és tudást, amit a halálközeli élménye alatt szerzett.

„Megkönnyebbültem, mikor megértettem, hogy a Föld nem a valóságos otthonunk, hogy nem innen eredünk. *Jóleső érzés volt látni, hogy a Föld csupán az iskolázásunk számára rendelt átmeneti hely, és hogy nem a bűn a mi valóságos, eredeti természetünk. Szellemileg a*

Fény - ami maga a tudás - különböző fokán állunk. Szellem természetünk miatt bennünk él a vágy, hogy jót tegyünk. **Földi valónk azonban állandó ellentétben áll szellem lényünkkel...** *Akik valóban fejlődnek, azok megtalálják a tökéletes összhangot testük és szellemük között...*

...

Mindenekfelett azt mutatták meg nekem, hogy a szeretet a legfőbb jó. Láttam, hogy igaz szeretet nélkül semmik vagyunk. Azért vagyunk itt, hogy segítsünk másoknak, hogy gondoskodjunk másokról, hogy megértsük egymást, megbocsássunk és szolgáljunk egymásnak.

...

Láttam, hogy számos törvény létezik, amelyek által irányítva vagyunk - a Szellem törvénye, fizikai és egyetemes törvények, amelyekről sokszor csupán sejtelmünk van... Ha megszegjük e törvények bármelyikét, ha a természetes rend ellen támadunk, bűnt követünk el.

Láttam, hogy minden a Szellem ereje által lett megalkotva. Minden egyes elem, minden egyes részecske a Szellem és az élet értelmével van eltöltve. Minden egyes Szellem független, önálló cselekedetre képes...

...

A pozitív és negatív energiák egymással ellentétesen működnek. ...A pozitív a pozitívat vonzza, a negatív a negatívat. A fény vonzódik a fényhez, a sötétség szereti a sötétséget. Amennyiben pozitívvá vagy negatívvá válunk, a hozzánk hasonlókkal kerülünk kapcsolatba. ... Pozitív gondolatok segítségével, pozitív szavak kimondásával pozitív energiákat vonzunk. Láttam, hogy ez így van... Azt is láttam, hogy egy ember szavai valóságosan befolyásolják a körülötte levő energiamező rezgéseit...

Gondolatainknak hatalma van, mivel azok által alakítjuk ki környezetünket. Fizikai értelemben ez egy bizonyos időt vesz igénybe, de szellemi síkon ez azonnal megtörténik. Sokkal körültekintőbbek lennénk, ha megértenénk gondolataink erejét, ha megértenénk szavaink káros hatását, akkor alkalmanként a hallgatást választanánk negatív, káros beszéd helyett. Gondolataink és szavaink által hozzuk létre gyengeségeinket és erősségeinket." (69. oldal...)

Betty J. Eadie, dr. Eben Alexander és mindazok, akiknek halálközeli élményben volt részük, arról számolnak be, hogy egy olyan világba kaptak betekintést, amely, habár hasonló a miénkhez, mégis más. Mindent egy leírhatatlan gyönyörű fény itatott át, egy olyan fény, amely nem hasonlítható a napfényhez vagy bármely, Földön levő fényforráshoz. A növények színe változatosabb és erősebb, a zenei hangok gyönyörűbbek, a mindent átfogó béke és harmónia pedig lenyűgöző abban a világban.

„Amikor kiléptünk a kertbe, a távolban hegyeket, gyönyörű völgyeket és folyókat láttam. Kísérőim magamra hagytak, megengedték, hogy egyedül haladjak, talán hogy zavartalanul élvezzem a kert teljes szépségét...

A szellemvilágban a fény nem verődik vissza a dolgok felületéről, hanem belülről árad ki, ezért tűnik minden élőnek.

A virágok például annyira élőek és színesen áttetszőek voltak, hogy szinte forma nélkülieknek tűntek." (93. oldal)

Érdekes magyarázatot kapott Betty a halállal kapcsolatosan. **„Amikor a test halála beáll** *– mondták vezetőim, egy másik állapotba való átmenetet élünk meg. Szellemünk/lelkünk kisiklik a testből, és a Szellem birodalmába költözik. Traumatikus halál esetében hirtelen hagyja el a szellem/lélek a testet, néha már a halál beállta előtt. Ha például valaki* balesetet szenved vagy megég, kiemelik szellemét a testéből, még mielőtt nagy fájdalmakat élne át. A test tulajdonképpen még élőnek látszik néhány pillanatig, de a szellem/lélek már elhagyta azt, és nyugalmi állapotba került.

Halálunkkor eldönthetjük, hogy a Földön, a test közelében akarunk-e maradni, amíg azt eltemetik, vagy azonnal tovább akarunk-e menni, amint én is tettem, addig a fejlődési szintig, ameddig szellemünk elért. **Megértettem ugyanis, hogy különböző fejlődési szintre kerülhet az emberi szellem...**

Elmondták, hogy már testi állapotunkban fontos ismereteket szerezni a Szellemvilágról. Minél több ismeretünk van, annál gyorsabban és könnyebben tudunk felemelkedni annak a magasabb fokozataira. E tudás, valamint a hit hiánya miatt számos szellem a földi élet vonzáskörébe marad... Ezek a szellemek addig maradnak Föld közelségben, amíg meg nem tanulják a magasabb erők létezésének az elfogadását, és amíg nem adják fel az e világhoz való ragaszkodásukat. Amikor abban a bizonyos fekete masszában voltam, mielőtt a Fény felé mozdultam, éreztem ilyen ingadozó lelkek jelenlétét." *(98-99. oldal)*

HALÁLKÖZELI ÉLMÉNYEK (HKÉ)

A halálközeli élménnyel (HKÉ) kapcsolatos kutatás, amely az 1970-es években kezdődött el, dr. *George Ritchie* pszichiáter nevéhez fűződik.

Dr. Ritchie, akit egy életveszélyesnek tűnő kétoldali tüdőgyulladás révén halottnak tekintettek az orvosok, meglepetésükre „feltámadt", azaz magához tért. A meglepődés még nagyobb volt, amikor dr. Ritchie elmesélte mindazt, amit halálközeli állapota alatt hallott és látott. Elmondta, hogy távolról látta saját testét, amint az a kórházi ágyon feküdt, és hogy egy háromdimenziós képernyő félén látta, amint egész élete, mint egy mozivásznon, pillanatok alatt lejátszódott.

Kollégái elcsodálkoztak azon, hogy dr. Ritchie, ismert és megbecsült orvos létére, mert ezekről a dolgokról nyilvánosan beszélni. Megértették, hogy valami különös dolog történhetett vele, mivel életszemlélete teljesen megváltozott. Az az orvos, aki betegsége előtt nem volt vallásos, arról beszélt most, hogy betekintést kapott a túlvilági életbe.

Raymond A. Moody, aki meghallgatta dr. Ritchie halálközeli élményéről szóló beszámolóját, eldöntötte, hogy kutatást végez e jelenséggel kapcsolatosan. Annak ellenére, hogy sokan megkérdőjelezték a leírottakat, Raymond A. Moody nem adta fel kutatását, hanem folytatta tovább az interjúkészítést olyan emberekkel, akiknek halálközeli élményben volt részük.

A nem kevesebb, mint tizenöt évnyi kutatásnak az eredményét három könyvben foglalta össze; *Fény az alagútban* című könyve körülbelül ezer halálközeli élmény beszámolót tartalmaz, és ezek közül több nagyon egyedi és meglepő.

A kutatások során kiderült, hogy tévednek azok a szkeptikusok, akik úgy gondolják, hogy csak drogosoknak és elmebetegeknek van paranormális vagy halálközeli élményük, amit a pszichológiában hallucinációnak neveznek. Ellenkezőleg, kiderült, hogy azok, akik egy baleset vagy súlyos betegség miatt úgymond „meghaltak", azaz HKÉ-ben volt részük, pszichikailag és szellemileg a legegészségesebbek közé tartoznak.

Dr. Melvin Morse a következőket írja Betty J. Eadie 1992-ben kiadott könyvének előszavában:

„A halálközeli élményt nem az agyban levő oxigénhiány, sem drogok, vagy a halálfélelem által okozott pszichikai stresszsz idézi elő.

A közel húsz évnyi tudományos kutatás azt bizonyítja, hogy a halálközeli élmény egy természetes folyamat. Találtunk ugyanis egy olyan részt az agyban, amely lehetővé teszi ezt a megtapasztalást. Ez arra mutat, hogy a halálközeli élmény nem hallucinálás, hanem egy teljesen valóságos történés...

Alig nyolc évvel ezelőtt közöltük nyilvánosan azt az anyagot, amelyet a washingtoni egyetem, valamint a Seattle-ben levő Gyermekkórház kutatócsoportja gyűjtött össze. Annak ellenére, hogy azóta több helyen, többek között a floridai egyetemen, a bostoni Gyermekkórházban és a holland Utrechtben levő egyetemen is megismételték a vizsgálatokat, széles körben még mindig nem ismert a jelenség. Sajnos, társadal-

munk még nem fogadta el azt a tényt, hogy a kutatók e téren komoly előrehaladást értek el.

...

A gyerekeknek egyszerű és tiszta halálközeli élményeik vannak, amelyeket nem zavarnak meg vallási és kulturális elvárások. Ők nem nyomják el az élményt, mint ahogyan gyakran a felnőttek teszik...

Soha nem felejtem el azt az ötéves kislányt, aki szégyenlősen mondta: „Beszélgettem Jézussal, és aranyos volt. Azt mondta, hogy még nincs itt az ideje, hogy meghaljak."

A gyerekek sokkal gyakrabban emlékeznek halálközeli élményükre, mint a felnőttek, és átélésük eredményeképpen, úgy tűnik, hogy sokkal könnyebben fogadják el és értik meg szellem voltukat, mint a felnőttek...

Fontos lenne, hogy »átképezzük« magunkat ahhoz, hogy végül belássuk, hogy nem csak biológiai gépezetek vagyunk, hanem spirituális lények is." *(Dr. Melvin Morse, Előszó az Átölelt a Fény című könyvben)*

Sokan nehezen tudják elmondani mindazt, amit a túlvilágon láttak, hallottak és éltek meg. A kutatók arra az érdekes jelenségre figyeltek fel, hogy függetlenül attól, hogy melyik országban élő és milyen népcsoporthoz tartozó személy mondja el halálközeli élményét, a leírásoknak legnagyobb része hasonló. Elmondják mindanynyian, hogy sebesen haladtak át egy alagúton, amelynek végében legtöbb esetben erős fényt láttak. Amikor bekerültek a Fény országába, gyönyörű látvány tárult eléjük. Sokan elmondják, hogy találkoztak a földi élet sorából eltávozott hozzátartozókkal, vagy más lényekkel, akik szeretettel fogadták őket. Beszélnek arról, hogy mellettük állt egy isteni lény, akit egyesek, vallási hovatartozástól függően, Fénylénynek, Jézusnak, Buddhának vagy

Allahnak neveznek. Amikor visszapillantást kellett tenniük földi életük összes tetteire, szeretettel és melegséggel magyarázta el az isteni lény azt, hogy mit cselekedtek jól vagy rosszul. Nem csak látták, hanem érzelmileg át is élték tetteiknek hatását. Ha gonoszságot követtek el egy másik személy iránt, akkor annak bánatát és fájdalmát többszörösen érezték. Jó és szeretetteljes cselekedetek esetében pedig érezték annak a bizonyos személynek az örömét.

Az interjúk során az is kiderült, hogy nem mindenki kerül azonnal a fény országába. Egyesek „sötét helyről" beszéltek, mint például az a hölgy, akiről dr. Moody könyvében olvashatunk.

„Amikor szívinfarktus kaptam, egy sötét helyre kerültem. Tudtam, hogy elhagytam a fizikai testemet, és hogy halálomon voltam. Ekkor ezeket gondoltam: „Istenem, mindig próbáltam jót cselekedni, amikor csak képes voltam rá. Istenem, segíts most! Ekkor tüstént elhagytam a sötét helyet, és sebesen siklottam és haladtam tovább. Előttem szürke ködöt láttam, és én ebbe a ködbe kerültem bele. Úgy tűnt, hogy nem tudok eljutni oda, ahova szerettem volna. Itt földi emberekhez hasonló lényeket láttam. Mindent beragyogott egy csodálatos aranyszínű fény, amely habár halvány volt, nem hasonlítható össze semmilyen földi fényhez. Amint a fényhez közeledtem, tudtam, hogy már átjutottam a ködön. Ez olyan fenségesen gyönyörű érzés volt, hogy emberi szavakkal le sem lehet írni.

Valójában azonban még nem jött el az ideje annak, hogy átjussak a ködön. Ugyanis megjelent Carl nagybácsim, aki több évvel azelőtt halt meg; utamat állta és azt mondta:»Térj vissza. Még nem fejezted be a Földön a dolgodat. Azonnal térj vissza.«

Nem akartam visszatérni, de nem volt más választásom. És tüstént újra a testemben voltam. Borzalmas fájdalmat éreztem a mellkasomban és hallottam, hogy a kisfiam ismételten mondogatta: »Istenem, Istenem, engedd, hogy mama visszajöjjön hozzám.«"

A halálközeli élmény nem új jelenség, hanem mindig is létezett, azonban sokan nem mondják el tapasztalatukat, mivel attól tartanak, hogy bolondságnak vagy hallucinációnak tekintik azt.

1989 őszén szeretett Édesapám temetésére kellett sürgősen Svédországból Szatmárnémetibe utaznom. Koppenhágából repülővel érkeztem Budapestre, ahonnan sógornőm egyik rokona, László (megmásított név) autóval vitt a román határig. Annak ellenére, hogy a gyász miatt nem voltam beszédes hangulatban, próbáltam Lászlóval udvariasan társalogni. A több órás utazás közben szó esett politikáról és egyebekről.

Mivel László tudta, hogy lelkész vagyok, és hogy éppen Édesapám temetésére megyek, egy váratlan kérdéssel fordult hozzám. „Mi a véleménye a halál utáni életről?", kérdezte, szeme sarkából vezetés közben rám tekintve. Sok kedvem nem volt épp akkor a témáról beszélni, ezért röviden válaszoltam kérdésére: „Nem csak *hiszek* a túlvilági életben, hanem *tudom,* hogy folytatódik az élet valahol, egy más dimenzióban, miután elhagyjuk testünket."

László csendben volt egy kis ideig, aztán azt mondta: „Ugyanazon a véleményen vagyok én is."

Mesélni kezdett halálközeli élményéről, amit körülbelül 23 éves korában élt meg, és amit soha senkinek nem mondott el, attól tartva, hogy kicsúfolják vagy megszólják. Katolikus volt, így jobbnak tartotta elhallgatni a dolgot.

Akkor történt, amikor nem autója, hanem csak egy motorbiciklije volt. Elég nagy sebességgel robogott egy falusi mellékúton, amikor egy kanyarban hirtelen egy juhnyáj bukkant fel. Nem volt ideje fékezni, ezért a baleset elkerülhetetlen volt. László nem emlékezett arra, hogy mi is történt a baleset pillanatában, azt azonban soha nem felejtette el, hogy hirtelen körülbelül 3-4 méter magasságból figyelte a történteket, mivel „kiszállt" a testéből. Látta, hogy mentő érkezett, és hogy nemsokára pár ember rémülten gyűlt össze a baleset helyszínére. Mindeközben László a mentő és az emberek fölött „lebegett", elmondása szerint.

Annak ellenére, hogy eszméletlen állapotban feküdt a kórházban, ahova a mentő vitte be, sok dolgot észlelt és látott László, aki, elmondása szerint, szabadon mozgott falakon és ajtókon át, testen kívüli állapotában. Miközben a műtőben orvosok próbálták fizikai életét megmenteni, László a folyosón várakozó szüleihez közeledett. Látta, hogy aggódnak és sírnak, ezért szerette volna őket megvigasztalni, ők azonban nem észlelték jelenlétét.

László nem mondta el senkinek ezt a különleges halálközeli élményét, miután felépült a súlyos balesetből. Megkönnyebbülten hallgatta, amikor elmondtam, hogy nem csak neki volt ilyen élményben része, hanem nagyon sok ember mesélt már ehhez hasonló dologról, és hogy kutatás is folyik e jelenség körül.

Lelkészi szolgálatom alatt több halálközeli beszámolót volt alkalmam meghallgatni.

Eva Malmberg, egy malmői gyülekezet idős tagja elmesélte azt, hogy mi történt vele, amikor mint fiatal tanítónő, biciklibalesetet szenvedett. Huszonéves volt, amikor, miközben egy göröngyös falusi dombon száguldott lefelé, lezuhant a bicikliről. Csak arra emlékezett, hogy pillanatok alatt a baleset helyszínétől távolabb, a mező közepén, egy kövön ülve találta magát. Tudatában volt annak, hogy nem valóságos testében ült ott, mivel látta, hogy fizikai teste az úton, kicsit távolabb tőle fekszik. Azt is látta, hogy mentővel szállították el testét.

Éva Malmberg következő emléke a kórházból való, ahol a műtőterem egyik felső sarkából figyelte, amint az orvosok próbálták „összefoltozni" összeroncsolt arcát és megmenteni életét. Ő is, Lászlóhoz hasonlóan, át tudott siklani falakon és ajtókon és látta aggódó szüleit, akik a várakozószobában ültek.

Néhány év múlva, amikor Éva Lundba, Dél-Svédország egyetemi városába költözött, eldöntötte, hogy elmondja halálközeli élményét egy lelkésznek. Ez azonban, miután meghallgatta Éva beszámolóját, rámordult és azt mondta: „Ne beszélj többet ezekről a dolgokról. A sátántól való mindez."

Éva nagyon elszomorodott a lelkész szavai miatt és eldöntötte, hogy nem jár többet templomba, amit több évtizeden át be is tartott. Halálközeli élményét emlékként őrizte meg mindaddig, amíg, már idős korában, találkozott egy orvossal, aki éppen kutatást végzett a jelenség körül.

A halálközeli élmény jelenséget jómagam is megéltem 1997-ben, egy sürgős daganatműtét után. Nyolc napos, kórházban való tartózkodás után haza akartam menni, annak ellenére, hogy az orvosok figyelmeztettek arra, hogy a sok vérvesztesség miatt nem voltam valami jó fizikai állapotban.

Feketeribizli szörppel próbáltam odahaza a vérképemet javítgatni, kerülve mindennemű gyógyszerszedést, Istenre és saját erőmre bízva lassú felépülésemet.

Egyik hajnalban, körülbelül tizenkét napra a műtét után, félálomban feküdtem az ágyamban, amikor éreztem, hogy először zuhanok, aztán pedig kisiklok a testemből. Pillanatok alatt a nappaliban, aztán lakásunk egyik folyosóján találtam magam, a plafon alatt lebegve. Fényes világosság volt körülöttem és éreztem, hogy egy láthatatlan, szinte mágnesszerű erő keleti irányba húz, miközben jómagam vontam magam vissza. „Nem akarok meghalni, sok dolgom van még itt, a Földön", közöltem az erővel telepatikus vagy gondolatátvitel módon. Ekkor elengedett a „mágnes-erő", és egy pillanat alatt újra a hálószobában voltam, ahol, mint a kéz a kesztyűbe, „visszabújtam" a testembe.

Megrémülve feküdtem az ágyamban, arra gondolva, hogy akár meg is halhattam volna. Ugyanakkor boldogan állapítottam meg, hogy most már biztosan tudom, hogy van egy fizikai és egy szellem/éteri testünk is.

Elmeséltem különös halálközeli élményemet néhány családtagnak és barátnak, azonban legtöbben úgy gondolták, hogy ez nem történhetett meg a valóságban, hanem csak egy álom volt, és ezért igyekeztek más témára terelni a beszélgetést.

Miután több halálközeli élményről szóló könyvet olvastam, megértettem, hogy olyan jelenségről van szó, amely már Jézus idejében is gyakran előfordult, és hogy az Újtestamentumban is olvashatunk erről, csak egy kicsit más megfogalmazásban.

Lukács evangélista leírja például azt a történetet, amely szerint Jairus, a zsinagóga elöljárója megkérte Jézust, hogy menjen az ő házába, mert tizenkét esztendős leánya halálán van. Amikor mindenki azt hiszi, hogy a lány már meghalt, azt mondja Jézus nekik: „Ne sírjatok, nem halt meg, csak alszik."

"És íme, odajött egy ember, akinek Jairus volt a neve, és ez a zsinagóga elöljárója volt, és Jézus lábához borulva kérte őt, hogy menjen az ő házába, mert egyetlen leánya, aki tizenkét esztendős volt, halálán van. ...

Még beszélt, amikor odaérkezett a zsinagógai elöljáróhoz egyik embere és így szólt: »*Meghalt a leányod. Ne fáraszd tovább a Mestert!*«

Jézus ennek hallatára így biztatta: »*Ne félj, csak higgy, meggyógyul ő!*«

Bement a házba, és senkit sem bocsátott be, csak Pétert, Jánost és Jakabot, s a leány atyját és anyját.

Sírtak mindnyájan és gyászolták a leányt. Jézus azonban ezt mondta: »*Ne sírjatok, nem halt meg, csak alszik.*«

És kinevették, mivel tudták, hogy meghalt.

Ekkor mindenkit kiküldött, megfogta a leány kezét és megszólította: »*Leánykám, kelj fel!*«

És visszatért annak a lelke és tüstént felkelt. *Jézus meghagyta nekik, hogy adjanak neki enni.*

A szülők nem tudtak hova lenni a csodálkozástól, ő pedig megparancsolta nekik, hogy senkinek se mondják el, mi történt." (Lukács evangéliuma 8:41–56)

Miképp tudta meggyógyítani és a „halálból" visszahozni Jézus Jairus lányát? Igaz lehet-e az, hogy dr. Eben Alexander, Betty J. Eadie és még nagyon sok, halálközeli élményről beszámoló ember kómás állapotban elhagyta földi testét, és átment az Univerzum egyik, számunkra még ismeretlen dimenziójába, Isten országába?

Biztos választ a létkérdések sokaságára nem könnyű adni. Érdemes azonban elgondolkodni azon, hogy „Ki és mi is az ember?". Csupán biológiai sejtek halmaza, vagy ennél több?

AZ EMBER

Az ősidőkben megfogalmazott teremtésmítoszok arra utalnak, hogy a „*Honnan jöttünk és miből lettünk?*" kérdés mindig foglalkoztatta az embert.

A legtöbb ókori teremtésmítosz szerint a világ két ősi princípium, egy hímnemű és egy nőnemű istenség közreműködése által jött létre. Az istenek kétneműsége nem a testi szexualitást fejezi ki, hanem azt a fizikai negatív és pozitív polaritást, amely a természet, az élet fenntartásához szükséges. A kínai világmagyarázat szerint például a Jang (hímnem) és a Jin (nőnem) természetes alkotóelemei a fizikai világnak. Ezek egyensúlya tartja fenn a világ rendjét.

A zsidó, ótestamentumi teremtéstörténetben nincs ilyen megosztottság, hanem monoteista szemlélet szerint egy az Isten, aki kezdettől fogva Úr a kaotikus elemek fölött. Az Ő Szelleme és szava szünteti meg a káoszt és teremti meg a rendezett világot, amiben az ember is helyet kap.

A Biblia első lapjain két különböző emberteremtési leírást találunk. A legtöbb valláskutató szerint azért van két történet, mert a Szentírás szerkesztői két különböző hagyományt használtak fel.

Az első történet a következőképpen van leírva Mózes könyvében:

„*Akkor ezt mondta Isten: Alkossunk embert a képmásunkra, hozzánk hasonlóvá: uralkodjék a tenger halain, az ég madarain, az állatokon, az egész földön és mindenen, ami a földön csúszik-mászik. Megteremtette Isten az embert a maga képmására, Isten képmására teremtette, férfivá és nővé teremtette őket.*" *(1 Mózes 1:26–27)*

Kivel tanácskozik itt Isten, és hogy értelmezendő az a kijelentés, hogy „teremtsünk embert képmásunkra, magunkhoz hasonlóvá"?

Egyik válasz az lehet, hogy alacsonyabb rangú istenekkel, segítőtársakkal beszéli meg Isten tervét, amely szerint férfit és nőt egyidejűleg teremt.

A második történet szerint, az ember egy „félkész" világba, a föld porából lett megalkotva:

„*Amikor az Úristen a földet és a mennyet megalkotta, még semmiféle mezei fű nem volt a földön, és semmiféle mezei növény nem hajtott ki, mert az Úristen még nem bocsátott esőt a földre. Ember se volt, aki a termőföldet megművelje. Akkor pára szállt fel a földről, és mindenütt átitatta a termőföld felszínét.* **Azután megformálta az Úristen az embert a föld porából, és élet leheletét lehelte orrába. Így lett az ember élőlénnyé.**" *(1 Mózes 2:4–8)*

Ezen írás szerint Ádám, az Ember, a föld porából formáltatott és csak akkor lett élőlénnyé, amikor Isten „életnek leheletét" lehelte orrába. Érdemes felfigyelni a szóösszefüggésre, éspedig arra, hogy „*ádám*" *embert*, „*adámah*" *földet* jelent a héber nyelvben. A szóhasználat jelzi tehát, hogy az ember, mint fizikai lény, a földi, anyagi világhoz van kötve.

Mivel Ádám nem tud feladatával egyedül megbirkózni, Isten álmot bocsát rá, és oldalbordájából asszonyembert, egy „issáh"-ot teremt, aki a férfi segítőtársa lesz.

Sokat vitatott ez az emberteremtési elbeszélés, főleg azért, mert itt az asszony másodrangú lény a férfihoz, Ádámhoz viszonyítva. Pál apostol szó szerint értelmezi ezt a bibliai szöveget, amikor a nő és férfi viszonyról beszél. Ezt írja a korinthusiaknak:

„... *a férfinek nem kell befednie a fejét, mivel ő az Isten képe és dicsősége, az asszony pedig a férfi dicsősége. Mert nem a férfi van az asszonyból, hanem az asszony a férfiből. Mert nem is a férfi teremttetett az asszonyért, hanem az asszony a férfiért. Ezért tehát kötelessége az asszonynak, hogy függőségének jelét viselje a fején az angyalok miatt is."* (Kor 11:7–10)

Az a gondolat, hogy az ember porból, azaz anyagból teremttetett, több ókori vallásban előfordul, mint például a sumér Gilgames-eposzban. Modern világszemléletünk szerint furcsának tűnik a „por" szóhasználat, azonban, ha jól átgondoljuk, egy tudományos igazságot fejez ki, hiszen mindannyian tudjuk, hogy testünk anyagból, azaz porból van. Ennek az anyagnak körülbelül 50-70%-a víz, és földi ásványokat, vasat, foszfátot, káliumot és még sok más földi anyagot tartalmaz. Azt is tudjuk, hogy „élet lehelet" nélkül megszűnünk létezni. Elmondhatjuk tehát, hogy annak ellenére, hogy a bibliai teremtéstörténet nem ad teljes magyarázatot létkérdésünkre, nem áll teljesen távol az igazságtól.

Az a dualista (kettős) szemlélet, amely szerint az ember test és lélek, nem csak az ókor vallásaira volt jellemző, hanem ugyanazt vallották tudósok és filozófusok is egész addig, amíg a Darwin szerinti materialista gondolkodás nem kezdett elterjedni.

Platón (Kr. e. 427–347), görög filozófus már 400 évvel Krisztus előtt beszélt arról, hogy test és lélek vagyunk mi emberek. Testünk mulandó, és az érzéki világhoz tartozik; lelkünk, amelyhez az értelem is kötődik, örök és múlhatatlan. Platón szerint érzéki világunkon túl kell egy más valóságnak léteznie, ahol a természetben található dolgoknak megvan az örök és változatlan „ősmodellje", „ideája".

Úgy gondolta, hogy az ember lelke már a megszületés előtt is létezik, azonban ennek emléke megszűnik, amint az érzéki világba beleszületünk. Időnként feldereng bennünk a tökéletes „idea-világnak" az emléke, és ekkor visszavágyunk oda, ahonnan eredetileg jöttünk. Ezt a visszavágyást *erosz*nak, azaz szeretetnek nevezi Platón.

Plotinosz (Kr. u. 205–270) egy másik ismert filozófus, aki a Világmindenség titkain elmélkedett, tovább terjesztette a görög filozófusoknak azt a szemléletét, amely szerint test és lélek az ember. Plotinosz úgy gondolta, hogy két pólus, az isteni fény és a sötétség közé van a világ „kifeszítve". Az isteni fényt Egynek nevezte, és úgy gondolta, hogy a sötétség nem más, mint ennek az Egynek, a Fénynek a hiánya.

A reformáció idejében (1500-as évek) valamint az azt követő barokk korszakban az idealizmus és materializmus vetekszik egymással. Egyes filozófusok a lét teljes szellemiségét vallották, mások pedig azt, hogy minden – ember és állat, test és lélek – anyagrészecskékből van felépítve.

Leibniz, XVI. századbeli ismert filozófus elmélete szerint az anyag és a lélek között az a különbség, hogy minden, ami anyagból való, felosztható részecskékre, a lélek azonban oszthatatlan.

René Descartes (szül. 1596) filozófus arra a belátásra jutott, hogy biztos tudást és ismeretet a valóságról nem az érzékszerveinken át, hanem csak az elménk segítségével tudunk megszerezni. Ismert mondása: „Gondolkodom, tehát vagyok"(latinul: „Cogito, ergo sum").

Már Descartes idejében elkezdődött az új természettudomány kialakulni. Tudósok és filozófusok materialista világszemlélete kezdte kiszorítani a görög filozófia kettős, dualisztikus gondolkodásmódját, amely szerint úgy az anyag, mint a lélek szoros alkotóelemei a valóságnak. Descartes-nál még megtaláljuk a dualista világszemlélet nyomait; azt gondolja, hogy úgy az anyag, mint a lélek Istentől van. Szerinte az, amit észnek, értelemnek hiszünk, nem testünkben, hanem lelkünkben van, az anyagi valóságtól függetlenül.

Baruch Spinozát (1632–1677) kiközösítette az amszterdami zsidó gyülekezet újszerű filozófiai gondolkodása miatt. Nem tartották elfogadhatónak valláskritikáját és azt sem, hogy megkérdőjelezte a Biblia Istentől való ihletését.

Spinoza filozófiájának lényege az, hogy mindent az örökkévalóság szemszögéből magyaráz. Szerinte Isten nem alkothatta meg azt a világot, amiben ő maga is benne van, mivel az alkotó mindig az alkotásán kívül áll. Isten maga a világ, és nem pedig alkotója annak.

Spinoza szemlélete nem dualista, hanem lényegében követi a zsidó monoteista hitet. Szerinte minden, a természetnek és a létnek összes funkciója egyetlen „szubsztanciából" származik. Csak egy Isten és egy természet van, tehát minden egy, mondja Spinoza.

Immanuel Kant (szül. 1724-ben) tudós és filozófus szerint nem tudjuk a Világmindenség minden titkát megismerni, például azt, hogy az véges vagy végtelen, mivel az ember csak egy parányi része az egésznek. Abban sem hitt, hogy biztos választ tudunk adni a létkérdésekre, például arra, hogy van-e Isten, vagy, hogy lakozik-e az emberben egy halhatatlan lélek.

A romantika kor egyik jelentős filozófusa, **Schelling** (1775–1854) úgy vélte, hogy az egész fizikai valóság, az emberi szellemet beleértve, az Egy Istennek, azaz a „világszellemnek" a megnyilvánulása. Azáltal hogy saját magunkat megismerjük, tudást szerezhetünk a világ titkairól, mivel a világszellem benne van az emberi tudatban is.

Georg Wilhelm Friedrich Hegel (1770–1831), német filozófus is használja a „világszellem" és „világértelem" fogalmakat azonban Schellingtől eltérő, más értelmezésben. Szerinte a Szellem csak az emberre vonatkoztatható, ezért a „világszellem" nem más, mint az emberi jelenségeknek az összessége.

Hegel úgy vélte, hogy nincsenek örök igazságok, mivel az ember alapvető ismeretei állandó változás alatt állnak. Maga a „világszellem" is egy magasabb öntudatosság felé tart, és ezért az emberiségnek is egyre több lehetősége van az önismeretre, racionalizmusra és szabadságra. Minden új gondolat egy másik, „ellen-gondolatot" hozz létre. Ezt a folyamatot dialektikának, azaz dialektikus fejlődésnek nevezte Hegel. Szerinte minden tézis egy antitézist hozz létre. A szembeálló gondolkodás feszültséget vált ki, azonban ez a feszültség megszűnik, amint a két különböző felfogásról kiderül az, hogy mind a kettőben van némi igazság és némi tévedés. Amint két szembeálló gondolat, illetve nézet egyesül, létrejön egy szintézis.

A XVIII. század közepén egy új kor, **a naturalisták** kora kezdődik el.

A naturalistákra az jellemző, hogy csak az emberi érzékek által megtapasztalt, és a természetben megnyilvánuló valóságot ismerik el. Elméleteiket a saját megtapasztalás, valamint az értelem által megszerzett tudásra alapozták. Az isteni kinyilatkoztatás lehetőségében nem hittek. Hamarosan kiderül azonban, hogy a naturalisták által leegyszerűsített kutatási metódusok nem elegendőek a valóság megismeréséhez.

A XVIII. század legismertebb természetkutatója, **Charles Darwin** (1809–1882) teológiát és geológiát is tanult. Kutatásai során arra a belátásra jutott, hogy minden élőlény, növény, állat és ember egy primitív, ősi formából ered. Ismert az az elmélete, amely szerint minden élőlény az élettelen anyagból, sejtből származik, amely véletlen folyamatok során élő sejtté vált. Számos további véletlen folyamatra volt szükség ahhoz, hogy a természetben létező több millió életforma létrejöjjön, az amőbától az emberig, aki Darwin szerint a majomtól származik.

A továbbszaporodás fontos szerepet játszik fejlődési elméletében. Darwin szerint csak az életerős faj tud megmaradni és továbbszaporodni, a gyenge elpusztul. Mivel az emberre is vonatkoztatja a továbbszaporodás elméletét, feltevődik az a kérdés, hogy miként tekintenek a darwinisták azokra, akik fizikai hiányossággal születnek, bénákra és fogyatékosokra? Darwin materialista elmélete szerint ezeknek nincs helyük az örökösen tökéletesebb fajokra törekvő természetben.

Annak ellenére, hogy a legtöbb természettudós belátja Darwin elméletének hiányosságait, sokan hiszik azt, hogy nincs más magyarázat az élővilág létrejöttével kapcsolatosan. Nem gondolnak arra, hogy Darwin csak kívülről látta a természet csodáit, mivel nem tudott semmit a sejtek bonyodalmas felépítéséről és működéséről, nem beszélve az emberi szervezet fantasztikus gén- és DNS-állományáról. Darwin nem rendelkezett ugyanis még egy becsületes mikroszkóppal sem.

Az a tény, hogy ma, 200 évvel Darwin után továbbra is küszködnek a kutatók az élővilág titkainak megismerésével, elegendő bizonyíték arra, hogy a fizikai valóság és annak létrejötte sokkal bonyolultabb, mint hinnénk. Ez idáig például minden fejlett technika és kísérlet ellenére nem tudtak a kutatók élettelen anyagból, sejtből élő sejtet létrehozni. Hogy miért? Talán azért mert „életleheletet" csak Isten tud „belehelni" az élettelen anyagba.

A materialista gondolkodók, akik ragaszkodnak a Darwin féle fejlődési elmélethez, úgy gondolják, hogy az emberiség története pár millió, vagy akár milliárd évvel ezelőtt kezdődött el és lineáris fejlődésen ment át. Ezt a fejlődést a természetbe beépített törvények véletlenszerűen irányították, új fajokat hozva létre.

Elhihető-e az, hogy világunk és abban maga az ember véletlenek és a természet szeszélyes fejlődésének az eredménye? Fred Hoyle nevű tudós szerint *„Annak a valószínűsége, hogy élettelen anyagból egy élő sejt alakuljon ki, kisebb, mint annak a valószínűsége, hogy egy orkán végigsöpör egy roncstelepen, és összeállít egy működőképes repülőgépet." (Hoyle, F. 1983)*

Balogh Béla, aki eredetileg hídépítész mérnök, azt írja *A végső valóság* című könyvében, hogy *„úgy tűnik, az evolúció elmélete – legalábbis mai formájában – elég bizonytalan alapokon áll." (62. oldal)*

Balogh Béla megkérdőjelezi azt, hogy az *„Élettelen anyagból a véletlen és az evolúció hatására létrejön az élet, ami aztán olyan komplex sejtgyűjtésekké fejlődik, mint pél-*

dául az emberi agy. Ez az agy megírja saját programjait, sőt végre is hajtja őket. Fejlődik, gyarapodik, de bizonyos idő elteltével furcsa módon lebontja magát és elpusztul." (60. oldal)

Feltevődik az a kérdés, hogy az élettelen anyag, amely képes komplex, élő sejtstruktúrákat létrehozni és ezeket különböző funkciókra bekódolni, miért választotta az élet véges, önmagát lassan lebontó és nem pedig az örök élet formáját? „Hogy lehet az, hogy ennek a csodálatos struktúrának, aminek sikerült elhagyni az élettelen anyag stádiumát, és önmagát az agy és a fizikai test komplexitásáig eljuttatni, időben nem sikerül fenntartania ezt a komplexitást?" – teszi fel Balogh Béla a kérdést. (Balogh, 62. oldal)

Az ókor emberének könnyebb volt választ adnia a létkérdésekre, mivel abban az időben a legtöbb tudós és filozófus hitte azt, hogy látható világunk nem más, mint egy láthatatlan valóságnak a kivetítése, illetve „másolata". Jézus is beszélt egy magasabb rendű szférában létező „ember-modellről", akit ő *Pigerádámsznak, vagy első Ádámnak* nevez. Alacsonyabb rendű istenségek, arkonok „másolatot" készítettek erről az első, tökéletes Emberről, földi emberré formálva azt.

Más szférákról, dimenziókról, ahol a földi teremtett világnak egy szebb és tökéletesebb formáját látták, beszélnek sokan azok közül, akiknek halálközeli élményben volt részük. Így ír erről dr. Eben Alexander *A mennyország létezik* című könyvében:

„A felhőknél magasabban – mérhetetlenül magasabban – áttetsző íveket láttam, ragyogó lényeket az égben, amelyek hosszú nyomvonalakat hagytak maguk után.

Madarak? Angyalok? Ezek a szavak akkor merültek fel bennem, amikor elkezdtem leírni az élményeimet. De egyik sem jellemzi pontosan ezeket a lényeket, amelyek teljes mér-

tékben különböztek bármitől, amit ezen a bolygón tapasztalhattam. Fejlettebbek voltak. Emelkedettebbek." (52. oldal)

„Meleg szél fújt végig rajtam, az a fajta, amely a legtökéletesebb nyári napokon kel szárnyra. Megtáncoltatta a fák levelét, és mennyei folyóként áramlott körülöttem. Isteni szellő volt. Mindent megváltoztatott, még magasabb oktávra, egy emelkedettebb vibrálási szintre mozdította körülöttem a világot." (53. oldal)

„Megszámlálhatatlan Univerzumokban láttam az élet pezsgését, beleértve olyanokat is, ahol, az emberéhez viszonyítva, sokkal fejlettebb az intelligencia. Láttam, hogy számtalan magasabb dimenzió létezik. Ezek megismerése csak belülről, közvetlen megtapasztalás által lehetséges. Alacsonyabb szinten levő dimenziókban nem szerezhetünk ismereteket ezekről.

Ezeken a magasabb szinteken is létezik az ok és okozat törvénye, de a mi földi felfogásunkon túlmenő értelemben.

Földi birodalmunk szorosan és sok szálon összefügg ezekkel a felsőbb világokkal." (56. oldal)

A kutatók többnyire a fizikai test titkait szeretnék megismerni mintha az ember csak sejtekből, kémiai anyagokból, atomrészecskékből, azaz „porból" összegyúrt lény lenne. A tudósoknak nincs sok mondanivalójuk a bennünk létező láthatatlan, azonban nagyon is valóságos világról – az érzelem, értelem és a szellem rejtélyeiről. Eszközeik nem alkalmasak belső világunk teljes megismerésére. Úgy tűnik, hogy az óriás űrkutató teleszkópok sem elegendők ahhoz, hogy felderítsék azt, hogy honnan jöttünk és hová megyünk, amikor levetjük földi palástunkat, a testet.

MIT MONDOTT JÉZUS A TEREMTÉSRŐL?

Az újtestamentumi evangéliumok nem tartalmaznak olyan textusokat, amelyek kifejeznék Jézus Krisztusnak a teremtéssel kapcsolatos gondolatait. Máté, Márk és Lukács evangélisták kihagyták azokat a párbeszédeket, amelyeket a Mester legközelebbi tanítványaival folytatott, és amelyek Jézus kozmológiájáról, világ- és életszemléletéről tanúskodnak. A Bibliában levő textusok többnyire csak Jézus születésére, hasonlataira, csodatételeire és kereszthalálára összpontosítanak. **A Nag Hammadiban talált írások** azonban **megismertetik velünk a "filozófus" Jézust, aki titkokat árul el tanítványainak a Világmindenségről és a földi ember teremtéséről**. *Tamás evangéliuma* szerint Máté **"filozófusnak" nevezi Jézust, amikor a Mester megkérdezi tőlük, hogy kinek hiszik őt.** Ez azt bizonyítja, hogy több volt ő, mint az a szegény ácsmester, aki áldozati "bárányként" halt meg a keresztfán azért, hogy Isten megbéküljön a világgal, és megbocsássa bűneinket. Azt a kérdést, hogy kinek volt érdekében 2000 éven át Jézusról ezt a szánalmas képet terjeszteni, nehéz, de nem lehetetlen megválaszolni. Olyanok tették és teszik még ma is ezt, akik hittek, illetve hisznek ősi pogány vallások kultikus szokásaikban, amely szerint ember- és állatáldozat szükségeltetik ahhoz, hogy Isten kiengesztelődjék az Emberiséggel.

A gnosztikus írások a tudós és filozófus Jézust mutatják be nekünk, azt a Mestert, akinek komoly kozmológiai ismeretei voltak. Tudását nem részecskekutató intézetekben sajátította el, hanem magával hozta abból a világból, ahonnan jött. Ez a Jézus veszélyesnek találtatott, mivel célja és küldetése az volt, hogy igazságot és tudást, gnózist terjesszen Istenről és az ember valóságos eredetéről. Azok az ismeretek, amelyeket tanítványainak adott át, eltérnek, sőt sok szempontból szembeszállnak a zsidó vallás tanaival.

János titkos könyve szerint Jézus megjelent a keresztre feszítés után, és tanította magát Jánost „*arról, ami volt, ami van, és ami be fog következni*". Azt akarta, hogy János megértse a látható és láthatatlan világ titkait. Jézus beszélt neki Istenről, a Világmindenség Magasságos lényéről, a „tökéletes Ember" első „modelljéről" valamint arról a női, Isten Szellemét bíró princípiumról, amelynek életadó feladata van.

„*Most azért jöttem, hogy tanítsalak téged arról, ami van, és ami volt, és ami lesz, valamint a megrendíthetetlen, tökéletes Ember fajával kapcsolatos dolgokról*" – mondja Jézus Jánosnak.

„*Az Egy, Láthatatlan Szellem. Nem úgy kell rágondolnunk, mint egy istenre, mert Ő nagyobb, mint egy isten, mivel senki és semmi nincs felette*" *(János titkos könyve: Az Egy 2,25–4,19)*

„**Az Egy felmérhetetlen fény, tiszta, szent, szeplőtelen.**"

„*Mit mondjak róla?*

Töretlen birodalma a csend, a nyugalom és a béke birodalma, amely mindenek előtt volt." *(János titkos írása: Az Egy)*

„*Az Egy Isten gondolata valóságot öltött, és ekkor* **megjelent ő (nőnem), aki a fényből lépett elő. Ő (nőnem)**

***az első erő, amely mindenek előtt kiáradt belőle* (Istenből)...**
Az ő (nőnem) fénye ugyanúgy ragyog, mint az Atyáé. Ő (nőnem) a tökéletes erő, a Láthatatlan, Tökéletes Szeplőtelen Szellemnek a megnyilvánulása." *(János titkos írása)*

Ez a női princípium, amely Isten fényéből lépett elő, különböző alakban, szerepben és néven jelenik meg. Lesz ő Szófia (Bölcsesség), Epinoia (a Gondolat, a Tudat), Barbello, a Szeplőtelen Szűzi Szellem, valamint az életadó Hawah (Éva).

Hasonló dolgokat mond el a Mester a *Jézus Krisztus Bölcsessége* című gnosztikus írás szerint is.

„Fülöp szólt: »Uram, akkor hogyan jelent meg az Egy, Aki Van a tökéletesek számára?«

A tökéletes Megváltó azt mondta: »Mielőtt bármi is látható lett volna a láthatatlan dolgok közül, magasztos és tekintélyes volt Ő (Az Egy), aki mindeneket magához ölelt, de semmi sem ölelte át Őt. Ő az értelem, a gondolat, az ok és okozat, a megfontolás és a hatalom. Mindezek egyenlő hatalmasságok, és forrásai a teljességnek. Minden nemzedék, az elsőtől kezdve az utolsóig, a végtelen, nem-nemzett Világegyetem Atyjának az elő-tudatában volt.«" (Jézus Krisztus Bölcsessége 95,19...)

A földi ember teremtésével kapcsolatosan többnyire Szófia nevű női princípium van megnevezve. Ő az, aki a Szűzi Szent Szellem és az Atya beleegyezése nélkül akart valamit alkotni. Próbálkozása azonban nem járt sikerrel, mivel egy tökéletlen, szinte félelmetes alakot hozott Szófia létre: „*Valami tökéletlen alak jött ki belőle (Szófiából), és ez nem hasonlított rá... Nem hasonlított az anyjára, torz alak volt.*" *(János titkos írása 9,25)*

Megdöbbent és megijedt ettől a démoni alaktól az istenanya; egy felhőbe (szférába) rejtette el ezt az alakot, akinek a gnosztikus írásokban három neve is van: Yaldabaoth, Saklas és Samael.

A *világ urának* nevezi Jézus ezt a félig démon, félig istenség alakot.

Szófia megbánja tettét, sír és segítséget kér, hogy felemelkedhessen abba a szférába, ahonnan eltávozott. Nem tud ugyanoda visszatérni, hanem egy alacsonyabb dimenzióba emelkedik vissza, amely azonban magasabb fokon van, mint Yaldabaoth szférája.

Yaldabaoth birtokolja az anyja szellemi erejét, és ezért, miután eltávolodik attól a helytől, ahol az anyja volt, elkezdi megalkotni saját birodalmát egy másik szférában, számos mennyei lényt, angyalokat, arkonokat hozva létre. Aztán kijelenti magáról, hogy ő az Isten: *„Én vagyok Isten, nincs más isten rajtam kívül".*

Egy alkalommal bepillantást nyer Yaldabaoth az arkonokkal együtt a Magasságos Egy Isten fényes birodalmába, ahol a tökéletes Embert, Pigeradamaszt is meglátják. Ekkor eldönti Yaldabaoth, hogy az arkonok segítségével megalkotja ennek az embernek a másolatát.

„Így szólt Yaldabaoth az arkonokhoz:»Gyertek, alkossunk egy emberi lényt Isten képére és a mi hasonlatosságunkra, hogy az ő képe fényt adjon nekünk.«" (János titkos írása)

„Megalkották ezt a lényt az első Ember hasonlatosságára és ezt mondták:»Nevezzük őt Ádámnak, hogy az ő neve által kapjuk meg a fény erejét.«"

Ez a lény azonban olyan, mint egy robot, amelynek nincs ereje sem felállni, sem járni. Yaldabaoth kétségbeesik, ezért az arkonok azt az ötletet adják neki, hogy fújja a robot arcába azt a szellemet, amit anyjától, Szofiától kapott.

„Azt mondták YALDABAOTHNAK:»Fújd Ádám arcába szellemedet, és a test fel fog állni.«"

„És ő Ádámba fújta szellemét. A szellem anyja szelleme volt, de ezt ő nem látta be, mivel tudatlanságban él."
„A test megmozdult, erőre kapott, és megtelt fénnyel. Ekkor az arkonok féltékenyek lettek. Mert annak ellenére, hogy ők alkották meg Ádámot és ők adtak erőt belé, Ádám értelmesebb volt, mint az alkotók, és mint maga a fő arkon, Yaldabaoth.
Amikor megértették, hogy Ádám felvilágosult és tisztábban tud gondolkodni, mint ők, és hogy nincs benne gonoszság, kivetették őt az összes anyagi lét legalacsonyabb szintjére."
„És elhozták Ádámot a halál árnyékába azért, hogy újraalkothassák őt földből és vízből, és tűzből és az anyag-szellemből, vagyis a tudatlanság és a vágyak sötétségéből, és az ők hamis (téves) szelleméből. Ez lett a sírja az újraformált testnek, mellyel a rablók (arkonok) felöltöztették az embert a feledékenység kötelékével, és így vált halandó emberré. Ő volt az első, aki lejött, halandó ember lett és elidegenedett."
(János titkos könyve: 20, 28...)

Ádám azonban nem marad magára földi száműzetésében. A megvilágosult Tudás (tudatosság), akit Jézus Életnek (héberül Hawah), Évának vagy a Láthatatlan Szellemnek nevez, elrejtőzik Ádámba. Yaldabaoth megpróbálja őt Ádámból eltávolítani, de nem jár sikerrel.

Yaldabaoth, a főarkon megalkot egy női alakot az eredeti női princípium, Éva képére. A főarkon által létrehozott női alak megkapja Ádám erejének egy részét. „Nem úgy történt, amint Mózes mondta: »Ádám oldalbordájából«" - mondja Jézus Jánosnak. (János titkos írása: Éva teremtése 22, 28...)

Ez a teremtéstörténet, amelyet a gnosztikus írások szerint Jézus mondott el legközelebbi tanítványainak, első látásra teljesen eltér mindattól, amit az Ótestamentumban olvashatunk, és nem egyeztethető össze a Darwin szerinti fejlődési elmélettel sem. A textusok és elméletek közelebbi, mélyebb értelmezése azonban arra mutat, hogy számos közös elem található meg a modern, tudományos magyarázatok, az ótestamentumi és a gnosztikus írások szerinti emberteremtés-történetek között. A tudósok genetikáról, azaz a gének által közvetített fizikai és szellemi öröklődésről beszélnek, amit lehet akár úgy is értelmezni, hogy minden ember egy hosszú *génmásolat* sorozatnak az eredménye.

Amikor egy gyermek megszületik, szülők és nagyszülők keresik a velük való külső és belső hasonlatosságot, vagyis a tőlük örökölt „képmásságot". A kutatók szerint örökölhetünk úgy jó, mint rossz fizikai és szellemi tulajdonságokat őseinktől, akik maguk is, ki tudja, időben meddig visszamenőleg, emberi „másolatok" hasonlóságára lettek megalkotva. Azt, hogy az eredeti „modell" honnan származik, nehezen tudják a tudósok megmagyarázni. A legtöbben a Darwin szerinti teremtéselmélethez ragaszkodnak, amely szerint az ember „ősmodellje" egy állat, a majom volt. Egyre több kutató azonban elutasítja ezt az elméletet, mivel az ember és a majom DNS- és génállománya között számos eltérés van.

A tudósok azt sem tudják megmagyarázni, hogy miért nem csak jó tulajdonságok vannak az emberi génekbe bekódolva.

Yaldabaoth-hoz és az őt segítő arkonokhoz hasonlóan a mai tudósok is próbálnak embert, robot-embert alkotni. Azzal is foglalkoznak, hogy tökéletes ember-modellekről klónozás által másolatokat készítsenek, mit sem törődve azzal, hogy zavart okozhatnak és további „hibát" követhetnek el, amint azt az ősarkonok is tették.

A gnosztikus írásokból kiderül az, hogy Jézus, a zsidók felfogásától eltérő, más értelmezést ad az ótestamentumi teremtéstörténetnek. *János titkos írása* szerint Jézus úgy vélte például, hogy nem az Univerzum legfelsőbb Hatalma, az Egy Isten alkotta „porból" a halandó fizikai emberi testet, hanem egy alacsonyabb rendű istenség, Yaldabaoth segítőtársaival együtt hozta létre azt. A jó hír azonban az, hogy ebben a „porhüvelyben" Isten Szelleme, maga az örök élet van elrejtve, „bekódolva". A probléma azonban az, hogy Yaldabaoth, akit Jézus az anyagi világ urának tekint, nem akarja, hogy az ember felvilágosuljon és tudomást szerezzen a szellemvilághoz való tartozásáról. Megtiltja az általa teremtett nőnek és férfinak, hogy egyenek a tudás fájának gyümölcséből, mert nem akarja, hogy megismerjék az igazságot, azt, hogy eredetileg egy felsőbb szférából, Istentől származnak. Erről a „butítási programról" olvashatunk az Ótestamentum első oldalain, ahol Izrael Istene és Teremtője – Yaldabaoth-hoz hasonlóan – megtiltja Évának és Ádámnak, hogy a tudás fájának gyümölcséből egyenek, attól félve, hogy megismerik, mi a jó, vagyis betekintést kapnak Isten tökéletes országába, és megértik azt, hogy a rossz egy alacsonyabb rendű szférához, Yaldabaoth birodalmához tartozik. Ezt a „butítási programot" még ma is követik zsidó, keresztény és muszlim vallásvezetők, akik hiszik az ótestamentumi történetet és azt, hogy bűn a tudás fájáról „enni". Ezt a butítási programot szolgálják azok a tudósok is, akik csak a „porhüvelyre", azaz a fizikai test kutatására összpontosítanak. Hiszik azt, hogy az ember csak anyag, egy „porgubanc", amely bizonyos természeti szabályok szerint működik.

„Az arkonok őrizték azt, amit a jóról és rosszról való tudásfájának neveznek, ami nem más, mint a megvilágosult Be-

látás (tudatosság). Azt akarták, hogy Ádám ne kapjon teljes tudást, és ne fedezze fel ruhátlanságát' (spirituális részét)" – mondta Jézus Jánosnak, így folytatva:

"'Én voltam az, aki rávettem őket, hogy egyenek (a tudás fájáról)'

Én (János) ezt mondtam a Megváltónak: ,Uram, nem a kígyó volt az, aki biztatta Ádámot, hogy egyen?'

A Megváltó nevetett és azt mondta: ,A kígyó a nemzésre és bujaságra tanította őket… Tudta, hogy Ádám azért volt engedetlen, mert a felvilágosult Szellem lakozott benne, és ez megerősítette értelmét (tudatosságát). A főarkon (azaz Yaldabaoth) *be akarta fedni azt az erőt, amit ő maga adott át Ádámnak. Ezért mély álmot bocsátott rá.'*

Kérdeztem a Megváltót: ,Mi a mély álom?'

*A Megváltó azt mondta, hogy nem úgy van, amint Mózes írta le az első könyvében… Ez a mély álom **a tudás elveszítése**." (János titkos írása 20,28…)*

Jézus használja az autogenezis szót, amit „önmagát teremtő", önmagát szaporítónak lehet fordítani, de lehet biológiai fogalomként sejtosztódásnak is értelmezni. A gnosztikus írások szerint Yaldabaoth, anyjához hasonlóan, autogenezis által hozta létre az őt szolgáló teremtményeket és szellemvilágot.

A kígyó a gnosztikus írások szerint **nem más, mint maga Yaldabaoth, az a démoni erő, amely biztatja az embert, hogy egyen a rossz fájának gyümölcséből,** amely a csalás, a hazugság és a halál gyümölcse.

„És ők a paradicsom közepébe állították az élet fáját, amely magában hordozza azt a tervet, amit közösen hoztak létre az ő szellemi természetük szerint. Az ő fájuknak gyökere keserű, ágaiban van a halál árnyéka, a gyűlölet, csapda van a leveleiben, rossz kenetűek a virágai, gyümölcse a halál, vágy van a

magjában, és a sötétségben virágzik." *(János titkos írása: Az ember bebörtönözése, 20,28...)*

Az Ótestamentumban a kígyónak más szerepe van. Ő az, aki **ráveszi Évát, hogy egyen a tudás fájának gyümölcséből.** Éva Ádámmal együtt hallgat a roszsz tanácsra, és emiatt kiűzetnek a paradicsomból, és az anyagi világ legalacsonyabb fokára vettetnek.

Mindkét esetben a kígyó a rossznak a szimbóluma, annak a negatív erőnek, amely törést és diszharmóniát okoz.

Jézus elbeszélése szerint a rossz, a hiba nem Isten tökéletesen megalkotott világában, a Fény birodalmában jött létre, hanem alacsonyabb szférákban, a démon-istenek dimenziójában. **Bennünk, földi emberekben két dimenziónak az erőtere van bekódolva: a Fény Isten tiszta Szelleme viaskodik bennünk alacsonyabb rendű démoni erők ellen.**

Jézus, a Megváltó azért jött el világunkba, hogy tudást, gnózist adjon nekünk e dolgokról, és hogy ezáltal segítséget nyújtson a gonosz legyőzéséhez. Erről vitatkozott a zsidó írástudókkal és vallásvezetőkkel, akik azonban nem értették üzenetét, mivel hitük szerint minden, ami a teremtett világban van, legyen az jó vagy rossz, a Mindenható Istentől, a Teremtőtől van. Azt sem értik meg, hogy az életadó női princípium, Hawah, azaz Éva nem egyeztethető össze azzal a női alakkal, aki a zsidó vallás szerint evett a tudás fájának a gyümölcséből, és emiatt kiűzetett a paradicsomból. Nem tudják elfogadni azt sem, hogy Jézus megcáfolja azt az ótestamentumi történetet, amely szerint az asszony, Éva, a férfi, Ádám oldalbordájából van teremtve. Félelmet és felháborodást kelt bennük az, hogy Jézus Yaldabaoth-hoz, a vak és bolond istenséghez hasonlítja Izrael Istenét, aki porból teremtett embert. Mindezek miatt úgy döntenek a zsidó vallásvezetők és főpapok, hogy meggátolják Jézust abban, hogy újszerű tanait terjessze. Az Újtestamentumban több helyen olvashatunk arról, hogy meg akarják ölni őt.

A gnosztikus írások rámutatnak arra, hogy Izrael Istene, akit Jahvénak, Sebaothnak, Elnek, Elelethnek vagy Adonainak neveznek, olykor úgy tűnik fel, mint egy kézműves, aki sárból és vízből alkot, máskor pedig bosszúálló bíróként ítélkezik, vagy mint egy király, aki a menny és a föld fölött uralkodik. Jézus megcáfolja ezt az istenképet, mondván, hogy a Mindenség Istenében, az Egyben nincs harag, bosszú, vagy ezekhez hasonló negatív emberi tulajdonságok.

Izrael Istenére vonatkozóan csak hímnemű jelzéseket használnak a Bibliában. Ő (hímnem) a király, ítélőbíró, az Atya és az Úr. Ezt az istenképet örökli úgy a kereszténység, mint az iszlám vallás, amelyekből szintén hiányzik a női princípium, azaz az Univerzum Egy Istenének nőnemű kinyilatkoztatása.

Ezzel szemben **Jézus „dyadnak", kétneműnek mutatja be Istent, aki Atya-Anya**. Egyes gnosztikus írások szerint azonban az androgén vagy dyad megnevezéseknek csak szimbolikus jelentőségük van, mivel **az Egy Istenben nincs nemi megosztottság, hanem csak kinyilatkoztatásában lesz Ő Atya, Anya és Fiú, akik Isten Szeplőtelen (tiszta) Szelleméből és Fényéből lépnek elő,** és részt vesznek a tökéletes dimenziók létrehozásában.

ISMERD MEG, KI VAGY, ÉS HONNAN JÖTTÉL

Jézus beszédjeiből, amelyeket legközelebbi tanítványai lejegyeztek és a Nag Hammadi írásokban megtalálhatóak, az tűnik ki, hogy a Mester isteni lénynek tekintette az embert, aki egy „hiba" következtében került a földi dimenzióba. A „hiba" ellenére azonban az ember része az Egy Isten Egységének.

A *Jézus Krisztus Bölcsessége* című írás szerint a Mester elmondta, hogy az ő feladata az volt, hogy megértesse az emberekkel eredeti hovatartozásukat, és hogy ezáltal „visszaemelje" az emberiséget az Egységbe, azaz az Egy Isten Birodalmába.

„Tanítottalak titeket a halhatatlan Emberről, és megszabadítottam őt a rablók kötelékeitől. Összetörtem az irgalmatlanok kapuit a jelenlétükben. Megaláztam rosszhiszemű szándékaikat, és mindannyian megszégyenültek és felemelkedtek tudatlanságukból.

Azért jöttem, hogy ezeket egyesítsem: a szellemet a lélekkel, és hogy a kettőből egy legyen, pontosan úgy, ahogy az a kezdettől volt.

Sok jó gyümölcsöt teremjetek és felmenjetek az egyhez, aki a kezdettől van…

Aki tiszta tudás által ismeri meg az Atyát, az az Atyához jut és megpihen a nem-nemzett Atyában. Ám aki hibásan ismeri meg őt, az a tökéletlenségbe jut…"

(Nag Hammadi írásgyűjtemény, Jézus Krisztus Bölcsessége: BG 8502 121, 13...)

Jézus feladata nem az volt, hogy kiengesztelje Istent, hanem az, hogy tudást adjon át nekünk a halhatatlan Emberről, mennyei Atyánkról és Anyánkról, a tiszta Szellemről és a Mindenség Egy Istenéről. Célja az volt, hogy újra egyesítse azt, ami egy „hiba" miatt szétválasztódott.

Amikor egyszer Tamás megkérdezte Jézust, hogy *„hány világ (dimenzió) van a mienken kívül"*, azt mondta a Mester:

„Örülök, hogy ezt kérdezitek, mert **a ti gyökereitek a végtelenből származnak***".*

Nem csak Jézus beszél arról, hogy „gyökereink" a végtelenből származnak, hanem azok is, akiknek halálközeli élményben volt részük. Betty J. Eadie például így ír erről az *Átölelt a fény* című könyvében:

„és **láttam, hogy Isten sok világegyetemet teremtett, és az elemeket bennük Ő irányítja***...*

A mi Világegyetemünkön belül vannak pozitív és negatív energiák, amelyek elengedhetetlenek a teremtéshez és növekedéshez. Ezek az energiák intelligenciával rendelkeznek... A pozitív energiák alapvetően azok, amelyeket ilyeneknek ismertünk meg: fény, jóság, kedvesség, szeretet, türelem, remény és így tovább. És a negatív energiák olyanok, amilyennek mi ismerjük: sötétség, gyűlölet, félelem (a sátán legfontosabb eszköze), kellemetlenség, türelmetlenség, önzés, kétségbeesés, bátortalanság és így tovább.

A pozitív és negatív energiák egymással ellentétesen működnek. A gondolat erejével azonban irányíthatjuk ezeket az energiákat. A pozitív a pozitívat vonzza, a negatív a negatívat. A fény vonzódik a fényhez, a sötétség szereti a sötétséget. ... Egyszerű pozitív gondolatok segítségével, pozitív szavak kimondásával pozitív energiákat vonzunk..." (70–71. oldal)

Betty megkönnyebbül, amikor megérti, hogy a Föld nem természetes otthonunk, hanem „csupán iskolázásunk céljából rendelt átmeneti hely, és hogy nem a bűn a mi valóságos természetünk. Szellemileg a Fény – ami maga a tudás – különböző fokán állunk, és isteni szellem-természetünk okán tele vagyunk vággyal, hogy jót tegyünk. Földi valónk azonban állandó ellenkezésben van szellem-lényünkkel." (64. oldal)

Évezredeken át beszéltek és meséltek az emberek istenélményekről, a szellemvilágról, testen kívüli élményekről és halálközeli tapasztalatokról. Az elbeszélésekben használt vallásos szimbólumok és kifejezések eltérnek olykor egymástól a különböző kulturális és vallási hovatartozás miatt, de a beszámolók lényegében nincs különösebb eltérés. Sokan megkérdőjelezték ezeket a beszámolókat. Mi lehet igaz például mindabból, amit Buddháról, Jézusról vagy Mohamedről írtak le?

Az ókor vallásainak tanúságtételeit legtöbbször szóhagyomány által terjesztették és őrizték meg egyik generációtól a másikig. A történetek leírása legtöbb esetben csak később, akár 100 év után történt. Buddháról például, aki kb. 500 évvel Krisztus előtt élt, csak több száz évvel később jelentek meg írások. Mohamed próféta (570– 632 Kr. u.) életrajzát is majdnem száz évvel halála után írták meg. Az ótestamentumi írásokat körülbelül 1500 éven át írták különböző szerzők, és csak később lettek egy könyvbe összegyűjtve.

Mit lehet tudni a Jézusról szóló írásokról? Sajnos az eredeti szövegek nincsenek meg, azonban a megőrzött korai másolatokból azt lehet következtetni, hogy Jézusról és beszédeiről már keresztre feszítése előtt, de legfőképpen hamarosan azután írásos lejegyzések készültek.

Ez a „gyorsaság" nem volt jellemző az ókorban, főleg egy új vallásirányzat esetében.

Tudnivaló, hogy minden szövegmásolat készítésekor átírások és elírások történtek. Kutatók szerint egy leírt elbeszélés csak körülbelül negyven százalékát tartalmazza az eredeti történetnek. A Jézusról szóló szövegeket is „cenzúrázták", hol egyházvezetők, hol maguk a szövegírók. Azonban a jó hír az, hogy akármennyire is átírták az eredeti szöveget, a lényeget, amelyet a szájhagyomány is ismert, nem volt szabad megváltoztatni.

A XVI. századtól mai időkig többnyire könyvekből merítették a tudásra vágyó emberek ismereteiket. Ugyanezt tette dr. Eben Alexander is, aki más módot el sem tudott képzelni az élet titkainak kifürkészéséhez. Erről így ír a *Mennyország létezik* című könyvében:

„Összefoglalva: a tudománynak szenteltem az életemet. A modern gyógyászat eszközeit használtam arra, hogy segítsek és meggyógyítsak embereket, és hogy minél többet megtudjak a test és az agy működéséről – ez volt a hivatásom..." (14. oldal)

Súlyos betegsége alatt, amikor több napos kóma alatt halálközeli élményben volt része, megtapasztalta, hogy más dimenziókban közvetlenebb és gyorsabb az ismeretek elsajátítása.

„A nekem átadott tudást nem úgy tanították, ahogy a történelmet vagy egy matematikai elméletet szoktak. A felismerések azonnal jöttek létre bennem, nem kellett felfognom és megemésztenem őket. A tudás azonnal és örökre eltárolódott bennem, memorizálás nélkül. *Nem halványodott el, ahogyan a hétköznapi információk szoktak, és a mai napig teljes egészében a birtokomban van, sokkal tisztábban, mint mindaz, amit évekig tanultam az iskolában...*

Egy olyan embernek, mint én, aki egész életében keményen dolgozott azért, hogy régimódi módszerekkel halmozzon fel tudást és ismereteket, ennek a fejlettebb tanulási folyamatnak a felfedezése önmagában is elegendő ahhoz, hogy legyen min gondolkoznia az elkövetkezendő időszakban..." (56. oldal)

„Odafent felmerült egy kérdés, és rögtön megérkezett rá a válasz is... És a válaszok nem egyszerű igenek és nemek voltak. Hatalmas fogalmi építmények voltak, az eleven gondolat mérhetetlenül nagy építményei, olyan összetettek, mint egy-egy város. Olyan hatalmas koncepciók, hogy több életnyi időre lenne szükségem ahhoz, hogy kiigazodjak bennük, ha földi gondolatokra fordítanánk le őket. De ezek nem földi gondolatok voltak. Úgy vetettem le magamról a földi gondolkodásmódot, mint pillangó a gubóját." (91. oldal)

Dr. Eben Alexander beszámolója e különleges tudásmegszerző módszerről Jézusra emlékeztet bennünket, arra a Mesterre, aki meglepte környezetét azzal a magas fokú tudással, amit tanítványainak és a zsidó vallásvezetőknek szeretett volna átadni. Honnan és miként szerezte meg ezt a tudást az egyszerű ácsmester fia? Bizonyára ott és úgy, amint azt Eben Alexander is leírja.

Dr. Eben Alexander szerette volna a felsőbb dimenzióban megszerzett ismereteket családtagjainak, barátainak és orvoskollégáinak átadni, azonban hamarosan be kellett látnia, hogy ez nem volt egyszerű feladat.

„Még mindig imádom a fizikát és a kozmológiát, és még mindig nagyon szeretem tanulmányozni a hatalmas, csodálatos Univerzumunkat" – írja dr. Alexander. *„De most már sokkal tágabb fogalmakat jelölnek számomra a hatalmas és a csodálatos szavak.* **Az Univerzum fizikai része csak egy porszem a láthatatlan, spirituális részéhez képest.** *A kóma előtt nem használtam soha a spirituális szót tudomá-*

nyos diskurzusokban. Most úgy gondolom, hogy nem engedhetjük meg magunknak, hogy kihagyjuk ezt a szót.

A Magban világos magyarázatokat kaptam arra, hogy mi is az általunk sötét energiának és sötét anyagnak nevezett valami. Betekintést kaptam az Univerzum nagyon bonyolult összetevőivel kapcsolatosan, amit az emberiség csak beláthatatlan időn belül fog megérteni...

Talán úgy írhatnám le legjobban élményemnek ezt a részét, hogy ízelítőt kaptam egy másfajta, sokkal mélyebb tudásból, amely egyre több ember számára elérhetővé válik a jövőben. De **most, amikor ezt a tudást szeretném átadni, úgy érzem magam, mint egy csimpánz, aki visszatér csimpánz barátaihoz,** *hogy elmondja nekik, mit jelent az integrálszámítás, vagy milyen érzés romániul nyelven beszélni, miután ő maga egy napra emberré vált és betekintést kapott az emberi tudás fantasztikus, szerteágazó világába." (102. oldal)*

„CSIMPÁNZ AGYUNK" HOZZA LÉTRE ÉS TÁROLJA GONDOLATAINKAT?

Egy űrhajós, aki éppen űrutazásból tért vissza, találkozik agysebész barátjával, akinek magabiztosan kijelenti:
 „Most már biztosan tudom azt, hogy nincs Isten! Kint voltam az űrben, és nem láttam Őt."
 „Érdekes!" – mondja az agykutató barát. „– Ez ideig én sem láttam egyetlen egy gondolatot sem az agyban, habár sok agyat megműtöttem már."

Ez az egyszerű kis vicc az agykutatás egyik dilemmáját fedi fel, éspedig azt, hogy annak ellenére, hogy műtik és kutatják az agyat, senki nem tudja megmondani, hol és hogyan jönnek létre a gondolatok, és hol tárolódnak azok.

Minden tudományos kutatás a gondolkodáson alapszik. Azt hisszük, hogy a felfedezők gondolatai az agyban jönnek létre, azonban furcsa módon, **még nem találtak fel olyan eszközt, amely kimutatná például azt, hogy mire gondol az agysebész egy agyműtét közben**.

Az agyműködés mérésénél (EEG – Elektroenkefalogram) csak az agy elektromágneses hullámainak változását, és nem pedig a gondolatokat regisztrálják. Az eredményt egy kiíró szerkezet grafikus formában jeleníti meg, azonban ebből nem lehet kiolvasni azt, hogy a páciens mire gondolt a mérés pillanatában.

„A gondolat kutatásának során a tudósok már minden frekvenciasávot végigpásztáztak, nem utolsó sorban katonai célból" – írja Balogh Béla A végső valóság című könyvében. Nem csak Balogh Béla véli azt, hogy „a gondolat magasabb frekvencián létezik, mint amit mérőműszereink segítségével el tudunk érni", hanem egyre több agykutató, mint például Eben Alexander, ugyanazon a véleményen van.

„A gondolat mérésére tett sikertelen kísérletek arra utalnak, hogy a gondolatot – mint szervező, irányító, rendszerező erőt – az általunk ismert elektromágneses spektrumon kívül kellene keresnünk" – írja Balogh Béla, aki a stockholmi Karolinska Egyetem neurobiológusának, Lars Olsson professzornak véleményét idézi. A professzor egy rádióhoz hasonlítja az agyat, amikor arra utal, hogy a gondolatok valószínűleg nem az agyban jönnek létre, hanem „kívülről", egyelőre számunkra ismeretlen „adóállomásról" kapjuk azokat.

„Módszereink, amivel az agy struktúráját, biokémiáját és működését vizsgáltuk, elég durvák voltak. Mindezt egy rádióhoz lehetne hasonlítani. Képzeljük el, hogy egy rádiót, ami első alkalommal kerül a kezünkbe, ugyanúgy szeretnénk „megvizsgálni", mint az emberi agyat. E célból egy biokémikus darabokra törné, és finom porrá őrölné a rádiót, hogy megállapítsa, mennyi rezet, vasat, alumíniumot, szilikont, műanyagot stb. tartalmaz. Egy fiziológus egy telefonpózna vastagságú elektróda segítségével próbálná az elektromágneses zavarokat megvizsgálni. Jómagam, aki hisztológus, azaz szövettani kutató vagyok, talán megtölteném a rádiót parafinnal, mikrométer vékonyságú szeletekre vágnám, és ezeket mikroszkóppal vizsgálnám meg. Biztos, hogy a közös munka eredményeként sokat tanulnánk, de aligha értenénk meg, hogy a rádió kívülről kapja az információt, hullá-

*mok formájában, és ezeket alakítja át beszéddé és zenévé."
(Egy könyv az agyról – 32 svéd kutató az agyról és annak betegségeiről, 1995)*

A XVIII. század végén azt gyanították a kutatók, hogy az agy elektromágneses hullámai közvetítik a gondolatokat. Orosz kutatók is kísérleteztek e téren Leonid Vassiliev fiziológus vezetése alatt. Miután három kísérleti alanyt sikerült többször távolról hipnotizálniuk, szerették volna megtudni, hogy mi történik akkor, ha a hipnotizőrt és a kísérleti alanyt egymástól távol egy ólomkamrába bezárják. Azt gondolták, hogy így akadályt állítanak az agy által kibocsátott információhordozó elektromágneses hullámok útjába. Meglepetésükre azonban minden akadály ellenére sikerrel járt a hipnotizálás, így az orosz kutatók kénytelenek voltak a gondolatátvitelnek a lehetőségét még ilyen körülmények között is elfogadni. Kihangsúlyozták azonban, hogy a jelenség nem lehet más, mint egy energetikai folyamat, ezzel bizonyítva megrögzött materialista hozzáállásukat. Azt azonban, hogy a gondolatátvitelhez szükséges elektromágneses hullámok miképpen tudtak egy ólomkamra falain áthatolni, nem tudták megmagyarázni. Tudnivaló ugyanis, hogy ezeket a kamrákat nagy energiájú radioaktív sugárzás elleni védelemre szokták használni, ezért a gondolatátvitelhez szükséges elektromágneses hullámok nem hatolhattak át rajtuk. De akkor mégis hogy volt lehetséges a hipnotizálás?

A kutatók nehezen tudják elfogadni azt, hogy a telepátia, illetve a gondolatátvitel titkát nem az általuk ismert agyhullámok frekvenciasávjában kell keresniük, hanem esetleg egy magasabb, a meglevő eszközökkel nem mérhető rezgésfrekvencia sávban.

Több ezer éven át keresték tudósok és filozófusok a választ arra a kérdésre, hogy mi a tudat, a lélek, az értelem és a gondolat, és hogy egyáltalán, hol jönnek létre és tárolódnak gondolataink és érzéki világunk milliónyi emléke? Érzékeny, de izgalmas kérdés az is, hogy a halál bekövetkeztével valóban eltűnik-e nyomtalanul mindaz, ami egy ember életét és személyiségét meghatározza?

A materialisták, akik szerint az agy hozza létre és tárolja a gondolatokat és érzéseket, úgy gondolják, hogy az agyhalál beálltával minden, ami az emberi élethez tartozik, teljesen megsemmisül. Ezzel szemben **számos olyan agykutató van már, akik nem zárják ki azt a lehetőséget, hogy a gondolatok létrehozása, valamint érzelmi emlékeink tárolása nem magában az agyban történik, hanem egy testen kívüli adattárolóban.** Erre a következtetésre akkor jutottak, amikor közelebbről kezdték kutatni a telepátia (gondolatátvitel), valamint a halálközeli élmény jelenséget.

Dr. *Deepak Chopra,* aki Indiában született és Amerikában orvosként dolgozik, ötvözi a hagyományos nyugati gyógyítási módszereket a keleti életbölcsességgel. Számos kutatást végzett a gondolatátvitel jelenséggel kapcsolatosan és sokat foglalkozott azzal a kérdéssel, hogy a halál bekövetkezte után megmarad-e valami az ember szellemi és érzéki megéléseiből.

Dr. Chopra *Halál utáni élet (Life After Death)* című könyvében *Rupert Shaldrake,* angol biológus kutyákkal és macskákkal végzett kutatásáról számol be, amikor a gondolatátvitel lehetőségét akarja megerősíteni.

Rupert Shaldrake azt szerette volna kideríteni, hogy a kutya és macska rendelkezik-e „gondolatolvasó" képességgel. Hatvanöt állatorvos közül hatvannégy arról számolt be neki, hogy elég gyakran előfordul, hogy a macskatulajdonosok, akik időpontot rendelnek háziállatuk megvizsgálása céljából, nem jönnek el a megbeszélt időpontban, mivel a macska az állatorvoshoz való indulás előtt eltűnik. Erre a jelenségre figyeltek fel az állatorvosok, és ezért nem szívesen jelölnek ki pontos időpontot macskák megvizsgálására. Shaldrake úgy magyarázza a „macska eltűnést", hogy a házi kedvenc megérti és átveszi gazdájának azt a gondolatát, hogy orvoshoz fogja vinni őt.

Rupert Shaldrake kutyákkal is végzett kísérletet. A kutyától távollevő, egy másik helyiségben tartózkodó kutyatulajdonost arra kérték, hogy gondoljon egy nem megszokott időpontra, amikor szeretné kedvencét egy sétára kivinni. A kísérletben résztvevő kutyáknak a fele abban a pillanatban, amikor a másik szobában levő gazda sétáltatásra gondolt, csóválni kezdte a farkát és türelmetlenül az ajtó elé állt. Ez azt bizonyítja, hogy bizonyos kutyák esetében működött a gazda és a kutya közötti gondolatátvitel.

Dr. Deepak Chopra szerint a gondolatok nem jöhetnek létre és nem tárolódhatnak az agyban már azért sem, mert testünk minden sejtje, az agysejteket is beleértve, állandó kémiai változásoknak van kitéve, aminek következtében sejtjeink nagy része folytonosan elpusztul, miközben új sejtek jönnek létre.

„Idegsejtjeink nem halhatatlanok. Meghalnak/elhalnak, ugyanúgy, mint testünk más részei. Másodpercenként röpködnek ki és be az atomok sejtjeinkbe, és emiatt elképzelhetetlen az, hogy egy tárolandó gondolat vagy emlék elhagy egy pusztuló sejtet, és egy másik, új sejtbe költözik. Mivel eddig

senki nem tudott egy ilyen folyamatot az agysejtekben felfedezni, kénytelenek vagyunk azt hinni, hogy a gondolattárolás egy más, nem-fizikai szinten történik.

Idegsebészek foggal és körömmel szeretnének ez állításnak ellentmondani és gépeiket felhasználva bebizonyítani, hogy gondolataink az agyban jönnek létre, de **eddig csak a gondolatok hatásának** *a grafikus felvázolásáig jutottak el. Nem tudják bebizonyítani, hogy az agy az értelmes gondolat létrehozója, amint azt sem lehet bebizonyítani, hogy a lábnyom maga a láb lenne." (Deepak Chopra, Halál utáni élet, 223. oldal)*

Egyes kutatók „biztonsági másolatokról" beszélnek, vagyis feltételezik, hogy a gondolatok másolata több helyen lementődik és tárolódik az agyban. Ehhez azonban egy elég fejlett és bonyolult lementési és tárolási programmal kellene az agynak rendelkeznie. Egy ilyen program először is fel kellene ismerje a sejtek elhalási szándékát ahhoz, hogy sürgősen másolatot készítsen és eldöntse a lementési és tárolási módot. Az agykutatók szerint valószínűtlen az, hogy egy élettelen sejt, ami az idők folyamán véletlenek során, amint azt Darwin állította, egy olyan élő sejtté vált, amely később nagyon bonyolult szervprogramokat – mint például az agyprogramot – tudott volna létrehozni. Még valószínűtlenebb az, hogy ez az önmagát megalkotó, mindent tudó agyprogram betervezte volna saját maga elpusztítását, halálát is. Minden arra mutat, hogy mindez nem lehetséges egy külső, az agyprogramtól független programozó és irányító nélkül.

A témával kapcsolatosan érdekes gondolatokat olvashatunk Balogh Béla könyvében:

„Az emberi agy rendkívül bonyolult, de végső soron viszonylag alacsony energiaszintű, egyszerű földi anyagokból

áll. Amennyiben létünket és lehetőségeinket agyunk viszonylag alacsony frekvenciái, azaz az agyunkat alkotó anyag határozná meg, akkor egyáltalán nem nyílna lehetőség arra, hogy bármit is felfogjunk, vagy feltételezzünk ezen a frekvenciasávon kívül" (52. oldal)

Balogh Béla Lars Olsson professzorhoz hasonlóan úgy véli, „hogy az agy kívülről kapja az információt" és úgy működik, mint egy „vevőkészülék".

„A *kísérleti eredmények, a bennünket körülvevő jelenségek, valamint a logika ugyanabba az irányba mutatnak:*
Sem az agy, sem más biológiai szerv nem képes gondolatot létrehozni!!!
A gondolkodás képessége és a tudat nem az anyaghoz kötött. *A magyarázatot… magasabb energiaszinten, magasabb szférában kell keresnünk.*

Ebben az esetben viszont meglepő fordulattal kell szembenéznünk:

Ha a gondolatok és érzések nem a fizikai test termékei, akkor ezeknek a léte nem függ a fizikai test lététől, annak életétől vagy halálától! A test és az agy csupán vevőkészülék. Az adás folytatódik akkor is, ha a vevőkészülék tönkremegy. A magas energiaszinten létező gondolat léte nem függ az alacsony energiaszinten létező agy állapotától. Gondolataink és érzéseink ‚túlélik' a fizikai testet." (Balogh, 65. oldal)

A halálközeli jelenséggel kapcsolatos kutatások is arra mutatnak, hogy minden embernek van egy testen kívüli „adattárolója", amelyben megőrződnek a földi élet során megélt élmények és megszerzett tapasztalatok. Azok közül, akiknek egy betegség vagy baleset következtében halálközeli élményben volt részük, sokan elmondták, hogy „odaát" látták egész életüket, sok apró részlettel leperegni, mint egy háromdimenziós mozivásznon. Nem csak látták, hanem érezték is az eseményekhez fűződő, saját és a másoknak okozott érzéseket is, legyen az öröm, bánat vagy fájdalom.

Raymond A. Moody, elme- és ideggyógyászati szakképzettséggel rendelkező amerikai orvos, a halálközeli élményeknek lelkes kutatója. Több mint ezer olyan emberek élménybeszámolóját gyűjtötte össze, akik egy súlyos betegség vagy baleset miatt rendkívül közel kerültek a halálhoz. A *„Fény az alagútban"* című könyvében arról ír, hogy a földi életre való visszatekintés egy égi lény, akit sokan Fénylénynek neveznek, társaságában történik. Ez az égi lény kérdéseket tesz fel, segít a földi élet eseményeinek összefüggéseit megérteni, rámutatva arra, hogy mit tettünk rosszul, és hogy bizonyos esetekben mit kellett volna másképp tennünk a jó cselekedetek érdekében.

Mindazok, akik halálközeli élményük után visszatérnek és folytatják földi életüket, elmondják, hogy két dolog a legfontosabb: a szeretet és a tudás. Az égi lény, akivel kapcsolatba kerültek mondta el nekik, hogy e két dolognak fontos szerepe van, amikor befejezzük földi életünket és készülünk a következő, „földöntúli" dimenzióba átmenni. A jó és rossz cselekedetek számba vétetnek.

Dr. Eben Alexander amerikai agysebész elmondja, hogy halálközeli élménye előtt a tudomány szemszögéből tekintett az agyra, a gondolkodásra és a tudatra. Úgy gondolta, hogy az agy nem más, *„mint egy gép, amely létrehozza a tudatot. Persze a tudósok még nem jöttek rá, hogy pontosan hogyan is csinálják mindezt az idegsejtek"* – írja könyvében. (46. oldal)

Dr. Eben hitt abban, hogy idővel ezt is felfedezik a tudósok. *„Emlékszem, olyan érveket hallottam az egyetemen,* *hogy a tudat nem több egy nagyon összetett számítógépes programnál. Ezek az érvek azt sugallták, hogy a nagyjából tízmilliárdnyi, folyamatosan elsülő neuron lehetővé teszi az agyunkban egy életre való tudatosság és emlékkép létrejöttét."* Halálközeli élménye után teljesen megváltozik dr. Eben Alexander agyról és a tudatról alkotott felfogása: *„A döntéseket igazából mi hozzuk meg. De a valódi gondolatnak nincs köze az agyhoz. Ám annyira hozzászoktunk ahhoz, hogy gondolatainkat és azt, hogy kik vagyunk, az agyunkkal hozzuk összefüggésbe... hogy* **már nem vagyunk képesek felismerni azt, hogy valójában sokkal többek vagyunk, mint a fizikai agyunk és testünk**...

A valódi gondolat pre-fizikális. Ez a „gondolkodás-mögötti-gondolkodás" felelős a földi életünk folyamán hozott öszszes jelentős döntéseinkért. Ez a gondolkodás nem a lineáris dedukció elvén működik, hanem különböző szinteken hozza össze a villámgyors kapcsolatokat. E belső, szabad intelligenciához hasonlítva hétköznapi gondolkodásunk reménytelenül lassúnak és botladozónak tűnik...

A rejtett, szublimált (magasztos) *gondolkodás ugyan mindig ott van, amikor szükségünk van rá, de sok esetben már hozzá sem tudunk férni, mivel elveszítettük a benne való hit képességét is...*

Az agyon kívüli gondolkodás megtapasztalásakor belépünk az azonnali kapcsolatok világába, amely mellett hétköznapi gondolkodásunk... reménytelenül álmatagnak és tétovának tűnik." (Eben Alexander, 104. oldal)

Dr. Eben szerint agyműködésünk gátol meg bennünket abban, hogy magasabb rendű világokat ismerhessünk meg. Agyunk egyfajta szűkítő lencseként vagy filterként működik, mivel állandóan azon dolgozik, hogy megszűrje a környezetünkből áradó információözönt, és kiválassza azt, ami földi életünk folyamán túlélésünkhöz legfőképpen szükséges. Agyunk lecsökkenti a transzcendentális (földöntúli) énünkkel való kapcsolatot, és megszűri a tőle kapott információt, megkönnyítve így az „itt és most élni" feladatunkat, azaz földi életünket. Ha túl sokat tudnánk a spirituális birodalmakról, még nehezebben tudnánk a földi életet elviselni.

„Hogy miért vagyok mindezekben olyan biztos?" – teszi fel dr. Eben a kérdést. „Két okom van erre. Az egyik az, hogy azok a lények, akikkel az Átjáróban és a Magban találkoztam, mindezt elmondták nekem. Ezenkívül mindezeket át is éltem. Testen kívüli állapotomban olyan ismeretekhez jutottam a Világmindenség valóságáról és felépítéséről, amelyeket különben képtelen lettem volna felfogni. (Eben Alexander, 100. oldal)

Miközben orosz, amerikai és más tudósok kísérletezések nyomán próbálták az emberi tudat, a gondolkodás és gondolatátvitel (telepátia) titkait kideríteni, Olaszországban **Pio atya, kapucinus szerzetes tettben és szóban bizonyította azt, hogy fizikai képességeinken túl létezik magasabb szintű tudás**, amit ő a földi életbe közvetített le és használt fel a célból, hogy emberek testi-lelki problémáit enyhítse. Több ezer embernek látott be a lelkébe és eltitkolt életébe, időnként felfedve kellemetlen dolgokat is. Jövőbelátó (látnoki) képessége ugyanúgy meglepte az embereket, mint a bilokációs képessége, aminek következtében egyszerre két helyen tudott egy időben lenni, illetve megjelenni. Gyóntatott, lelki-gondozott, és betegeket gyógyított meg különös képességeinek köszönhetően. Soha nem próbált adottságainak tudományos magyarázatot adni. Hitte azt, hogy mindez Isten akarata és adománya, és ezért mindent Isten szolgálatában tett. Rengeteget szenvedett, egyrészt mert 50 éven át hordozta a stigmákat, Krisztus vérző sebeit, másrészt pedig valószínűleg fizikai teste állandóan magasabb elektromágneses rezgéseknek volt kitéve ahhoz, hogy felsőbb dimenziókkal tudjon kapcsolatban lenni. Gyakran olyan magas testhőmérséklete volt, hogy megszokott hőmérőkkel nem lehetett azt megmérni, mivel a mérőeszközök egyszerűen darabokra robbantak szét. Időnként több napon vagy heteken át ágyban feküdt és szenvedett olyan „betegség" miatt, amit az orvosok nem tudtak pontosan meghatározni. Arra sem tudtak magyarázatot adni, hogy miért néhány napon át „halálosan" beteg, aztán hirtelen, egyik napról a másikra teljesen felépül.

Egy fiatal hölgy, aki elcsodálkozott azon, hogy gyóntatása alkalmával Pio atya a hölgy féltve őrzött titkairól kezdett beszélni, megkérdezte az atyát:

„De atya, Ön honnan tud mindent rólam?"

Pio atya csak annyit mondott: „Lányom, én kívülről és belülről ismerem Önt, ugyanúgy látok mindent, mint amikor Ön saját magát nézi a tükörben." (Ulrika Ullman: Padre Pio)

Egy másik személy, akinek az eltitkolt kínos dolgait Pio atya leleplezte, Alberto del Fante, ügyvéd és újságíró volt.

Alberto del Fante olyan szabadkőműves és szabadgondolkodó intellektuel volt, akit egyszerűen idegesítettek azok az újságcikkek, amelyek Pio atya rendkívüli képességeiről számoltak be. Anélkül hogy megbízható információt szerzett volna a kapucinus szerzetesről, több ízben cikket írt del Fante Pio atyáról, azt állítva, hogy a szerzetes csaló és hazug, és hogy kihasználja az emberek tudatlanságát és jóhiszeműségét. Később azonban olyan dolgok történtek del Fante családjában, amelyek miatt kénytelen volt Pio atyát meglátogatni.

Del Fante egyik családtagja súlyosan megbetegedett. Mivel az orvosok lemondtak megmentéséről, néhányan a családtagok közül titokban Pio atya segítségéért fohászkodtak. Az orvosok és a családtagok meglepetésére 24 órán belül meggyógyult a súlyos beteg. Ekkor döntötte el a Pio atyára gyanakvó del Fante újságíró, hogy San Giovanni Rotondóba utazik és megnézi magának közelről ezt a furcsa, csodatevő szerzetest. Meg akart győződni a felől, hogy Pio atya valóban „egy szent", vagy egy csaló.

Ahhoz, hogy egészen közel jusson az atyához, bejelentkezett del Fante gyónásra. Így mesél erről ő maga:

„Gyónni mentem, habár sem kedvem, sem elég hitem nem volt hozzá. Úgy gondoltam, hogy nem számít, úgyis csak egy közönséges pappal fogok találkozni. Ez viszont nem volt igaz, mert egy dologban más volt, éspedig abban, hogy mindent tudott. Mindjárt elmondta rólam, hogy egy olyan rendhez tartozok, amelynek a tagjai nem szeretik Isten papjait. Azt gondoltam, azért találta ki, hogy szabadkőműves vagyok, mert előzőleg néhány magasröptű eszmefuttatásunk volt együtt…

– Atya – mondtam neki –, mindig becsületesen cselekedtem, és ha néha állati ösztönök próbáltak rajtam erőt venni, lelkiismeretemre hallgattam, amely azt diktálta, hogy „ezt ne tedd", vagy hogy „ezt tedd". Soha nem voltam hívő, de mindig becsületes voltam.

– Mi? Becsületes? Akkor is, amikor…, vagy amikor…" ripakodott Pio Atya del Fantéra, akinek titkos, egyáltalán nem becsületesnek mondható cselekedeteit pillanatok alatt feltárta. Az újságíró elámult azon, hogy olyan dolgokat mondott Pio atya el róla, amiről soha senki nem tudhatott. És ekkor következett be del Fante életé-

ben a nagy fordulat: megtért, és a kapucinus szerzetes lelki gyermeke lett. Ezentúl nem Pio atya ellen forgatta pennáját, hanem mindent, ami a szerzetes körül történt, dokumentumszerűen leírt, aminek három könyv kiadása lett az eredménye.

Egy másik megrázó történet annak a fiatalembernek az esete, aki felesége meggyilkolását tervezte, amit öngyilkosságnak szeretett volna feltüntetni. Hogy elterelje a gyanakvást magáról, Pio atyához utazott feleségével, aki mélyen hívő asszony volt. San Giovanni Rotondóban szentmisére ment, és aztán megmagyarázhatatlan, szinte mágnesszerű vonzást érzett, hogy bemenjen a sekrestyébe, ahol Pio atya a férfiakat gyóntatta.

„Amikor rá került a sor, letérdelt a fiatalember. Pio atya szigorú, mindenen áthatoló tekintettel nézett rá. Aztán hirtelen megragadta a fiatalember karját és eldobta őt magától, miközben azt ordította: „Ki innen! Tűnjön innen, szégyentelen alak! Az ön kezei vértől bűzlenek, és mégis ide merészel jönni gyónni!"

A férfi megrémülve rohant el. Lelke mélyéig remegett... Három éjjelen át nem aludt semmit. A harmadik nap korán reggel az elsők között állt a templomajtónál, hogy részt vehessen Pio atya miséjén. Egész mise alatt sírt... Aztán újra a sekrestyébe ment, hogy meggyónjon. Amikor Pio atya meglátta ott térdepelni, fejére tette sebzett kezét, megvigasztalta, és arra buzdította, hogy minden nehézségek ellenére, próbáljon a jövőben egy jó és szép életet élni." (Ulrika Ljungman, 77-78. oldal)

Honnan szerezte Pio atya azt a sok információt olyan emberekről, akikkel csak pár percre találkozott a gyóntatószékben? Sokan arról is beszámoltak, hogy nem csak a múltjukba látott be, hanem a jövő életükkel kapcsolatosan is sok mindent előre megmondott. Mi lehet a titka látnoki képességének? Pio atya különleges adottságának magyarázata az lehet, hogy egy más, magasabb frekvencián létező adattárolóból kapta az információt. Ez egy olyan időn és téren kívüli adat-tároló lehet, amelyhez csak bizonyos kiválasztott embereknek van hozzáférhetőségük.

Amikor Pio atyát kérdezték, hogy honnan tud mindent a gyónó emberek életéről, nagyon egyszerű választ adott: „Istentől, aki bennem és felettem van, jön mindez." Úgy tűnik, számára természetes állapot volt a magasabb szférákkal, a mennyek országával való kapcsolat, ahonnan erőt és tudást kapott szolgálatához.

Már egész fiatal korában az volt a legfőbb vágya, hogy Istennel egyesülhessen. Akkor még nem sejtette, hogy ez az egyesülés fizikai és lelki fájdalmakkal jár pont azért, mert különböző energiafrekvenciákon levő dimenziók találkozásáról és együttműködéséről van szó. Megnyitotta magát ezeknek a szféráknak és végül azt is meg kellett tapasztalnia, hogy nem csak Isten közelébe került ezáltal, hanem kitette magát a Világmindenségben létező negatív energiáknak is, azaz a gonosz támadásainak. Számos beszámoló van arról, hogy Pio atya keményen küzdött a gonosz szellemvilág ellen, néha fizikai bántalmakat is elszenvedve.

Pio atya egy Agostino atyának 1912-ben küldött levelében írja le azt, hogy mi történt vele azon a napon, amikor egy mennyei lény testben és lélekben „megsebezte" őt.

„Hallgassa csak meg, mi történt velem múlt pénteken. A templomban, a szentmise után hálaadó imádságom közben hirtelen úgy éreztem, hogy tüzes lándzsa sebzi meg a szívemet, de oly eleven lobogással, hogy azt hittem, menten meghalok.

Nem találok szavakat, amelyekkel érzékeltetni tudnám annak a lángnak az erejét. Képtelen vagyok kifejezni magam. El tudja hinni? Lelkem – e vigasztalások áldozata – elnémul. Úgy érzem, valami láthatatlan erő tűzbe merít. Istenem, micsoda tűz! Micsoda édesség!

Sokszor éreztem már a szeretet ilyen megnyilvánulását; ilyenkor egy időre mintegy kívül kerülök ezen a világon. Máskor kevésbé lángol a tűz. Most azonban, ha csak egy másodperccel, csak egy pillanattal tovább tart, a lelkem elhagyta volna a testemet... Jézushoz szállt volna." (Pio Atya levelei: 38. oldal)

Pio atya vallásos, a misztikusok nyelvezetét használja különleges élménye leírásához. Tüzes nyílról beszél és arról, hogy egy láthatatlan erő egész lényét megégette. A fizikusok nyelvén úgy lehetne megfogalmazni az atyával történteket, hogy magasabb frekvencián levő erők hatották át Pio atya testét.

Az atya azt is elmondta, hogy időnként úgy érezte, hogy elhagyta a testét és a földi szférát. Nem használja a testenkívüli élmény kifejezést, de minden jel arra mutat, hogy egy ilyen jelenségről van szó az ő esetében is. Számos beszámoló van arról, hogy nem ez volt az egyedüli eset, amikor Pio atya úgy érezte, hogy „kívül került ezen a világon".

Pio atya úgy érezte időnként, hogy túlvilági, transzcendens élményei nagyon próbára teszik fizikai és lelki erejét. Sokszor félt a gonosz erők hatalmától, sokszor érezte azt, hogy „megsebezték", és hogy beteg. Mindez talán azért történt, mert a jelenségek kezdetén nem volt elég tudása és tapasztalata e hatalmas erőket kezelni. Számos ismert médium elmondja, hogy fontos az ismeretlenből jövő energiák, erők és hatalmasságok megértése és féken tartása.

„Atyám, úgy érzem, meg vagyok semmisülve. Nem tudok elbújni a Mester által adott isteni képességek elől" – írja Pio atya Agostino atyának küldött levelében. „Beteg vagyok, szívemben vagyok megsebezve. Nem vagyok képes többet átvenni. Bármikor elpattanhat az »ezüstzsinór«, amit igazából alig várok már." (Ulrika Ljungman, 34. oldal)

Pio atya testben és lélekben élte meg paranormális adottságainak örömeit és viszontagságait. A stigmák miatti szenvedéséről ezt írja:

„A sebek okozta fájdalom és öröm olyan élénk, hogy leírni sem vagyok képes. De... úgy az örömöt, mint a fájdalmat lélekben érzem. Testemnek semmi köze ehhez." (34. oldal)

Egyesek Jézushoz hasonlították Pio atyát, mivel ő is „adó-vevő készülékként" működött Isten és az emberek között. Jézus többször elmondta, hogy ő semmit nem tesz magától, hanem mindenben, amit mond és csinál, a mennyei Atya akarata teljesül. A keresztre feszítése előtt búcsúbeszédében ezt mondja tanítványainak:

„Ne nyugtalankodjék a ti szívetek: higgyetek Istenben, és higgyetek énbennem.

Az én Atyámnak házában sok lakóhely van; ha pedig nem volna, megmondtam volna néktek. Elmegyek, hogy helyet készítsek néktek. És ha majd elmegyek és helyet készítek néktek, ismét eljövök és magamhoz veszlek titeket; hogy ahol én vagyok, ti is ott legyetek.

...

Én vagyok az út, az igazság és az élet; senki nem mehet az Atyához, hanem ha énáltalam.

Ha megismertetek volna engem, megismertétek volna az én Atyámat is...

Mondta néki Fülöp: Uram, mutasd meg nékünk az Atyát, és az elég nekünk!

Mondta néki Jézus: Annyi idő óta veletek vagyok, és mégsem ismertél meg engem, Filep? Aki engem látott, látta az Atyát... Nem hiszed-é, hogy én az Atyában vagyok, és az Atya én bennem van? **A beszédeket, amelyeket én mondok néktek, nem magamtól mondom; hanem az Atya, aki én bennem lakik, Ő cselekszi e dolgokat. Higgyetek nékem, hogy én az Atyában vagyok, és az Atya énbennem van;** *ha pedig nem, magokért a cselekedetekért higgyetek nékem.*

Bizony, bizony, mondom néktek: Aki hisz énbennem, az is cselekszi majd azokat a cselekedeteket, amelyeket én cselekszem; és nagyobbakat is cselekszik azoknál" (János evangéliuma 14:1–12)

E rövid párbeszédben sok érdekes dolgot mond el Jézus arról, hogy honnan jött, és hogy miért képes úgy beszélni és cselekedni, mint senki más előtte. Elmondja, hogy egy olyan világból jön, ahol sok „lakóhely", azaz szféra van, és hogy ő helyet készít ott mindazoknak, akik őbenne hisznek. Azt is elmondja, hogy, amikor elhagyta ezt a helyet, és bolygónkra jött, nem szakadt meg a mennyei Atyával való kapcsolata. Az „adás-vétel" kapcsolat olyan szinten folytatódott köztük, hogy szinte eggyé váltak. Jézusnak az volt a feladata, hogy az Atya üzenetét közvetítse az Emberiség felé, és ezenkívül az Atyától kapott magasabb rezgésű energia segítségével betegeket gyógyítson. Olyan cselekedetekről van itt szó, amit mi, földi emberek természetfölöttinek nevezünk, habár Jézus és az Atya számára ez volt a legtermészetesebb.

Az hogy Jézus Krisztus teste nem csak közönséges földi ember energiával volt feltöltve, világosan kiderül abból a történetből, amely szerint a Mester meggyógyított egy vérfolyásos asszonyt.

„És egy asszony, aki tizenkét esztendő óta szenvedett vérfolyásban, de senki sem tudta meggyógyítani, bár minden vagyonát az orvosokra költötte, hátulról hozzáférkőzött, megérintette ruhája szegélyét, és nyomban elállott a vérzése. **Jézus kérdezte: Ki érintett meg engem?** Minthogy pedig mindnyájan tagadó választ adtak, így szólt Péter: Mester, a sokaság szorongat és nyom téged.

De Jézus megismételte: Megérintett engem valaki, **mert észrevettem, hogy erő áradt ki belőlem.**

Amikor pedig látta az asszony, hogy tette nem maradt titokban, reszketve odament, leborult előtte, és elmondta neki az egész sokaság előtt, miért érintette meg, és hogy nyomban meggyógyult.

Jézus így szólt: Leányom, a te hited meggyógyított téged. Eredj el békességgel!"

(Lukács evangéliuma 8:43–48)

Kétezer éven át vitatták és sokan meg is kérdőjelezték Krisztus csodatevő képességét. A tudósok kitalált „meséknek" tekintik a történeteket, a modern idők teológusai pedig csak szimbolikus értelmezést adnak a csodákról szóló bibliai textusoknak. A tudósok és teológusok nem gondolnak arra, hogy többet kellene kutatni Jézus Krisztus, Pio atya és még sok más ember „csodatevő" képessége körül, miután maguk az atomkutatók is elismerik azt, hogy nagyon keveset tudnak az anyagi világ rejtélyeiről, nem beszélve az ismeretlen „szellem-anyag" világról.

Az atom- és űrkutatók már beszélnek olyan, még számunkra ismeretlen dimenziókról, ahol magasabb rezgésű energiák léteznek. Magáról a fényről eddig alkotott véleményüket is kezdik megváltoztatni, elismerve, hogy ezen a téren is hiányosak az ismereteik.

Jézus Krisztus sokat beszél a Világmindenségben levő fényről. Azt mondja tanítványainak, hogy **Isten a Fény**, és hogy habár számunkra láthatatlan, mégis bennünk és köztünk van ez a Fény. Gyakran biztatta tanítványait, hogy hagyják magukat feltöltődni fénnyel, illetve magas rezgésű energiával.

ISTEN – A FÉNY,
ÉS MINDEN REZGÉS LÉTREHOZÓJA

A keresztények legismertebb imája, a *Mi Atyánk*, összefoglalja azt az istenképet, amit Jézus szeretett volna minden embernek átadni. Mivel arám volt az anyanyelve, valószínűleg ezen a nyelven imádkozott. Keresztények milliói hiszik azt, hogy az a Mi Atyánk, amit egységesen imádkoznak felekezeti hovatartozástól függetlenül, ugyanaz az ima, amit Jézus is használt. Ez viszont nem felel meg a valóságnak, mivel az eredeti arám nyelvű Mi Atyánknak több változata van, eltérő fordításban és értelmezésben. Ennek az lehet a magyarázata, hogy az arám nyelvben ugyanannak a szónak különböző jelentése lehet.

Íme, három változata a Mi Atyánknak, amelyek közül az első kettő nem ismert a hivatalos egyházon belül.

Mi Atyánk *(arámból készült fordítás)*

*Istenem, te vagy **minden ragyogás/fény és rezgés végtelen Létrehozója**!*
Lágyítsd meg lényem magvát, és alakíts bennem egy helyet, ahol jelenléteddel szállást vehetsz.
***Tölts el engem teremtő hatalmaddal**, hogy legyen erőm elvégezni a Tőled kapott feladatot.*

Ruházz fel engem bölcsességgel, hogy megtehessem és átadhassam mindazt, amire minden érző lénynek szüksége van fejlődéséhez és gyarapodásához.
Oldozd ki a sors kusza szálait, amelyek megkötnek engem, amiként én is felszabadítok másokat múltbéli vétkeik bonyodalmaiból.
Ne hagyd, hogy bármi kísértésbe vigyen engem, ami eltántorítana igaz célomtól; világosítsd meg előttem a jelen pillanat lehetőségeit.
Mert Te vagy az ok és áldásos látomás, a születés, a hatalom és a beteljesedés, mivel **minden újra egyesül, és ismét eggyé lesz**. *Ámen*

Mi Atyánk, *Abwoon D'Bashmaya tolmácsolása szerint:*

Te, **aki Atya és Anya vagy**, *és megteremtetted a Világmindenséget*
Tölts el minket fényeddel, *és teremtsd meg a Te Egységes Országodat, hogy a mi akaratunk eggyé legyen a Te akaratoddal minden fényben és formában.*
Add meg nekünk azt a **belátást és táplálékot**, *amire minden nap szükségünk van.*
Oldozd fel tévedéseink kusza szálait, *amint mi is feloldozzuk mások tévedéseinek kötelékét.*
Ne hagyd, hogy külsőségek megtévesszenek bennünket,
Szabadíts meg bennünket mindentől, ami korlátoz minket. Tiéd az akarat, az erő és az élet, a dallam, ami mindent megszépít és megújít időktől időkig.

Mi Atyánk, *a történelmi egyházak által elfogadott megfogalmazásban*

Mi Atyánk, ki vagy a mennyekben!
Szenteltessék meg a Te neved;
Jöjjön el a Te országod;
Legyen meg a Te akaratod, mint a mennyben, úgy a földön is.
A mi mindennapi kenyerünket add meg nékünk ma.
És bocsásd meg a mi vétkeinket, miképpen mi is megbocsátunk azknak, akik mi ellenünk vétkeznek.
És ne vígy minket kísértésbe,
De szabadíts meg minket a gonosztól.
Mert Tiéd az ország és a hatalom és a dicsőség, mind örökké:
Ámmen.

(Édesanyám Imakönyve, kiadva: Debrecen, 1944)

Úgy tűnik, az intézményesített egyház teológusai készítették a legszabadabb, talán az eredetitől legeltérőbb fordítást, eldöntve aztán, hogy csak ez lehet a hivatalos, minden egyházfelekezetben használandó Mi Atyánk. Csak ebben az imában van hivatkozás az Atya nevére. Mivel a hagyományos keresztény teológia elfogadja az Ótestamentumban előforduló különböző istennevet, nehéz eldöntenünk azt, hogy milyen névre kellene gondolnunk az imában: Jahve, El, Elohim, Sebaoth vagy Adonai? Jézus egyet sem említ ezek közül. Az apokrif írások szerint az „Egy"-hez, azaz az Egy Istenhez, az újtestamentumi evangéliumok szerint pedig az Atyához fordul imáiban. Amikor a Mester az Egy Istenről beszél tanítványainak, azt mondja:

„Az Egy fölött nem uralkodik senki, neki **nincs neve, mert akinek neve van, az valaki mástól jött; Ő megnevezhetetlen.**" (Jézus Bölcsessége 93, 24)

Érdekes az is, hogy csak a hivatalos egyházi ima szerint **kell kérnünk az Atyát, hogy „ne vigyen minket kísértésbe"**. E furcsa megfogalmazás szerint azt kellene hinnünk, hogy nem a gonosz, hanem Isten, az Atya a kísértő. Ez nem lehet más, mint egy téves értelmezése az arám kifejezéseknek. Érthetetlen, hogy az egyházvezetők és teológusok ez idáig nem foglalkoztak ezzel az elgondolkodtatóan negatív imarésszel.

Egy másik szembetűnő eltérés az, hogy **a nem egyházi Mi Atyánk tolmácsolásában az Atya minden rezgés és fény létrehozójaként** van megszólítva. E fénnyel való eltöltetést kéri az imádkozó. **Az egyházi Mi Atyánkban** azonban egyáltalán nincs megemlítve Isten, mint a Fény Létrehozója.

János evangéliumában, valamint a Nag Hammadiban talált gnosztikus írásokban a *Fény, mint az Egy Isten megjelenési aspektusa* fontos szerepet játszik. Az életadó istenanya, **Hawah (Éva) a Fényből lépett elő**; **Jézus Krisztus** elmondja magáról, hogy ő is **a Fényből jött**.

„A végtelen fényből jöttem; itt vagyok, és elmondom nektek azt, hogy mi a pontos igazság" – mondja Jézus legközelebbi tanítványainak *a Jézus Krisztus Bölcsessége* írás szerint. Továbbá arról is beszél, hogy maga **az Atya is fénnyel van eltöltve. Amikor eldöntötte, hogy „egy nagy erővé alakítja át magát, a benne levő fény egy halhatatlan androgén Emberként jelent meg"**.

„Máté megkérdezte: »Mester, hogy jött létre az Emberiség?«

A tökéletes Megváltó azt mondta: »Azt akarom, hogy tudjátok, hogy az a lény, aki a végtelenségben megjelent, az az önmagát létrehozó Atya volt. Ő fénnyel van eltöltve és leírhatatlan. Amikor eldöntötte, hogy egy nagy erővé alakítja át magát, a benne levő fény egy halhatatlan androgén Emberként jelent meg«" (NGH, Jézus Krisztus Bölcsessége, 100,16)

Jézustól azt is megtudjuk, hogy mi, földi emberek ennek a fényből jövő halhatatlan Embernek vagyunk halandó másolatai. Olyan lények vagyunk, akik, anélkül hogy tudnánk róla, magunkban, sejtjeinkben hordozzuk a fényt.

A svájci részecskekutató intézetben komoly kutatást végeznek az atomfizikusok a fény titkai körül, mivel tudják, hogy az atomrészecskék „fényhordozók" is. Fényről és sugárzásokról beszéltek a tudósok több évszázadon át. Kozmikus sugárzás, gamma- és röntgensugárzás, fény, radar, rádióhullámok, és még ki tudja hány ismeretlen aspektusa a fénynek vesz körül bennünket anélkül, hogy erre gondolnánk, vagy egyáltalán észlelnénk mindezeket. A kutatók dilemmája az, hogy csak annyit tudnak meg a fény tulajdonságairól, amennyit „anyag-műszereik" engednek meg. Ez egyáltalán nem elég ahhoz, hogy a különböző dimenziókban levő fényt kikutassák és megértsék.

E témával kapcsolatosan érdekes gondolatokat olvashatunk Balogh Béla *A végső valóság* című könyvében. Kiindulópontja az, hogy *„a Világegyetemben minden anyag állóhullámokból áll".*

„Attól függetlenül, hogy hangról, rádióhullámokról, fényről, vagy anyaghullámról van-e szó, ha elég nagy a frekvenciakülönbség, ezek a hullámok áthatolnak egymáson. Megfigyelhetjük például, hogy a ház falai nem jelentenek akadályt a rádióhullámok számára, így bezárt ajtók és ablakok mellett is rádiózhatunk. ... A falon nem csak a rádióhullámok haladnak át. A hang is áthalad. Akinek szomszédja van, gyakran megtapasztalhatja.

Amennyiben az anyagot állóhullámok halmazaként fogjuk fel, a Világegyetem többi titkára is könnyebben deríthetünk fényt." (38. oldal)

Balogh Béla felteszi azt a fontos kérdést, hogy *„***hol van az a forrás**, *ami ezeket a hullámokat eleve létrehozta? Hiszen ahogy rádióhullám nem jöhet létre »adó« nélkül, úgy egyetlen hullám sem jöhet létre hullámforrás nélkül!"* (39. oldal)

„... az Univerzumban kivétel nélkül minden állandó mozgásban van, minden forog, kering, **rezeg** *stb. Nem is volna ezzel baj, ha legalább egy elektront meg lehetne állítani. A rezgés viszont még abszolút zéró fok közelében sem szűnik meg!"*

Balogh Béla arra a következtetésre jut, hogy *„ez a csodálatos világ valamilyen módon energiát kap, ami a mozgását és az állóhullámait létrehozza és fenntartja... Léteznie kellene tehát egy energiaforrásnak – amit akár vezérlő egységnek is nevezhetnénk – valahol a háttérben."* (39. oldal)

Balogh Béla gondolatai nem állnak messze mindattól, amit Jézus tanított az Egy Istenről, aki minden **fény és rezgés végtelen Létrehozója,** amit az arám Mi Atyánk is kifejez. *„Istenem, te vagy minden fény és rezgés végtelen Létrehozója! Lágyítsd meg lényem magvát, és alakíts ki bennem egy helyet, ahol jelenléteddel szállást vehetsz",* áll az imában.

Az atomfizikusoknak és űrkutatóknak a Világmindenségről, a fényről és anyagról szóló megállapításait és feltételezéseit olvasva az az érzése támad az embernek, hogy a tudósok és Jézus ugyanarról a dologról beszélnek, csak más megfogalmazásban. Balogh Béla például a modern tudomány, a kutatók és atomfizikusok kifejezéseit használja könyvében, amikor olyan dolgokról ír, amelyek elég közel állnak Jézus kozmológiájához.

Meglehet, hogy a fény azon aspektusait, amelyek a láthatatlan világban vannak „elrejtve", nem a svájci kutatóintézetben kell keresnünk, hanem a Jézus által elmondott beszédekben és a Fényt megtapasztaló emberek beszámolójában.

Néhányan a tanítványok közül látták Jézust fénylényként megjelenni. Magdalai Mária nem ismerte fel azonnal **Jézust a keresztre feszítés után, amikor úgy jelent meg** neki, **mint egy fényes angyal a sírnál.**

Jézus három legközelebbi tanítványa, Jakab, János és Péter felmentek egyszer vele a hegyre, hogy nyugodtan imádkozzanak. Amikor Jézus félrehúzódott tőlük, látták, hogy **a Mester fénylénnyé alakul át** ima közben. Meglepődtek, megijedtek és kiabálni kezdtek.

A farizeus Saul (későbbi Pál apostol), aki fenyegette és üldözte a Jézust követőket, Damaszkuszhoz közeledett, amikor *„nagy hirtelenséggel fény sugárzá őt körül a mennyből.*

„És ő leesvén a földre, halla szózatot, mely ezt mondja vala néki: Saul, Saul, miért üldözöl engem?

És monda: Kicsoda vagy, Uram? Az Úr pedig monda: Én vagyok Jézus, akit te üldözöl...

Remegve és ámulva monda: Uram, mit akarsz, hogy cselekedjem? Az Úr pedig monda néki: Kelj fel és menj be a városba, és majd megmondják neked, mit kell cselekedned.

A vele utazó férfiak pedig némán álltak, hallva ugyan a szót, de senkit nem látva.

Azonnal felkele Saul a földről, de mikor felnyitá szemeit, semmit nem látott, azért kézen fogva vezeték be őt Damaszkuszba.

És három napig nem látott, és nem evett és nem ivott."
(Apostolok cselekedete 9:3–9)

Minden idők vallásaiban voltak olyan tanító Mesterek, akiknek magas fokú tudásuk volt a Világmindenség felépítéséről és működéséről. A Világmindenség Egy Istene azonban nem csak tudósok és Mesterek által akarja titkait és önmagát felfedni, hanem időnként „fellebbenti a lepelt" az egyszerű emberek számára is. A halálközeli beszámolókban például azok, akik visszatérnek földi testükbe, elmondják, hogy „odaát", a másik dimenzióban látták a Fényt és a Fénylényt. Meglepő természetfeletti jelenségekről számolnak be azok is, akik váratlanul, ébrenléti állapotban egy fényélményben részesültek.

G. Hillerdal svéd professzor, aki kutatást végzett a természetfeletti élményekkel kapcsolatosan, egy asszony fényélmény beszámolóját írja le az *Így mutatja meg magát Isten* című könyvében:

„Egy este ágyamban feküdtem, és a Mi a tökéletesség? című könyvet olvastam. Harmonikusnak és hálával telinek éreztem magam.

Hirtelen egy másik állapotba kerültem. Már nem voltam tudatában annak, hogy fekszem és olvasok, és testem, a tér és az idő is megszűnt létezni számomra. Mintha személyem is megszűnt volna, nem voltam a természetes létem tudatában.

Állandó mozgásban voltam, mintha egy tengerben úsztam volna. Egy harmonikus áramlat vitt magával, és úgy éreztem, hogy egyesülök az egész teremtéssel. Első gondolatom az volt: Hát ilyen egyszerű lenne?

Felnéztem, és egy nagy fényforrást láttam. A sugárzó fény összekeveredett a sötétséggel. Úgy éreztem, hogy a teremtés kezdetén vagyok... A teljességgel eggyé váltam.

Tovább úsztam a fény és sötétség áradatában. Aztán újra az ágyamban találtam magam, és nagyon meglepődtem élményemen." (Hillerdal: Így mutatja meg magát Isten, 25. oldal)

Egy augusztusi reggelen 2005-ben olyan élményben volt részem, ami megkönnyíti a mások által elmondott fényjelenségek megértését. Hajnal öt óra után történt, amikor ébredezni kezdtem. Hirtelen azt éreztem, hogy testemet elhagyva egy fényben úszó, magas, nagy szoba közepén találom magam. A szoba csillogóan szép, „kristály" falairól víz áramlott le, lassan megtöltve a szobát. „Meg fogok fúlni", gondoltam, miközben ott álltam az emelkedő víz közepén. A szoba megtelt a kristálytiszta vízzel, amelynek közepén álltam. Éreztem, hogy a fény és a víz áthullámzik a testemen és lelkemen, megtisztítva bennem minden sejtet. Olyan valóságos volt „az átmosás", hogy fizikálisan éreztem a víz hullámzását.

Aztán lassan csökkenni kezdett a víz, ami, furcsa módon, ellenkező irányba, alulról felfele folyt a szoba falain.

Leírhatatlanul boldognak, tisztának és megkönnyebbültnek éreztem magam, amikor arra eszméltem, hogy újra az ágyamban vagyok. Felálltam, kimentem a konyhába, hogy megfőzzem a megszokott reggeli kávémat.

Élményem által nemcsak azt értettem meg, hogy van lehetőség lelki megtisztulásra, hanem a keresztség jelentőségét is másképp, mélyebben tudom azóta értelmezni. Jézus Nikodémushoz intézett szavai is valóságosabb értelmet kaptak számomra hajnali élményem után. Íme, Nikodémus története:

„Volt a farizeusok között egy Nikodémus nevű ember, a zsidók főembere (a nagytanács tagja).

Ez elment Jézushoz éjjel és azt mondta: Mester, tudjuk, hogy te Istentől jöttél tanítóul, mert senki sem teheti azokat a jeleket, amelyeket te teszel, csak ha vele van Isten.

Jézus így felelt: Bizony, bizony, mondom néked, ha valaki újonnan nem születik, nem láthatja meg az Isten országát.

Megkérdezte tőle Nikodémus: Mi módon születhetik újonnan az ember, ha vén? Vajon bemehet-e másodszor az anyja méhébe és megszülethetik-e?

Jézus így válaszolt: **Bizony, bizony, mondom néked, ha valaki nem születik víztől és Lélektől** (azaz Szellemtől)**, nem mehet be az Isten országába. Ami testtől született, test az, és ami Lélektől** (azaz Szellemtől) **született, lélek az.**

Ne csodáld, hogy ezt mondtam neked: Szükséges nektek újonnan születnetek." *(János evangéliuma 3:1–7)*

Megjegyzendő az, hogy bizonyára e kijelentésekor nem a lélek, pszükhé szót használta Jézus, hanem a Szellem fogalmat, amit magyar fordításban Lélekkel helyettesítenek a fordítók.

C. G. Jung svájci pszichoanalitikus (1875–1961), a modern lélektan egyik nagy alakja talán elsőként értette meg az emberi lelkivilágot olyan teljességben, ami az egyén pszichés működésén túlmutat. Saját élményeiből kiindulva rámutatott olyan folyamatokra és történésekre, amelyek az általunk ismert tér-idő okságon kívül esik. Lenyűgözte a „természetfeletti", és a halál utáni élet lehetősége.

C. Jung életében volt egy időszak, amikor számos olyan élményben volt része, hogy már attól félt, hogy megzavarodott. Egy éjszaka például arra ébredt, hogy a megfeszített Jézus, gyönyörű fénnyel körülvéve, ágya felett lebeg. Mivel Jung tudós lélekbúvár volt, próbálta megérteni e jelenés mélyebb értelmét. Szimbolikus értelmezést adott a Krisztus-látomásnak, ami szerinte az emberben levő anyag és szellem egyesülését jelezte.

Hatvankilenc éves, amikor szívinfarktusa alatt azt éli meg, hogy kiszáll a testéből és lebeg, azaz teleportálódik az űrbe. Ebben az állapotban kívülről látja azt, hogy a Földet egy gyönyörű, kék fény öleli át. Élményéről az *Életem, Emlékek, álmok, gondolatok* című könyvében számol be. Elmondja, hogy „űrutazása" közben egy templomhoz ért, ahol egy sötét bőrű hindut látott lótuszülésben ülni egy kövön.

„*Tudtam, hogy egy megvilágosított terembe kellett volna belépnem, ahol végre megtudhattam volna, mi volt, mielőtt létrejöttem, miért születtem emberként és merre tart az életem*" – írja C Jung élményével kapcsolatosan. Csalódnia kellett azonban, mert nem léphetett be a templomba, ahol tudást szerezhetett volna élete valóságáról. Látta, amint orvosa, szellemlényként emelkedik fel hozzá, hogy visszahozza C. Jungot a földi életbe.

C. Jungnak számos látomása volt szívinfarktusa után. „*Leírhatatlan örömmel töltött el mindaz, amit megéltem*" – írja könyvében. „*Angyalok és fény volt ott... Minden éjjel boldogsággal töltődtem el. A teremtés jelei/szimbólumai vettek körül.*"

A látomások sorozata után C. Jung írói tevékenységének legtermékenyebb periódusa kezdődött el. „*Egy új dolog közelített meg... a dolgok valósága, az élet és a saját magam, illetve emberi létem feltétel nélküli elfogadása*" – vallja Jung.

A transzcendentális élményekről szóló bőséges irodalom azt bizonyítja, hogy a természetfölötti jelenségek sokkal gyakoribbak, mint ahogy azt gondolnánk. A beszámolók többsége arról szól, hogy Isten, a Világmindenség Ura, meg akarja magát ismertetni nemcsak az általunk ismert valóságban, hanem abban is, amely számunkra még ismeretlen. Ehhez a megismeréshez nincs szükség milliárdos befektetésre, részecskekutató intézetekre és Nobel-díj kiosztásra. Isten sokkal egyszerűbb, emberközelibb eszközöket használ, amikor azt akarja, hogy a láthatatlan világ láthatóvá váljon. Sokszor olyan élethelyzeteket és embereket választ ki ehhez, amelyeket nem is gondolnánk.

Andy Lakey, mit sem sejtve arról, hogy mi fog vele történni, a kokain élvezetének adta át magát 1968 újév éjjelén. Hirtelen aztán rosszul lett, szíve erősen dobogni kezdett. „Úgy éreztem, hogy meghalok" - mesélte később Andy. „Isten jó. Isten, jó. Istenem, ha életben hagysz, ígérem, soha többet nem narkózok..." - ismételgette Andy, miközben erőt vett rajta a rosszullét. Ruhástól hidegvíz zuhany alá állt, abban reménykedve, hogy jobban lesz. Eközben tovább fogadkozott Istennek, mondván: „És valamit majd teszek, hogy másokon segítsek..."

„Pár másodperc múlva éreztem, hogy valami a lábaimnál forog, mint egy kisebb tornádó, vagy áramlás" - mesélte később Andy. „Láttam, amint hét pici lény forogva haladt felfelé a térdemtől a combomig, és aztán a mellkasomig. ... Amint szívem tájékához értek, egy lénnyé váltak. Ez az egy lény átölelt engem és átemelt egy másik dimenzióba, ahol több ezer bolygó, több tízezer fénygömb volt ... abban a ragyogó galaxisban. Minden fénygolyóban apró lényeket, millió lelket láttam. Rendezett és harmonikus volt minden. Azt vártam, hogy én is közéjük kerüljek, de ez nem következhetett be."* (Idézet Dan Millman és Doug Childers *Isten közbelép* című könyvből, 197. oldal)

Amikor Andy az intenzív osztályon magához tért, megtudta, hogy szívrohama volt. Ekkor eldöntötte, hogy változtat életén. Megszabadult a drogfüggőségtől és munkát keresett. Mivel élménye erős nyomott hagyott benne, eldöntötte, hogy megpróbálja azt lefesteni. Eleinte nehéz volt, mivel nem volt meg a festészet legalapvetőbb ismerete sem. Garázsa lett a műterme, és ötezer dollárt költött pemzlikre és más anyagra, amikor festeni kezdett. „Teltek a napok, amikor egy reggel különös érzéssel ébredt Andy. A műterembe ment, az egyik festménye elé ült, és imádkozni kezdett.

Amikor tekintetét felemelte, egy fénygömböt látott a falon áthatolni..."

„A fénygömb belém hatolt, és én csordulásig teltem el szeretettel és erővel" – mesélte maga Andy. „Hirtelen három ember állt mellettem; éreztem, hogy kapcsolatban vagyunk egymással, és megértettem, hogy az őrzőangyalaim voltak. Szakálluk volt, hajuk fénylően majdnem fehér volt. Úgy tűnt, hogy gondolatátvitelen keresztül értekeznek velem – részletesen elmondták, mit kell tennem. Az volt a feladatom, hogy 2000-ig kétezer festményt készítsek. Értésemre adták, hogy segíteni fognak, és hogy meg fogják adni nekem azt a technikai tudást, amire szükségem volt." *(Dan Millman és Doug Childers, 198. oldal)*

Andy Lakey egy egészen szokatlan technikával kezdett festeni. Vastagon kente a festéket, sokszor egyenesen a tubusból a vászonra, így képeinek szinte háromdimenziós felülete lett. Akik látták képeit, azt az ötletet adták neki, hogy vakok számára is fessen olyan képeket, amelyeket ujjukkal ki tudnak tapintani.

Andy Lakey híres festő lett, akinek képeit olyan ismert személyek mint Ray Charles, Stevie Wonder művészek, és Jimmy Carter és Ronald Reagan amerikai elnökök is megvették. Andy nem csak árulta, hanem el is ajándékozta képeit, többek között különböző intézeteknek, kórházaknak, vakok intézetének és magának a pápának is.

Az angyalok festője, Andy, aki azóta négygyermekes apa lett, nem ad magyarázatot a vele történtekre, hanem így nyilatkozik:

"*Ez egy rejtély, amire nem tudok magyarázatot adni... Csak teljesítem a megbízást... Most már, amikor felnézek éjjel az égre, másképp tekintek a csillagokra, mint azelőtt... arra emlékeztetnek, ami mögöttük van. Ragyogó bolygókat és fénygömböket látok magamban. Látom az angyalokat, amint Istentől kapott feladataikat teljesítik.*" (Dan Millman és Doug Childers, 200. oldal)

A fénygömbök megjelenése furcsának és érthetetlennek tűnik mindazok számára, akiknek nem volt ilyen élményben részük, illetve nem olvastak erről szóló beszámolót. Számomra Andy Lakey azért tűnik hihetőnek, mert jómagam is megtapasztaltam a fénygömb jelenséget. 1986-ban történt, egy korai májusi reggelen. Ágyamban feküdtem, és hallgattam a kicsit megnyitott hálószobaablakon behallatszó madárcsicsergést. Miközben azon gondolkoztam, hogy fel kellene kelnem, hirtelen három, különböző nagyságú fénygömböt pillantottam meg szobámban. Nem volt időm kideríteni, hogy milyen fények lennének ezek, mert hirtelen „kapcsolat" jött létre köztem és a fénygömbök között. Gondolatátvitellel és látomásszerű képekben közölték velem a fénygömbök két olyan eseményt, amelyek családomban fognak megtörténni.

A fénygömbök hirtelen eltűntek. Nagyon meglepődtem, és nem tudtam mire vélni a dolgot, mivel azelőtt soha nem hallottam, és nem is olvastam fénygömb jelenségről. Abban az időben ugyanis nem paranormális, természetfeletti dolgokkal foglalkoztam, hanem dogmatikával és más, teológiai tanulmányaimhoz tartozó irodalommal.

Reggelinél elmondtam családomnak a furcsa jelenséget. Gyermekeim apja (ma ex-férj), aki megrögzött ateista, álomnak hitte az egészet. Igazából egyikünk sem akart hinni az előrejelzett történésekben, mert kellemetlen eseményekről volt szó. Nagy meglepetésemre azonban, alig pár nap elteltével, mindkét dolog bekövetkezett és minden úgy történt, ahogy azt a fénygömbök nekem a látomásban megmutatták.

Az amerikai Cokeville nevű kisvárosban egy olyan esemény történt 1986. május 16-án, aminek végzetes kimenetele is lehetett volna. David Young szolgálaton kívüli rendőrfőnök és felesége egy fegyverekkel és benzinbombával megrakott bevásárlókocsit tolt be délben egy órakor a városka általános iskolájába. „Ez forradalom" – mondta a velük szembejövő iskola-titkárnőnek David Young, aki súlyos személyiségzavarban szenvedett. „Az egész iskola a túszom. Ne próbáljon segítségért kiáltani vagy valamilyen vészcsengőt megnyomni, ha azt akarja, hogy életben maradjanak" – mondta a megrémült titkárnőnek.

David Young és felesége fegyverrel fenyegette meg a gyerekeket és tanárokat, miközben mindenkit az iskola nagytermébe tuszkoltak. Rövid időn belül a rendőrség és a szülők is értesültek a történtekről, ezért körbevették az iskolát, és két órán át feszülten várták a túszejtés kimenetelét. David Young és felesége 300 millió dollárt kért az amerikai kormánytól, valamint azt, hogy Ronald Reagan elnök személyesen vegye fel velük telefonon a kapcsolatot.

A szülők és a rendőrség abban reménykedtek, hogy David Young és felesége meggondolja magát, és szabadon engedi a gyerekeket és tanárokat. Hirtelen azonban nagy robbanás rázta meg az iskolaépületet, és a szülők a rendőrséggel együtt rémülten látták, hogy óriási lángok csapnak fel az iskola nagytermében, ahova 150 gyermeket gyűjtöttek be a támadók.

„Nem lenne túlzás azt mondani, hogy csoda történt" - mondta később Richard Haskell robbanóanyag-szakértő, aki a kiégett nagytermet vizsgálta át, miután mind a 150 sérülés nélküli gyermeket onnan kihozták. „Szinte hihetetlen, hogy nem 150 szénné égett gyermeket találtunk odabent."

Richard Haskell akkor még nem tudta, hogy valóban csoda történt odabent. Ez csak akkor derült ki, amikor egyik gyerek a másik után a rendőröknek és a szülőknek a történtekről mesélni kezdett. Elmondták, hogy „fénylények" ereszkedtek le a mennyezetről, és segítettek nekik. Egy Nathan Hartley nevű gyerek látta őket és úgy gondolta, hogy ezek angyalok voltak. Két testvér, Rachel és Katie Walker elmondták, hogy a lények *„úgy világítottak, mint a lámpák, és hogy olyan sokan voltak, hogy minden gyerek fölött lebegtek".* Egy másik gyerek, Nathan elmondta, hogy egy angyal lebegett fölötte, aki azt mondta, hogy ő anyai dédanyja. Arra biztatta, hogy menjen az ablakhoz, mert a bomba fel fog robbanni, és a két rossz ember meg fog halni. Más gyermeket is arra szólított fel egy hang vagy „angyal", hogy az ablakhoz kell menniük, mert a bomba fel fog robbanni.

„Abban hiszek, amit látok", vélik sokszor a kételkedők. Azt mondják, azért nem tudnak Istenben hinni, mert nem látták Őt, nem gondolva arra, hogy számtalan olyan dologban kell hinniük, amit soha nem volt lehetőségük meglátni, és annál kevésbé tudományosan bebizonyítani. Hinnünk kell például abban, amit a tudósok mondanak a Világegyetem létrejöttével kapcsolatosan, vagy abban, amit Darwin feltételezett a földi életnek az élettelen anyagból való kibontakozásáról, illetve „teremtéséről".

A körülöttünk levő valóságnak legnagyobb részét nem látjuk, hanem csak sejtjük, vagy hisszük, hogy van. Ezért elég érthetetlen a kételkedők „bizonyítsd be" követelménye a paranormális jelenségekkel kapcsolatosan. Ha még az atomfizikusok sem tudják a látható anyag és valóság összes jelenségét megérteni és bebizonyítani, akkor hogyan tudná az egyszerű ember a láthatatlan világból jövő jelenést megmagyarázni?

Mindazok, akik betekintést kaptak a láthatatlan valóságba, nem tudják, és nem is akarják élményüket bebizonyítani, hanem csak elmondani. Tették ezt Jézus tanítványai, a felrobbantott amerikai iskolából kiszabadult gyerekek és még sok más olyan ember, akit megrendített vagy elbűvölt az ismeretlen világgal való találkozás.

FORGÓ FÉNYKORONG AZ ÉGEN

NAPCSODA FATIMÁBAN

A fatimai jelenések 1917-ben történtek a portugáliai Fatima kisváros közelében. Három gyermek, Lucia, ekkor 10 éves, unokaöccse, Francisco 9 éves, és unokahúga, Jacinta, 7 éves, egy kis nyájat őrzött a mezőn, amikor délben, a megszokott rózsafüzér-imádság után hirtelen sugárzó fényt láttak, amelyet villámnak véltek. Elhatározták, hogy hazamennek, de rögtön egy második villám világította meg a közel levő kis tölgyfabokrot. Meglepődve látta a három gyermek, hogy a bokor felett lebegő fényben egy hölgy áll, aki elmondásuk szerint ragyogóbb volt a Napnál. A hölgy, aki rózsafüzért tartott a kezében, azt mondta a gyerekeknek, hogy sokat kell imádkozniuk, és kérte őket, hogy öt hónapon át minden hónap 13-án jöjjenek el ugyanarra a helyre.

A gyerekek, mit sem sejtve a következményekről, elmondták a történteket a szülőknek. Sokan kételkedtek a gyerekek elmondásában, és maga a helyi rendőr is kihallgatta a legidősebb Luciát, akit hazugsággal vádolt meg, és meg is fenyegetett.

A gyerekek, minden fenyegetés és megkérdőjelezés ellenére teljesítették a fényben megjelenő asszony kérését, és kimentek arra a helyre, ahol az első találkozásuk volt vele. A Madonna megjelent nekik június, július, szeptember és október 13-án, és továbbra is arra biztatta őket, hogy imádkozzanak, és hozzanak áldozatot a bűnösök megtéréséért. Augusztus 13-án nem tudtak a gyermekek a megbeszélt helyszínen lenni, mert a kerületi elöljáró kihallgatás miatt fogva tartotta őket. A jelenés azonban nem maradt el, hanem augusztus 19-én történt meg.

A Madonna nemcsak beszélt a gyermekekhez, hanem látomásban is részesítette őket. Lucia, aki később apáca lett, így számolt be a második jelenésről:

„*A második jelenésnél, 1917. június 13-án* **Ferencre nagy hatással volt a fénysugár**, *amely a Szűzanya kezéből áradt... Ez abban a pillanatban történt, amikor a Szűzanya ezt mondta:*

– Szeplőtelen Szívem lesz menedéked, és Istenhez vezető utad.

Úgy látszik, hogy Ferenc abban a pillanatban nem fogta föl a dolgokat, talán azért, mert nem hallotta a kísérő szavakat. Ezért később megkérdezte:

– Miért tartott a Szűzanya egy szívet a kezében, és **miért árasztotta ki a világra azt a nagy fényt**? *Te a Szűzanyával együtt abban a* **fényben álltál, amely a földre sugárzott.** *Jacinta és én pedig* **abban a fényben álltunk, amely az ég felé tört.**

– Azért – válaszoltam –, mert te Jacintával együtt hamarosan az égbe mész. Én pedig Mária Szeplőtelen Szívével még egy ideig a földön maradok.

– Hány évig maradsz itt?

– Nem tudom. Még elég sokáig.

– Megmondta ezt a Szűzanya?

- *Igen. És én láttam ezt abban **a fényben, amit szívünkbe sugárzott**.*

Jacinta megerősítette:

- Igen, így van. Én is láttam ezt." (FATIMÁRÓL beszél Lucia nővér, 120. oldal)

Jacinta és Ferenc valóban „az égbe mentek" nemsokára a jelenések után, úgy, ahogy a Madonna előre megmondta nekik. A két gyermek nem félt a haláltól, annak ellenére, hogy tudták, hamarosan el kell hagyniuk a földi életet.

A fény fontos szerepet játszott a fatimai jelenésekben, amelyek nemcsak kellemes fényélményben részesítették a gyerekeket. Ijesztő jeleneteket is láttak, amelyeket lehet az első, illetve második világháború alatt történő borzalmaknak értelmezni. Szólt az üzenet Oroszországról, valamint a későbbi, a kommunizmus alatt történő egyházüldözésről is. Elmondták például azt, hogy papokat és apácákat fognak kivégezni.

A jelenéseknek gyorsan híre kelt, ezért egyre többen jöttek el Cova da Iriába azon a napon, amikor a gyermekek várták a Madonna megjelenését. A fényben megjelenő asszony a Rózsafüzér Királynőjének nevezte magát, és azt kérte, hogy a jelenések helyén építsenek kápolnát.

1917. október 13-án becslések szerint nem kevesebb, mint hetvenezer ember gyűlt össze Cova da Iria mezején, mivel a három gyermek azt mondta, hogy aznap délben csoda fog történni. Zuhogó esőben várakozott a nagy tömeg, amikor egyszer csak az eső elállt, és a felszakadozó felhők mögül opálfényű, **forgó korongként bukkant elő a Nap**. A korong szivárványszínű sugarakat szórt, és **időnként nagy sebességgel a Föld felé, illetve a tömeghez közeledett**. Sokan azt hitték, itt a világvége. A jelenség perceken át tartott, s amikor véget ért, a szemtanúk elmondása szerint csuromvizes ruháik egyszerre teljesen szárazak lettek. A gyerekek ekkor is látták a szép hölgyet, aki szólt hozzájuk, újra üzenetet hagyva az igaz hit és megtérés szükségességéről.

Az eseményről számos korabeli világi lap is beszámolt. Portugália akkori legnagyobb – egyházellenes – újságában, az O Séculóban, a következőket írta Avelino de Almeida nevű újságíró, aki korábban gúnyolódó cikkeket közölt a fatimai látnok gyerekekről:

„Az emberek döbbenten nézték, hogy a Nap megrázkódik, majd gyors, hihetetlen mozgásba kezd, a kozmikus törvényeknek ellentmondó módon."

Dr. Domingo Pinto Coelho következőképpen tudósította a napcsodát az Ordem című lapban:

„A Nap, amelyet hol bíbor, hol sárga vagy mélyvörös láng övezett, mintha hihetetlen gyors, forgó mozgást végzett volna, s közben időnként úgy látszott, mintha leesne az égről és a Föld felé zuhanna, hatalmas hőséget sugározva."

Az eseményt természettudósok próbálták tudományos ellenvetésekkel megkérdőjelezni. „Szoláris jelenségnek" akarták a napcsodát nevezni, de az a tény, hogy nem az egész portugál lakosság látta a különleges eseményt, mégiscsak a csoda mellett szól, hiszen egy esetleges, az ország felett elvonuló szoláris jelenséget mindenkinek látnia kellett volna. *„Lehetetlen, hogy ennyi csillagász, sőt az egész félteke összes lakójának figyelmét elkerülte volna... fel nem merül, hogy csillagászati vagy meteorológiai jelenség lett volna... Vagy minden fatimai szemtanú tévedett, vagy természetfeletti beavatkozásra kell gondolnunk"* – írta John de Marchi olasz pap, kutató. (The Immaculate Heart, 1952b:282)

A természettudósok és az esemény valódiságát boncolgató vizsgálóbizottságok számára nyitott maradt az a kérdés, hogy miként jósolhatta meg a három pásztorgyerek e napcsoda időpontját. Az is titok marad, hogy a napcsoda-élmény miért nem adatott meg mindenkinek, aki a helyszínen volt. Ugyanakkor Fatimától 18 kilométer távolságra levő helyszínen voltak olyan személyek, akik látták a jelenséget. Azt sem tudják megmagyarázni, hogy miért gyógyultak meg hirtelen súlyos betegek ott és akkor. Nemcsak egyházvezetők, újságírók és tudósok jöttek el ugyanis Fatimába azon a napon, hanem sok olyan ember, aki reménykedve várta a gyógyulás csodáját.

A Katolikus Egyház alapos kivizsgálások és sok szemtanú meghallgatása után csak 1930. október 13-án nyilvánította hivatalosan csodának a fatimai jelenéseket.

1951. október 13-án Tedeschi bíboros több millió, Fatimában összegyűlt zarándok előtt bejelentette, hogy a fatimai napcsoda nem volt egyedüli alkalom. 1950. október 30-án, 31-én, valamint november 1-jén és 8-án XII. Piusz pápa maga is látott hasonló napcsodát a Vatikáni Kertekben.

A fatimai történet azért olyan izgalmas, mert nem egy egyén, hanem egy kollektív, körülbelül 70 000 emberből álló tömeg élményéről van szó. Nem mindenki, de a tömeg nagy része látta és megtapasztalta a jelenséget, és ezért hitt. Számos volt ateista elmondta, hogy nagy fordulat következett be életében a Fatimában megélt Madonna-jelenés után.

Kairó egyik külvárosában, **Zeitounban 1968. április 2-án egy másik Madonna-jelenés** lepte meg az embereket. Először Abdul Aziz Ali, aki a katolikus templommal szembeni garázsban dolgozott, vette észre, hogy egy fehér ruhás nő sétál át a templom kupoláján. Először arra gondoltak, hogy valamelyik apáca akar öngyilkosságot elkövetni, ezért az egyik szerelő már szaladt is, hogy értesítse a papot, a másik pedig a rendőrséget akarta hívni. Azonban hamarosan **látták az emberek, hogy ezt a hölgyet egy különleges fény veszi körül, és hogy ő maga is fénylik.** Ekkor gondoltak arra, hogy egy Madonna-jelenésről lehet szó. A rendőrség és a hatóságok először arra gyanakodtak, hogy valaki odavetíti a jelenséget egy szomszédos házból. Ezért lezárták a környéket, és alaposan átkutatták a házakat. Végül kénytelenek voltak kijelenteni, hogy semmi vetítésről nem volt szó.

Egyre többen jöttek el a templomhoz azzal a reménnyel, hogy meglássák a Madonnát, aki egészen 1970-ig többször megjelent Zeitounban. A beszámolók szerint minden alkalommal **fény övezte a női alakot**, amely a templom középső kupolája felett sétált el. Néha egy gyermeket tartott karjában, és sokszor fehér galambok repkedtek felette, annak ellenére, hogy a jelenések legtöbbször éjjel 2 és hajnal 5 óra között történtek.

Keresztény, muszlim, zsidó és ateista szemtanúi is voltak a zeitouni eseményeknek, amelyeknek nagy visszhangja volt az akkori sajtóban és hivatalos körökben. A kopt egyház vezetője, VI. Kyrillos püspökökből álló bizottságot küldött a helyszínre, hogy vizsgálják meg a jelenéseket, és készítsenek róla részletes beszámolót.

A szemtanúkra nagy hatással volt az élmény. *„A saját szememmel láttam"* – jelentette ki egy interjúban Buthros Cayid atya, a templom plébánosa. *„Első alkalommal órákon keresztül csodálhattuk a ragyogó jelenést, a tömeg pedig folyamatosan kiáltozott: Szent Mária! Szűz anyánk! Szűz anyánk, könyörögj érettünk!"*

*„Magas volt, és **fény övezte**!"* – mondta Hermina Amin, a templom dékánja. *„Néha a teljes alakot lehetett látni, néha csak, mint egy ablakon keresztül, a felsőtestét. Néha fehér galambok szálltak körülötte." „Csak éjszaka jött"* – számolt be Laámi Tawfia, a templom egyik tisztségviselője. *„Egyszer láttam őt. Először egy gyenge fényként, majd ez a fény egyre erősödött, és egy fehér alak bontakozott ki belőle. Teljesen fehér volt – az arca, a bőre, mindene."*

Saraim Wasily azzal a reménnyel utazott Egyiptomba, hogy megláthatja a Madonnát. *„Kétszer láttam"* – számolt be később élményéről. *„Magas volt és fényes. Egyszer egy csecsemőt tartott a karjában. Galambok repültek körülötte. Mindenki, aki ott volt, látta őt és ujjongott. Mindenki egy hitet érzett a szívében – muszlimok és keresztények egyaránt."*

Az egyiptomi evangélikus egyház részéről Ibrahim Said, a jezsuiták szervezetétől pedig dr. Henry Habib Ayrout atya jött el Zeitounba, és maga az akkori egyiptomi elnök, Gamal Abdel Nasszer is szemtanúja volt az eseményeknek.

A jelenések egy évig rendszertelenül ismétlődtek, a következő évben kiszámíthatóvá vált az időpont, viszont egyre kevesebb csoda történt, végül pedig teljesen megszűnt a jelenés.

Buthros atya szerint azért jött a Madonna, hogy *„emlékeztessen minket arra, hogy Isten mindig velünk van, és hogy jelet adjon a békéről..."*

Mások szerint a Madonna figyelmeztetésül jött; 1967 ugyanis nehéz éve volt az egyiptomi népnek, mivel az ország belekeveredett az Izrael-pánarab hatnapos háborúba, és annak diplomáciai következményeibe.

A Madonna-jelenésekhez és más természetfeletti élményhez fűződő **fényjelenséget** nehéz tudományosan megmagyarázni anélkül, hogy az **anyagrészecskék tulajdonságaira ne** gondolnánk. Hasonlíthatnánk a jelenségeket ahhoz az élményhez, amelyet az internet vagy a tv képernyője előtt élünk meg, miközben a távolból közvetített filmeket és adásokat nézzük. Nem boncolgatjuk és nem kérdőjelezzük meg azt, hogy miként ér el hozzánk az a kép és hang, amely az amerikai elnök Washingtonban tartott beszédét közvetíti Ázsiában vagy Európában. Eszünkbe sem jut azon töprengeni, hogy miképpen „röpül át" több milliárd láthatatlan energiarészecske óceánon, tengeren és hegyeken ahhoz, hogy aztán újra képpé alakuljon, valóságos embert és hangot közvetítve. Ha az ember ilyen csodálatos közvetítésre képes, akkor miért ne lenne Isten is képes arra, hogy egy más dimenzióból üzenetet közvetítsen nekünk, legyen az Madonna, vagy más jelenés által?

Dr. Alexis Carrel, Nobel-díjas sebész kutatást végzett a franciaországi **Lourdes-ban történő csodákkal kapcsolatosan.** Itt is egy hölgy, akit fény vett körül, jelent meg egy kislánynak, aki épen rőzsét szedett azon a helyen, ahol a kislány, a Madonna biztatására, egy kis forrást kapart elő, aminek a vize még ma is gyógyít és segít. Érdekes módon dr. Alexis Carrel annak ellenére, hogy ismert tudós, meri a következőket kijelenteni:

„*Meg kell szabadítanunk az emberiséget attól a világképtől, amit a fizikusok és csillagászok zseniális agya kitalált, és amely a reneszánsz óta megtéveszt bennünket. Már tudjuk, hogy az ember… több mint egy fizikális fogalom. Minden emberben van valami, ami túlmutat a test korlátain, idő és téren túl. Az ember nemcsak ahhoz a világhoz tartozik, amit ismerünk.*" (Dan Millman és Doug Childers: 263.oldal)

Az ókor embere több alázattal közelítette meg az ismeretlen Világmindenség titkait, mint ahogy azt a modern idők embere teszi. Megértette és belátta, hogy lehetetlen minden titkot kifürkészni. Pál apostol következőképen fogalmazza meg az ókor emberének világszemléletét: „*Most tükör által,* **rejtélyes képben látunk, akkor** pedig **színről-színre; most töredékesen ismerem az Istent***, akkor pedig úgy ismerem majd, amint Ő ismer engem. Három dolog marad meg addig: a hit, a reménység és a szeretet; ezek közül pedig legnagyobb a szeretet.*" (Korinthusiakhoz írt 1. levél 13:12–3)

A TUDÁSRA VÁGYÓ ÉVA

Miért van a rossz és a szenvedés? Jó és megbocsátó az Isten, vagy bünteti az emberi gyarlóságot? Ezek örök kérdések, amelyekre az ember évezredeken át kereste a választ. Vaskos köteteket írtak filozófusok és teológusok az úgynevezett *teodicé* problémáról, vagyis arról, hogy ha Isten mindenható, és jónak teremtette a világot, akkor miért létezik a rossz?

A zsidó hitvilágban a bűnbeesés történetével próbálták ezt a kérdést megválaszolni. Ismert az a történet, amely szerint **a csábító kígyó rábeszéli az asszonyt, Évát, hogy egyen a tiltott fa gyümölcséből, a jó és rossz tudásának fájáról:**

„Az asszony úgy látta, hogy jó volna enni arról a fáról, mert csábítja a szemet meg kívánatos is az a fa, mert okossá tesz: szakított a gyümölcsből, evett, majd adott a vele levő férjének is, és ő is evett. Ekkor megnyílt mindkettőjük szeme, és észrevették, hogy meztelenek." (1 Mózes 3:6–7)

A zsidó és keresztény hit szerint Éva meggondolatlan cselekedete hozta a szenvedést és a bűnt az emberiségre. Ezen ótestamentumi textus által szembesül az ember a büntető, fájdalmat okozó, hol pusztító, hol átkot szóró haragos Istennel, aki féltő és megtartó szeretetét többnyire kiválasztott népére, a zsidó népre árasztja. Az az Isten, aki megteremtette a világot, kiűzi Ádámot és Évát az Éden kertjéből, és ezennel elkezdődik a földi ember tragédiája. Az ótestamentumi szöveg szerint, ezt mondja az Úristen az asszonynak:

„*Igen megnövelem terhességed fájdalmát, fájdalommal szülöd gyermeked, mégis vágyakozol férjed után, ő pedig uralkodni fog rajtad.* (1 Mózes 3:16)

A férfi, Ádám átka pedig földi élete során a fárasztó, verejtékes munka lesz:

„*Mivel hallgattál feleséged szavára, és ettél arról a fáról, amelyről azt parancsoltam, hogy ne egyél, legyen a föld átkozott miattad, fáradsággal élj belőle egész életedben!* (1 Mózes 3:17)

Mózes könyve szerint az utolsó átokszó az egész emberiségre vonatkozik, amely szerint a bűn zsoldja a halál:

„*Bizony por vagy, és vissza fogsz térni a porba!*" – mondja az Úristen az első emberpárnak Mózes első könyve szerint. Ez a negatív istenkép, amely átszövi az ótestamentumi írásokat, nem található meg a Jézus által hirdetett istenképben. A Világmindenség Egy Istene, aki a Szeretet és Fény Istene, nem szór átkot és nem büntet.

Jézus nem kapcsolja a gonosz létezését a Fény Istenéhez, hanem szerinte Yaldabaoth, a démon-isten áll a rossz mögött. A Mesternek dualista, azaz kettős világszemlélete van; tanai eltérnek attól a zsidó vallásfelfogástól, amely szerint minden, legyen az jó vagy rossz a teremtett világban, Istentől, a Teremtőtől ered.

Jézus nem ítéli el Évát, az életadó asszonyt azért, hogy „eszik" a tudás fájának gyümölcséből. A Mester nem ellenezte a tudást, mivel ő éppen azért jött el világunkba, hogy tudást közvetítsen az emberiségnek a Világmindenség Egy Istenéről. **Tanítványainak elmondja, hogy Hawah (Eva), „a megvilágosult Értelem"**,

elrejtőzik az emberbe, hogy tudást adjon neki valóságos eredetéről. Ő az a Segítő és Vigasztaló, aki Jézussal együtt meg akarja váltani az egész teremtést, és visszaemelni azt eredeti állapotába.

"És az irgalmas és jótékony Szellem, az Atya-Anya segítőt küldött Ádámhoz (az emberhez). Ez a megvilágosult Értelem, amelyet Életnek neveznek, és aki az Anya-Atyától van. Ő (nőnem) az egész teremtésnek segít, közreműködik vele, azért, hogy visszaállítsa eredeti rendjébe. Tanít a mag lejöveteléről és tanítja a visszaemelkedés módját, ami ugyanaz, mint a lejövetel útja.

A megvilágosult Értelem elrejtőzött Ádámban (az emberben), hogy az arkonok ne tudják őt felismerni, és hogy így tudja visszaállítani azt, amit az anya (Sophia) hiányossá tett."
(János titkos könyve: 19, 10... 20, 28)

A Mester biztatta tanítványait, hogy ismerjék meg önmagukat és lássák be, hogy valójában a szellemvilághoz tartoznak. Minél több tudást szereznek erről, annál könnyebb lesz a gonosz ellen harcolni, és azt legyőzni. *Tamás evangéliuma* szerint ezt mondta a Mester a tanítványoknak:

"Amikor megismeritek magatokat, ismertté váltok, és megértitek, hogy az élő Atyának vagytok a gyermekei. Azonban ha nem ismeritek meg önmagatokat, akkor szegénységben fogtok élni, és ti magatok lesztek a szegénység." (NHC II, 2–4)

"Ismerjétek meg előbb, ami látható, és akkor az elrejtett dolgok is felfedik magukat. Mert semmi sincs elrejtve, ami ne legyen felfedve."

Jézust felháborította az, hogy *"A farizeusok és az írástudók elrejtették a tudás kulcsát. Ő maguk sem jutnak a tudáshoz, és másokat is meggátolnak abban."* (Tamás evangéliuma: NHC II, 2:39)

Jézus a tudatlanság és a feledés helyének tekintette a földi életet. Küldetése az volt, hogy felrázza az emberiséget a tudatlanság állapotából; beszélt az igazságról, a rossz valóságos eredetéről és arról, hogy miként tud az ember a gonosz kötelékéből megszabadulni. Ő maga is megtapasztalta a Földön uralkodó negatív, gonosz erők – Yaldabaoth, Sakla, a sátán – hatalmát. Látta, hogy ezek az erők hatalmasak és kitartóak abban, hogy elferdítsék az igazságot, zavart, tudatlanságot és hamisságot keltve még azokban is, akik Isten szolgálatában állnak. Tudta, hogy legfőképpen a különböző vallásokban megfogalmazott ellentmondásos istenkép téveszti meg az embereket. Tisztában volt azzal, hogy ha az Ótestamentum szerinti Izrael Istene haragos, büntető és bosszúálló, akkor az ember, aki a zsidó vallás szerint ennek az Istennek képmására van teremtve, azonosítja magát teremtőjével, és ezért lesz olykor kegyetlen és ellenséges embertársaival szemben.

Jézus tökéletességre biztatta tanítványait azáltal, hogy nem Izrael Istenét, a Seregek Urát, hanem a tökéletes Atyát állította példaképnek eléjük, ezt mondván nékik:

„LEGYETEK TÖKÉLETESEK, AMINT MENNYEI ATYÁTOK IS TÖKÉLETES" (Máté evangéliuma 5:48)

AZ ISTENEK SOKASÁGA

Minden világszemlélet, legyen az tudományos, materialista vagy vallásos, amely azzal a szándékkal fogalmazódott meg, hogy választ adjon a lét nagy kérdéseire, magába foglalhat úgy igaz, mint megkérdőjelezhető tételeket. Jézus Krisztus szembesült ezzel a ténnyel, mivel olyan közegben nőtt fel és élt, ahol számos vallás- és világszemlélet kavarodott. Galileában és azokon a helyeken, ahol járt, különböző kultúrát és vallást volt alkalma megismerni. A perzsa, hindu, buddhista, zoroasztheri és a zsidó vallás- és világszemlélet, valamint a babilóniai asztrológia és görög vallásfilozófia ismert volt számára.

A Nag Hammadi-írások, valamint az újtestamentumi evangéliumok szerint Jézus nem fogadta el teljességében a zsidó vallás- és világszemléletet. Farizeusokkal, írástudósokkal és vallásvezetőkkel vitatkozott hevesen, aminek következtében magára haragította azokat. Ez kitűnik például a *János titkos könyve* című írásból, amelyben a következő történetet olvashatjuk:

„*És történt egy napon, hogy, amikor János, Jakab fivére, Zebedeus fia feljött a templomba, odajött hozzá egy Arimanius nevű farizeus, és ezt mondta neki: »Hol van a Mestered, akit követtél?«* És ő így válaszolt neki: »*Eltávozott arra a helyre, ahonnan jött.*«"

A farizeus ezt mondta: »*Az* ***a Názáreti*** *becsapott titeket csalással, és teletöltötte fületeket hazugságokkal, és* ***elfordított titeket atyáitok szokásaitól.***«
Amikor én, János meghallottam ezeket a dolgokat, elmentem a templomtól egy elhagyatott helyre. És lelkemben szenvedtem, és ezeket gondoltam: Hogyan lett hát a Megváltó kiválasztva? Miért küldte őt az atyja a világba? És ki az ő atyja, aki elküldte őt? Milyen lesz az a korszak (aeon), amely el fog jönni? Mit értett az alatt, hogy az a korszak örök lesz?

Miközben ezeken a dolgokon elmélkedtem, hirtelen megnyílt az égbolt, és egy erős fény ragyogta be a földet, amely rengeni kezdett. Megrémültem, és láttam a fényben egy ifjút, aki felém jött. Miközben figyeltem őt, olyanná vált, mint egy öregember. És újra megváltoztatta kinézetét, és fiatalemberré vált. Nem több személyt láttam, hanem egyet, akinek több megjelenési alakja volt, és ezek egymásból váltak ki.

Így szólt hozzám: »*János, János, miért kételkedsz? És miért félsz? Számodra nem szokatlan ez a kép, nem igaz? Ne légy hát félénk! Mindig veletek vagyok. Én vagyok az Atya, én vagyok az Anya, és én vagyok a Fiú. Tiszta vagyok és elpusztíthatatlan.* ***Most azért jöttem, hogy arról tanítsalak, ami van, ami volt, és ami történni fog, hogy megértsed, mi a látható és a láthatatlan.*** *Ezért emeld fel orcádat, hogy meg tudd hallani azokat a dolgokat, amelyeket ma tanítani fogok neked, hogy aztán el tudd mondani lelki barátaidnak, akik a tökéletes ember rendíthetetlen generációjához tartoznak.*«" (János titkos írása: 1,1–2,25)

Jézus beszél Jánosnak az Egy Istenről, aki a mindenség ős-Atyja, és aki abban a tiszta fényben van, melyet szem nem láthat. „Ő a láthatatlan Szellem, akire nem helyes úgy gondolni, mintha egy isten, vagy valami ahhoz ha-

sonló lenne, mivel Ő több mint egy isten, és semmi sincs felette." (János titkos írása: 2,25)

Jézus tudta, hogy az ókor vallásaira jellemző volt a politeizmus – többistenhitűség –, ezért óvta tanítványait attól, hogy a Világmindenség legfelsőbb Hatalmát, az Egyet, istennek nevezzék. Tudta például, hogy a görögök főistenét, *Zeuszt*, többek között a *viharok és villámok istenének* tekintették. Az ókori görög panteon élén állt és több görög istennek és hősnek volt az apja, de nem volt mindenható. Kicsapongó volt; a mitológia szerint számtalan gyermeke született istennőktől, nimfáktól és halandó leányoktól. Érdekes megjegyezni, hogy a román nyelvben tovább él Zeusz neve, mint Isten neve. *Dumnezeu-nak nevezik románul Istent*, ami két szót foglal magában: domnu (domine), ami urat jelent, és zeu, amely Zeusz-ból ered. Furcsa, hogy a keresztény román ortodox egyházi hagyományban „Zeusz az Úr".

Jézus tudta, hogy, habár a zsidó vallás alaptétele az egyistenhitűség, az Ótestamentumban megjelenő különböző istennevek arra mutatnak, hogy a későbbi monoteista zsidó vallást is politeizmus – többistenhitűség – előzte meg. Olvasunk például *Ábrahám és Jákob Istenéről*, ami az ókorban oly gyakran előforduló házi-, illetve családi, törzsi istenségre utal.

Jahve, azaz JHV megjelenési formájából ítélve, lehet a hegyek, a vihar és a villám istene: *„A harmadik napon virradatkor pedig mennydörgés, villámlás és sűrű felhő támadt a hegyen, és igen erős kürtzengés. Ekkor megrémült az egész nép a táborban. A Sínai-hegy egészen füstbe borult, mert leszállt rá tűzben az Úr. Füstje úgy szállt föl, mint a kemence füstje, és az egész hegy nagyon rengett… Mózes beszélt, és az Isten (Jahve) mennydörgésben felelt neki."* (Mózes II. könyve 19:16–20)

Az ótestamentumi írásokban fontos szerepe van *El, Elohim* Istennek. A héber „El" egyes számban, jelzős kifejezésben szerepel, úgymint „magasságos Isten"; többes számban – „Elohim" – olyan „istenek" jellemzőjeként áll, akik alacsonyabb rangban vannak.

El – Isten – jelképe *a bika;* számos ókori vallásban ő volt a férfierőnek és megtermékenyítésnek a jelképe. Később, az ótestamentumi írások szerint ő lesz Izrael Mindenható Istene.

1928-ban egy váratlan fordulat következik be a bibliakutatásban. Egy szíriai földműves olyan kőtáblákra bukkan, amelyek felkeltik az archeológusok figyelmét. Ásatásokat végeznek és kiderítik, hogy azon a helyen időszámításunk előtt több száz évvel egy Ugarit nevű nagyváros volt.

Ugarit, akkád, egyiptomi, föníciai, hettita, hurita és sumér nyelven írott szövegeket, valamint többnyelvű szótárt találtak az archeológusok. A bibliakutatók számára az az írás volt a legizgalmasabb, amely *El – a bika istenről* szól. Ennek az ugarit nyelven írott szövegnek lefordításával és kiadásával a svéd *Ola Vikander* foglalkozott. Könyve, amelynek címe *Kanaaneiska myter och legender (Kánaánita mítoszok és legendák)* meglepte a bibliakutatókat, mivel megértették, hogy sok minden, amit eddig az Ótestamentum szerinti Istenről, azaz El-Elohimról hittek, téves volt. A megtalált szövegekből ugyanis kiderült, hogy Izrael Istene, El egy öregedő úrhoz hasonlítható, aki olykor kicsapongó életet élt, Zeuszhoz hasonlóan. Az egyik eposz szerint például egy alkalommal vendégségbe hív más isteneket, és úgy lerészegedik, hogy Thukamuna és Shanuma isteneknek kell őt támogatniuk.

A jó és szép istenek (KTU 1,23) című eposz szerint El két feleségével hál, aminek következtében az asszonyok jó és szép isteneket szülnek neki.

„*A két asszony El feleségei voltak, El feleségei mindörökre. Lehajolt hozzájuk és szájon csókolta őket. Ajkuk édes volt, mint a gránátalma. Amikor megcsókolta őket, teherbe estek, amikor megölelte őket, a terhesség forróságát érezték. Shahart és Shalimot szülték ők.*" (Kánaánita mítoszok és legendák, 175. oldal)

Mózes tiltotta a bika/borjú isten imádását, ezért érthetetlen az, hogy az ótestamentumi szerzők, valamint a zsidó vallásvezetők ragaszkodnak ahhoz, hogy El-Elohimnak nevezzék Izrael Istenét. Mózes második könyvében van leírva az a történet, amely szerint Áron vezetése alatt aranyból készített bikaistent imád Izrael népe, miközben Mózes a Sínai-hegyen van, hogy átvegye „a bizonyság két tábláját", amelyek a tízparancsolatot tartalmazzák. Mózes túl sokáig tartózkodik távol, ezért Izrael népe türelmetlen és kéri Áront, aki Mózes fivére, hogy készítsen nekik isteneket, kik előttük járjanak.

„*Mikor látá a nép, hogy Mózes késik a hegyről leszállni, egybegyűle a nép Áron ellen és mondá néki: Kelj fel, csinálj nekünk isteneket, kik előttünk járjanak; mert nem tudjuk, mint lőn dolga ama férfiúnak Mózesnek, aki minket Egyiptom földéről kihozott.*

És monda nékik Áron: Szedjétek le az aranyfüggőket, amelyek feleségeitek, fiaitok és leányaitok fülein vannak, és hozzátok énhozzám. Leszedé azért mind az egész nép az aranyfüggőket füleiről, és elvivék Áronhoz.

És elvevé kezökből, és alakítá azt vésővel; **így csinála abból öntött borjút. És szóltak: Ezek a te isteneid, Izrael, akik kihoztak téged Egyiptom földéről.**

Mikor látta ezt Áron, oltárt építe az előtt, és kiálta Áron, mondván: Holnap az Úrnak ünnepe lesz! Felkelvén azért másnap jó reggel, áldozának égőáldozattal és hálaáldozattal is; azután leüle a nép enni és inni; azután felkelének táncolni." (Mózes II. könyve 32:1-6)

Amikor Mózes végre előkerül, megtudja, hogy mit követett el a nép Áronnal együtt. Dühös lesz és összetöri a törvénytáblákat, aztán elégeti az aranyborjút, aminek porát vízbe szórja. Ezt az „átokhozó" vizet megitatja az izraelitákkal, és felelősségre vonja Áront. Végül Isten nevében a következő parancsot adja ki:

„Így szól az Úr, Izrael Istene: Kössetek mindnyájan kardot az oldalatokra, járjátok be a tábort keresztül-kasul egyik kaputól a másikig, és **gyilkoljatok le testvért, barátot és rokont!** *Lévi fiai Mózes parancsa szerint cselekedtek, és elesett azon a napon a népből mintegy háromezer ember. Utána azt mondta Mózes: Most avattátok fel magatokat az Úrnak, mivel fiaitokat és testvéreteket sem kíméltétek. Áldás száll ma rátok."* (Mózes II. könyve 32:27-29)

Mózes haragja és cselekedete azt bizonyítja, hogy abban a történelmi helyzetben, amikor Izrael népe területfoglalásra készült, nem volt helyénvaló az öregedő, mulatós kedvű El – bika – istennek az imádása. Sebaothra, a Seregek Urára, azaz egy hadistenre volt szükség, akinek nevében háborút és bosszúállást lehetett indítani. Mózes, aki a „Ne ölj!" parancsolatra akarta népét tanítani, elsőként hágja azt át, és Jahve – Sebaoth nevében bünteti és öli a népet. Mózes és később más, Izraelt vezetők *Sebaothra, Jahve Sebaothra, a Sereg Urára* hivatkoznak, amikor *herém* parancsot adnak ki, ami az ellenség teljes megsemmisítését jelenti.

Mózes halála után Józsué vezeti be a népet az ígéret földjére. Jerikó bevételekor így biztatja Józsué a népet: *"Kiáltozzatok, mert nektek adja az ÚR a várost.* **Átok terhe alatt ki kell irtani a várost**, *az Úré az mindenestül!... Hozzá ne nyúljatok a kiirtandókhoz, mert felidézitek az átkot Izrael táborára...* **De az összes ezüstöt és aranyat és minden réz- és vastárgyat az Úrnak szenteljetek, azok az ÚR kincstárába kerüljenek.** *Ekkor kiáltozni kezdett a nép, és megfújták a kürtöket. És amikor meghallotta a nép a kürt szavát, hatalmas harci kiáltásban tört ki, és a kőfal leomlott. A nép pedig bevonult a városba, mindenki egyenest előre, és elfoglalták a várost.* **Kardélre hánytak, kiirtottak mindent, ami a városban volt: férfit és nőt, ifjat és öreget, ökröt, juhot és szamarat.**" *(Józsué könyve 6: 16–21)*

A jerikói történetben leírt borzalmas vérfürdőről nem beszélnek a keresztény igehirdetők, arról azonban igen, hogy Isten tettei csodálatosak azokkal szemben, akiket szeret, és akik bíznak benne. A jerikói öldöklésben egy „újabb csodát" kell látnunk az egyházi tanítás szerint, *„Ebben az újabb csodában is az a fontos, hogy Isten cselekedett, és nem lényeges, hogy milyen úton-módon vitte véghez tettét."* (A Szentírás magyarázata, Józsué könyve 6. fejezet)

Az ország déli részének elfoglalása sem történt békésebb úton:

„Makkedát is elfoglalta Józsué azon a napon, és kardélre hányta királyával együtt. **Kiirtotta őket, minden élőlényt**, *amely benne volt: senkit sem hagyott elmenekülni."* (Józsué könyve 10: 28)

„...harcolni kezdett Libná ellen. Az ÚR ezt is Izrael kezébe adta királyával együtt. **Kardélre hányta a benne levő élőlényeket mind.**" (Józsué könyve 10:28)

Hasonló herém, azaz teljes kiirtás történik Eglónban, Hebrónban, Debirban, amíg végül Józsué leverte az egész országot. „*Ezeknek a városoknak minden zsákmánya és állata Izrael fiainak zsákmánya lett.* **Csak az embereket hányták kardélre, amíg csak mindenkit ki nem pusztítottak. Nem hagytak meg egy lelket sem. Ahogyan az ÚR megparancsolta szolgájának, Mózesnek**, *úgy parancsolta meg Mózes Józsuénak, és úgy cselekedett Józsué.*" (Józsué könyve 11: 14–15)

A kutatók szerint nem valószínű, hogy Izraelnek ilyen sikeres „villámhadjáratai" voltak. Az ÚR nevében elkövetett gyilkolásokkal kapcsolatosan a Szentírást magyarázó teológusok arra biztatják a Bibliát olvasót, hogy „*Nem felejthetjük el, hogy az ÚR segítette győzelemre Józsué seregét.*" A mai ember számára furcsa az, hogy a teológusok és papok oly könnyen fogadják el azt a sok vérengzést, amit Izrael a Seregek Ura nevében és segítségével követett el.

A laikus keresztény ember, akinek a Szentírás szerinti El-Sebaothban, a Seregek Urában kellene hinnie, azzal a ténnyel szembesül, hogy ez az ÚR többnyire a kiválasztott népét szereti és segíti, más népeket pedig pusztít. Ézsaiás próféta szerint így szól az ÚR Izraelhez:

„*De te, szolgám Izrael, barátomnak, Ábrahámnak utóda! A föld végén ragadtalak meg, annak széléről hívtalak el. Ezt mondtam neked: Szolgám vagy! Kiválasztottalak, nem vetlek meg! Ne félj, mert én veled vagyok... Megsemmisülnek teljesen, akik ellened harcolnak. Mert én, az ÚR, a te Istened, erősen fogom jobb kezedet.*" (Ézsaiás könyve 41: 8–14)

Saul, az egyszerű szántó-vető emberből lett Izrael első királya, a következő parancsot kapja a Seregek Urától Sámuel prófétán keresztül:

„... indulj, verd le Amálékot, és irts ki mindent, amije van! **Ne kíméld, hanem öld meg a férfiakat és a nőket, a gyermekeket és a csecsemőket**, az ökröket és a juhokat, a tevéket és a szamarakat!" (1 Sámuel 15:2–3)

Az itt felsorolt, a Seregek Urának nevében elkövetett háborúk, gyilkolások és népirtások csak töredéke annak, ami a „szent" írásban található. A laikus keresztény ember nem érti, és zavarba jön ezeket olvasva. Semmikép nem tudja az ótestamentumi istenképet öszszeegyeztetni azzal, amit Jézus hirdet az Atyáról. Az Egy Isten, a Fény és Szeretet Istene nem parancsol hadúrként, hanem szeretettel és békével szeretné eltölteni az emberiséget. **Jézus tanítása nem arról szól, hogy ki kell irtani egy népcsoport minden élőlényét, vagy, hogy le kell gyilkolni testvért, barátot és rokont.** Elfogatása pillanatában sem engedte meg a fegyver használatát:

„Akkor odamentek, rátették a kezüket, és elfogták. Egy pedig azok közül, akik Jézussal voltak, kardjához kapott, kirántotta, lecsapott a főpap szolgájára, és levágta a fülét. Ekkor így szólt hozzá Jézus: **»Tedd vissza helyére a kardodat, mert akik kardot fognak, kard által vesznek el.«**" (Máté 26:50–52)

Keresztény papok és teológusok hirdetik azt, hogy Izrael Istene, legyen az Jahvénak, El-Elohimnak, Adonajnak vagy a Sebaothnak, a Seregek Urának nevezve, a történelem Ura. Hitük szerint ennek az Istennek joga van eldönteni, hogy mikor és hol kell háborút indítani, és melyik népcsoportot kell megbüntetni és legyilkolni.

Jézus vitája a farizeusokkal és zsidó írástudósokkal bizonyítja azt, hogy a Mester elítélte az ótestamentumi Sebaoth, a Seregek Urának nevében elkövetett gyilkolásokat. *János evangéliuma* szerint kemény szavakat mondott Jézus a zsidóknak ezzel kapcsolatosan:

„*Ha megmaradtok az én beszédemben, valóban az én tanítványaim vagytok; és megismeritek az igazságot, és az igazság szabadokká tesz titeket' – mondta a zsidóknak Jézus.*

Így feleltek neki: ,Ábrahám magva vagyunk, és sohasem szolgáltunk senkinek. Miért mondod te, hogy szabadokká lesztek?' Felelt Jézus: ,Bizony, bizony, mondom néktek, hogy mindaz, aki bűnt cselekszik, rabszolgája a bűnnek... Tudom, hogy Ábrahám magva vagytok; de **meg akartok ölni, mert az én beszédemnek nincs helye bennetek***. Én azt hirdetem, amit az én Atyámnál láttam, ti is azt cselekszitek, amit a ti atyátoktól hallottatok.' Azok feleltek, és azt mondták neki: ,A mi atyánk Ábrahám.'*

Jézus azonban így szólt: ,Ha Ábrahám gyermekei lennétek, Ábrahám cselekedeteit cselekednétek. Ámde ti most meg akartok engem ölni, azt az embert, aki az igazságot szóltam nektek úgy, ahogy Istentől hallottam. Ábrahám ezt nem cselekedte (volna). **Ti a ti atyátok cselekedeteit cselekszitek.'**

*Azt mondták neki: ,Mi nem paráznaságból születtünk, egy Atyánk van, az Isten.' Jézus ezt mondta nekik: ,***Ha Isten volna a ti Atyátok, szeretnétek engem, mert én az Istentől jöttem, és tőle vagyok itt;*** nem magamtól jöttem, hanem ő küldött engem. Miért nem értitek az én beszédeimet? Azért, mert nem bírjátok befogadni az én igémet.* **Ti az ördögatyától valók vagytok, és a ti atyátok kívánságait akarjátok cselekedni. Az kezdettől fogva gyilkos volt, és semmi köze nem volt az igazsághoz, mert nincs benne semmi igazság. Amikor hazugságot mond, akkor beszél a magáéból; mert hazug ő, és a hazugságnak atyja...**

***Aki az Istentől van, befogadja az Isten beszédét. Ti azért nem fogadjátok be, mert nem vagytok Istentől.*"** *(János evangéliuma 8:31–47)*

Kemény beszéd ez Jézus részéről; nem csoda, hogy mindezek után a zsidók felháborodnak, és meg akarják ölni: *„Köveket ragadtak azért, hogy reá dobják. Jézus azonban elrejtőzött, és kiment a templomból."*

Ezzel a történettel kapcsolatosan több kérdés is felmerül:

– Ki volt az a Jézus, aki így mert a farizeusokkal és zsidó hittudósokkal beszélni?

– Miért tett különbséget az ő Atyja és a zsidók atyja közt az a Jézus, akit a keresztény hagyomány zsidó rabbinak tart? Vagy talán mégsem volt ő a zsidó vallási hagyományokhoz hűséges rabbi?

– Miért merte Izrael Istenét, atyját megkérdőjelezni és „gyilkosnak", „hazugnak" és „ördögatyának" nevezni?

– Lehet-e Jézus kemény szavait keresztre feszítésének okául tekinteni? Bizonyára a zsidók nem tűrték el azt, amit Jézus Izrael Istenéről, Atyjáról mondott. Más tanait is zavarónak és veszélyesnek tartották, ezért szerettek volna tőle megszabadulni.

„A papi fejedelmek pedig és az egész tanács tanúkat kerestek Jézus ellen, hogy halálra ítélhessék"... (Márk evangéliuma 14:55)

„KINEK MONDANAK ENGEM AZ EMBEREK?"

„Kinek mondanak engem az emberek?" – kérdezi Jézus egy alkalommal tanítványaitól. A válasz hasonlóképen van megfogalmazva a három szinoptikus evangéliumban: *„Keresztelő Jánosnak, de némelyek Illésnek, némelyek pedig azt mondják, hogy a régiek közül támadt fel valamelyik próféta." (Lukács evangéliuma 9:19)*

E rövid válaszból két dolgot lehet következtetni:

– Jézust nem tekinti a nép Messiásnak, hanem összetéveszti Keresztelő Jánossal, aki bizonyára ismert volt;

– a zsidók hittek a reinkarnációban, azért gondolták, hogy Illés próféta testesült meg, illetve „támadt fel" Jézusban.

Jézus nem elégszik meg ezzel a válasszal, ezért tovább **kérdezi a tanítványokat**:

„Hát ti kinek mondotok engem?"

Márk evangéliuma szerint *„Simon Péter így válaszol: Te vagy a Krisztus.*

Jézus ekkor rájuk parancsolt, hogy senkinek ne beszéljenek őróla.

És tanítani kezdte őket arra, hogy az Emberfiának sokat kell szenvednie, és el kell vettetnie a vénektől a főpapoktól és az írástudósoktól, és meg kell öletnie... Péter ekkor magához vonva őt meg akarta dorgálni, ő azonban megfordult, tanítványaira tekintett, megdorgálta Pétert ezt mondva: Távozz tőlem, sátán, mert nem gondolsz az Isten dolgaira, hanem az emberi dolgokra." (Márk evangéliuma 8:29-33)

Máté evangéliumában másképpen van ez a történet leírva. Jézus nem dorgálja meg Pétert, és nem nevezi őt sátánnak, hanem ellenkezőleg, megdicséri és megjutalmazza, mondván neki:

„Boldog vagy, Simon, Jóna fia, mert nem test és vér jelentette ki ezt neked, hanem az én mennyei Atyám. Én pedig ezt mondom neked: Te, Péter (kőszikla) vagy, és én ezen a kősziklán építem fel egyházamat, és a pokol kapui sem fognak diadalmaskodni rajta. Neked adom a mennyek országának kulcsait, és amit megkötsz a földön, kötve lesz a mennyekben is, és amit feloldasz a földön, oldva lesz az a mennyekben is. Azután megparancsolta tanítványainak: ne mondják meg senkinek, hogy ő a Krisztus (Messiás héberül)." (Máté 16:17-20)

A laikus bibliaolvasó jogosan eltűnődik azon, hogy miért van ugyanannak a történetnek két teljesen eltérő leírása, és hogy melyik lehet igaz? Megoldani e titkot nem tudjuk kétezer év távlatából, azonban jómagam azoknak a kutatóknak és teológusoknak a véleményét osztom, akik úgy gondolják, hogy Máté szövege a későbbi, intézményesített egyháznak a változata. Máté evangélista az, aki írásában be akarja bizonyítani, hogy Jézus az a Messiás, amelyről az ótestamentumi próféták szóltak. Jézus azonban nem azonosította magát azzal a Messiással, aki, amikor megjelenik, háborúk által ugyanolyan naggyá teszi Izraelt, mint amilyen az Dávid király idejében volt.

Az a szöveg, amely szerint Jézus Pétert jelöli ki „egyházépítőnek", fontos a katolikus egyház számára, mivel a textusban említett péteri funkciókat a pápák „öröklik". Jézus Krisztus földi helytartójának nevezik magukat a pápák, nem törődve azokkal az evangéliumi textusokkal, amelyek szerint a Mester kerülte a tanítványok közötti rangsorolást. Ezt mondta nekik:

„Tudjátok, hogy azok, kik a pogányok fejedelmeinek számítanak, uralkodnak rajtuk, és nagyjaik hatalmaskodnak rajtuk. De tiköztetek nem ez a rend, hanem aki naggyá akar lenni közöttetek, az legyen mindenki szolgája..." (Márk evangéliuma 10:35-45)

Ha az egyházak bonyolult hierarchikus felépítésére gondolunk, ahol pápák, kardinálisok, pátriárkák, metropoliták, érsekek, püspökök és egyéb egyházi tisztek uralkodtak a történelem folyamán egymás, illetve a kereszténység fölött, akkor megértjük, hogy nem Jézus elgondolása szerint van az egyház felépítve, hanem „pogányok fejedelmeinek" szokása szerint.

Tamás evangéliuma szerint a tanítványok „igaz hírvivőnek", „filozófusnak" és tanítónak nevezik Jézust.

Arról, hogy ki volt Jézus, az evangéliumokon kívül rengeteg írás jelent meg zsidó és más körökben is. Ezek az írások azt bizonyítják, hogy nem tudták pontosan, hogy ki ő, és főleg nem voltak tisztában származásával. Ez világosan kiderül a következő, *János evangéliumában* található szövegből:

„Ezek után Jézus Galileában járt-kelt. Nem akart Júdeában járni, mert a zsidók életére törtek.

Közel volt a zsidók ünnepe, a sátoros ünnep. **Testvérei tehát így szóltak neki**: *„Eredj el Júdeába, hadd lássák a tanítványaid is tetteidet. Mert senki sem cselekszik semmit titokban, aki azt akarja, hogy nyilvánosan elismerjék.* **Ha ilyen nagy munkára vállalkoztál, tedd ismertté magadat a világ előtt.' Mert a testvérei sem hittek benne.** *Jézus azért így szólt nekik: „Az én alkalmas időm még* *nincs itt; nektek az idő mindig alkalmas. Titeket nem gyűlölhet a világ, de engem gyűlöl, mert én bizonyságot teszek felőle, hogy cselekedeteik gonoszak. Ti menjetek fel az ünnepre; én még nem megyek fel erre az ünnepre...'*

Amikor azonban testvérei felmentek az ünnepre, akkor ő is felment, nem nyilvánosan, hanem titokban.

A zsidók keresték őt az ünnepen, és kérdezték: Hol van ő? És sokat suttogtak felőle a sokaságban. Egyesek azt mondták, hogy jó ember, mások viszont azt állították: Nem az, hanem ámítja a népet.

Senki sem beszélt róla nyíltan a zsidóktól való félelem miatt.

Már az ünnep fele elmúlt, mikor Jézus felment a templomba és tanított.

Csodálkoztak a zsidók, és azt mondták: **'Hogyan ért ez az Írásokhoz, holott nem tanulta?'**

Jézus azért így felelt nekik: 'Az én tanításom nem az enyém, hanem azé, aki elküldött engem.'

... A jeruzsálemiek közül némelyek így szóltak: 'Nem ez az, akit meg akarnak ölni? Íme, milyen nyíltan beszél, és senki sem bántja. Talán bizony valóban felismerték a főemberek, hogy ez a Krisztus?'

... Meghallották a farizeusok, hogy a sokaság ezeket suttogja felőle, és szolgákat küldtek a papi fejedelmek és farizeusok, hogy fogják el őt.

... Az ünnep utolsó nagy napján pedig **felállott Jézus, és kiáltó szóval mondta: 'Ha valaki szomjúhozik, jöjjön énhozzám és igyék!** *...' Ezt pedig a Lélekről mondta, akit majd vesznek a benne hívők...*

Amikor hallották a beszédet, a sokaságból némelyek ezt mondták: Valóban próféta ez.

Mások azt mondták: a Krisztus ez. Megint mások így szóltak: Csak nem Galileából jön el a Krisztus? Hiszen az

Írás mondta, hogy Dávid magvából és Betlehem városából, Dávid lakóhelyéből jön el a Krisztus.

Szakadás támadt azért miatta a sokaságban.

Némelyek közülük szerették volna már elfogni őt, de senki sem vetette rá a kezét.

Visszajöttek azért a szolgák a papi fejedelmekhez és farizeusokhoz, s azok így fogadták őket: ,Miért nem hoztátok el őt?'

Feleltek a szolgák: ,Soha ember így még nem szólt, mint ahogy ez az ember.'

A farizeusok erre azt felelték nekik:' Vajon titeket is elhitetett? Vajon a főemberek vagy a farizeusok közül hitt-e benne valaki? Csak az az átkozott csőcselék, amely nem ismeri a törvényt!'

Nikodémus azonban, aki egyszer régebben elment hozzá, aki közülük való volt, felszólalt:

'Vajon a mi törvényünk elítéli-e az embert, mielőtt ki nem hallgatja, és meg nem tudja, mit cselekedett?'

És azok így feleltek neki: ,Talán te is galileai vagy? **Tudakozódjál utána, és győződjél meg róla, hogy Galileából nem támadt próféta.***"* (János evangéliuma 7:1–52)

János evangéliumából világosan kitűnik, hogy sem a tömeg, sem pedig a zsidó egyházvezetők nem tartották Jézust Dávid családfájához tartozónak, és senki sem tudott arról, hogy ő esetleg a júdeai Betlehemben született volna. Tudni kell azt, hogy abban az időben a jeruzsálemi egyházvezetők tartották nyilván a családfákat. Ezek a főemberek ragaszkodnak ahhoz, hogy Jézus Galileából származik, ezért nem lehetett az a Messiás, akire a zsidó nép várt. Azt is tudták a farizeusok, hogy Jézus nem tanulta az Írásokat, azaz az Ótestamentumot, tehát nem járt semmiféle rabbi iskolába. Meglepődnek, hogy ennek ellenére tanítja őket és a népet. Megbotránkoznak azonban azon, hogy eltér a hagyományos zsidó tanoktól, és úgy találják, hogy megtéveszti a népet. A sokaságot azonban elbűvölik Jézus karizmatikus beszédei, és ezért mondják, hogy „Soha ember így még nem szólt, mint ahogy ez az ember szól."

Ki volt ez a Jézus, aki ennyire felkavarta a népet? Mit tudunk származásáról és családjáról? Nehéz ezekre a kérdésekre pontos választ adni a megbízható források hiánya miatt. Oly sokan írtak róla és hátteréről különböző szándékkal, hogy nehéz megítélni az igazságot. Fontos azonban leszögezni, hogy bárki bármit írt vagy mondott családi hátteréről és Jézusról, az emberről, nem változtat azon, amit ő mondott magáról, éspedig, hogy ő **az Egy Isten, a Fény Fia, aki nem e világból való, hanem egy más szférából, dimenzióból jött.**

Jézus anyjáról, **Máriáról** nem találunk elegendő adatot a bibliai evangéliumokban; csak következtetni tudjuk, hogy esetleg Kelet-Galileából, talán Kaffernaumból származott, mivel ott voltak rokonai. Az apokryf (nem bibliai) *Jakab proto – evangélium szerint*, egész kicsi korától serdülő koráig „templomszolgálatot" végzett, ami azt jelentette, hogy a papi ruhák szövésével foglalkozott. A zsidó hagyomány szerint ugyanis erre a feladatra csak tiszta, szűz lányok feleltek meg. Amint Mária elérte azt a kort, amikor már nem végezhette el ezt a templomszolgálatot, a papok férjet kerestek neki. Az idős özvegyember, **József, az ácsmester** lett erre a célra kiválasztva, és így került Mária az ő házába. Az írások szerint Józsefnek több gyermeke volt attól a feleségétől, aki meghalt. József két felnőtt lánya, Assia és Lydia, valamint két fia, Justus és Simon házasok voltak, azonban másik két kicsi gyermek, Júdás és Jakab az apai házban éltek. Különösen a pici Jakab szorult segítségre, mivel ő hiányolta legjobban az anyját, aki negyvenes éveiben lehetett, amikor megszülte őt. Elképzelhető az, hogy József felesége e szülésbe halt bele. Maga Jakab mondja el később azt, hogy ő és Jézus ugyanazt az anyatejet szopták, tehát Mária, aki megszülte Jézust, lett a pici Jakab dajkája. Erről a *Jakab második elbeszélése* című gnosztikus írásban olvashatunk:

„Egyszer, miközben ültem és elmélkedtem, jött ő, akit ti gyűlöltetek és megkínoztatok. Kinyitotta az ajtót, és azt mondta: Köszöntelek, testvérem.

Amikor felemeltem a fejem és ránéztem, azt mondta anyám: Ne ijedj meg attól, hogy azt mondja neked, »testvérem«. Ti ugyanazt a tejet szoptátok. Azért mondja nekem: »Anyám«. Ő nem egy idegen, hanem ő a te mostoha testvéred..." (Jakab második elbeszélése: 50,4)

A magyarázat arra, hogy Jakab miért nem ismeri fel mostohatestvérét, az lehet, hogy Jézus nem élt a családdal, hanem sokáig távol tartózkodott Galileától. Erről vallanak olyan írások, amelyekre később, a XVIII. század végén bukkantak rá a kutatók. Ez írások szerint Jézus 12 éves korában elkerült a szülői háztól, ahova újra 29 éves korában tért vissza.

Sokan próbálták megfejteni azt a titkot, hogy ki lehetett Jézus biológiai apja, és hogy esett a 13–14 éves Mária teherbe. Az egyház, hogy elkerülje a pletykákat és feltételezéseket, azt hirdeti, hogy a Szentlélek által esett Mária teherbe. Ha figyelembe vesszük azt, hogy „élet lehelet" nélkül egy magzat sem tud létrejönni, akkor megértjük azt, hogy Jézus is, mint minden más ember, az életet adó Szent Szellemnek ereje által fogamzott meg, így az egyházi szemlélet nem áll messze az igazságtól.

Rosszindulatú pletykákat és feltételezéseket terjesztettek a teherbe esett, még gyermek Máriáról mindazok, akik szerették volna később Jézust lejáratni. A zsidók által nagyon tisztelt és fontosnak tartott *Talmud* írás tartalmaz ilyen jellegű nyilatkozatokat.

A *Talmud* egy olyan szöveggyűjtemény, amelyet zsidó rabbik, írástudók és farizeusok több évszázadokon át (körülbelül 170–600 között) írtak le. Már csak az a tény, hogy a Máriáról szóló szövegeket is több száz évvel Jézus születése után írták, arra mutat, hogy nem megbízható, szájhagyomány által terjesztett források alapján lettek ezek megfogalmazva.

A zsidó származású, Svédországban élő *Lena Einhorn* orvosnő foglalkozik e témával az *Útban Damaszkusz felé* című könyvében. Azt írja, hogy az eredeti *Talmud* olyan sértő és lejárató Máriáról szóló szöveget tartalmazott, hogy még a zsidó származású, szabadgondolkodó fiatalember, Donin is felháborodott, és nyilvánosan kijelentette az írásgyűjtemény iránti nem-tetszését. A Jechiel nevű főrabbi nem tűrte ezt el, és ezért kizárta Donint tanítványai közül.

Donin áttért a kereszténységre, belépett a ferencesek rendjébe, és felvette a Nicolus nevet. Szerzetesként is terjesztette a zsidó vallás és a Talmud elleni nézeteit. A pápához fordult azzal a kéréssel, hogy tiltsa meg a Talmudot, mivel az a kereszténységgel kapcsolatos káromlásokat és gyalázásokat tartalmaz. IX. Gregorius pápa egy évig gondolkozott azon, hogy mit tegyen, de végül a francia IX. Ludvig királlyal egyetemben azt a döntést hozták 1239. június 9-én, hogy elkoboztatnak és begyűjtenek minden Talmud példányt, amely Franciaország területén található volt. A bírósági eljáráson

Jechiel főrabbi, aki próbálta kivédeni a Talmudban levő, Jézus családjával kapcsolatos lejáratást, azt mondta, hogy azok a bizonyos szövegek és nevek nem Jézus anyjára és családjára vonatkoznak, hanem más személyekre. Jechiel főrabbi állítását nem találták igaznak, ezért a végső bírósági döntés az volt, hogy az összes Talmudot el kell égetni.

Háromszáz évvel később egy új, átdolgozott Talmudot adtak ki Bázelben, amelyben nem találhatók meg a Jézus családját lejárató szövegek. Az eredeti Talmudot, amit minden tiltás ellenére megmentettek a jövő generáció számára, nem adják ki a nyilvánosságnak, hanem csak „belső zsidó körökben" ismerik és használják azt.

Dr. Lena Einhorn a következőket írja könyvében az eredeti, régi Talmud szerinti Jézusról:

„Nos, akkor mit írtak a Talmudban Jézusról – vagyis arról a személyről, aki talán Jézus volt?

Jeshu, Jeshu Ben Panter, ben Stada...

Amint azt mondták, nem egy, hanem több nevet hoztak Jézussal kapcsolatba a Talmudban. A két név, amelyet nyilvánvalónak tartottak, a Jeshu ben Panter (Pandira, Pandera), vagy ben Pantera volt, ami azt jelenti, hogy „Pantera fia"; a másik név pedig ben Stada (Stada fia). Egyes helyeken a Talmudban elmondják az írók, hogy ez a két név ugyanarra a személyre vonatkozik:

Ezt cselekedték ben Stada ellen Lodban, és felakasztották őt húsvét előestéjén. Ez a ben Stada ben Pantera volt." (Sanhedrin 67a) 1 (Lena Einhorn: Útban Damaszkusz felé, 61. oldal)

Ki volt Stada, és ki volt Pantera? Az írásokból az derül ki, hogy még a zsidók sem tudták azt, hogy a Stada név Mária, vagy József családneve volt-e.

A ben Pantera, azaz **Pantera fia** név magyarázatát már nem Máriával, hanem Jézus biológiai apjával hozzák kapcsolatba. Azt feltételezik ugyanis, hogy egy római katona volt az apja, akiből később magas rangban álló hadvezér lett. Erre bizonyítékot is találtak a németországi Bingerbrück helyiségben, ahol 1859-ben egy vasútvonal megépítése alkalmával szenzációs leletre bukkantak. Olyan sírköveket ástak ki, amelyek azt bizonyítják, hogy azon a helyen római katonákat is temettek el. Különösen az egyik sírkő keltette fel a kutatók figyelmét, mivel ezen a következő felírás állt:

„*Itt nyugszik a 62 éves, szidoni Tiberius Julius Abdes **Pantera**, aki 40 évig íjászkatona volt az Első ezred osztagában.*"

Lena Einhorn azt írja könyvében, hogy „*A források szerin, ez az íjász osztag Judeában szolgált egészen i. sz. 9-ig. Ez azt jelenti, hogy a Pantera nevű katona, úgy helyileg, mint időben, ott és akkor élt, amikor Jézus apja lehetett.*" (Lena Einhorn, 72. oldal)

A katolikus egyház a többi intézményesített egyházzal együtt teljesen elveti még a gondolatát is annak, hogy Jézus biológiai apja egy római katona lett volna, mivel ez egyáltalán nem illik bele abba a képbe, amit az egyházi hagyomány Jézus származásáról terjesztett.

Amennyiben Jézus valóban egy rómainak volt a fia, akkor könnyebb megértenünk azt, hogy miért nem akarta Pilátus őt keresztre feszítésre ítélni. A római származásúak keresztre feszítése ugyanis nem volt megengedve, és meglehet, hogy ezért mondja Pilátus a zsidóknak:

„*Íme, kihozom őt néktek, hogy értsétek meg, hogy nem találok benne semmi bűnt.*

Kiméne azért Jézus a töviskoronát és a bíbor köntöst viselve. És monda nékik Pilátus: **Ímhol az ember.**

Mikor azért láták vala őt a papi fejedelmek és a szolgák, kiáltozának, mondván: Feszítsd meg, feszítsd meg! Monda néki Pilátus: **Vigyétek el őt ti és feszítsétek meg, mert én nem találok bűnt ő benne.**
... Akkor azért nékik adá őt, hogy megfeszíttessék. Átvevék azért Jézust és elvivék őt." (János evangéliuma 19:4–16)

Kétezer éve vitatják, hogy ki a felelős Jézus keresztre feszítéséért. János evangéliuma szerint Pilátus „átadta" Jézust a vádaskodó zsidó főpapoknak, azok pedig „átvevék" és „elvivék" őt, hogy keresztre feszítsék. A kivégzések általában római katonáknak volt a feladata, viszont ebben az esetben nem az a lényeg, hogy ki volt a „hóhér", hiszen ők csak parancsvégrehajtók voltak. Minden kivégzés esetében a vádlóra és az ítélőbíróra hárul a felelősség. Jézus esetében a vádló és a bíró nem Pilátus volt, hanem a zsidó főpapok és a nép, aki „Feszítsd meg!"-et kiáltott.

Kétezer év távlatából értelmetlen a zsidó népet azzal vádolni, hogy felelős lenne Jézus haláláért, hiszen még akkor és ott sem kiáltotta mindenki a „Feszítsd meg!"-et, hanem csak egy kisebb tömeg vett részt a történtekben. Ezenkívül Jézus nem azért jött el világunkba, hogy békétlenséget, vádaskodást és gyűlöletet szítson zsidók és nem-zsidók között, hanem megbocsátást és megbékélést.

Mit mondott maga Jézus az anyjáról és az apjáról azon írások szerint, amelyek a mai kutatók rendelkezésére állnak?

Az újtestamentumi írásokban csak egy elbeszélést találunk, amelyből Jézusnak anyjához való viszonyát tudjuk következtetni. *Márk evangéliumában* olvashatjuk a következő történetet:

„És megérkeztek anyja és testvérei, és kívül megállva beküldtek hozzá és hívatták őt. A körülötte ülő sokaságból

megszólalt valaki: Íme, a te anyád és testvéreid ott kint keresnek téged. Ő azonban így felelt nekik: **Ki az én anyám és kik az én testvéreim?** *Majd végigtekintett a körülötte ülőkön és így szólt: Íme, az én anyám és az én testvéreim! Mert* **aki az Isten akaratát cselekszi, az az én fiútestvérem, nőtestvérem és anyám.**" (Márk evangéliuma 3:31–35)

Első megítélésre azt a benyomást kelti ez az elbeszélés, hogy Jézus nem kötődött anyjához és mostohatestvéreihez. Ha azonban a szöveg mélyebb értelmét vesszük figyelembe, akkor megértjük azt, hogy itt az egész emberiséggel való kapcsolatáról beszél Jézus, amely számára egy olyan „család", amit nem földi viszonyok kötnek össze, hanem *az Istenben való hit.*

Jézus dualista (kettős) életszemlélete meglátszik a családi kapcsolatokról való gondolkodásában is. *Tamás evangéliuma* szerint különbséget tett a földi szülőanyja és az „igazi", mennyei, életet adó Anya között. Az „igazi" anya, akire Jézus utal a következő írás szerint, az „életet adó" Hawah, azaz Éva, akit a gnosztikus írásokban a Szeplőtelen Szellemnek is neveznek. Ő az, aki a Fényből lépett elő, mint Isten női megnyilvánulása.

A *Tamás evangéliuma* című írás elég rossz állapotban volt, amikor azt megtalálták, ezért a nem olvasható szavakat zárójelben jelölik a fordítók, amikor Jézus szavait idézik:

„*Aki nem gyűlöli (az apját) és anyját, amint azt én teszem, nem lehet a tanítványom, és aki nem szereti (apját) és anyját, amint azt én teszem, nem lehet a tanítványom. Mert az anyám (megszült engem), de az én igazi (anyám), adta nekem az életet*" – mondta Jézus a Nag Hammadiban talált *Tamás evangéliuma* szerint.

E szöveg különböző változatát olvashatjuk az újtestamentumi evangéliumokban. Számos bibliaolvasó megbotránkozik azon, hogy az a Jézus, aki hirdette a szeretet főparancsolatát, az apa és anya „gyűlöletére" biztatta volna követőit. Magyarázatot erre a jézusi kijelentésre nehezen lehet adni, azonban azt lehet feltételezni, hogy a Mester arámul mondta el gondolatait a földi szülőkről és a mennyei Atyáról és Anyáról, a hallgatók pedig roszszul értették, vagy értelmezték szavait. Gondolhatunk egy rossz, akár szándékosan elferdített fordításra is, amelyet Jézus lejáratására akartak bizonyos körökben felhasználni. A szülők „gyűlölete" bűn volt abban a zsidó társadalomban, ahol az „Atyádat és Anyádat tiszteljed!" parancsolatot kellett követni.

Jézus tanaiban nincs helye a „gyűlölet" szónak. Ellenkezőleg, ő arra buzdította követőit, hogy még az ellenséget is szeressék.

A *József, az ácsmester* című apokrif (nem bibliai) írás szerint a következőket mondta Jézus anyjáról, Máriáról és mostohaapjáról, Józsefről:

„Máriának neveztem anyámat és Józsefnek apámat, és mindenben hallgattam rájuk; nem vitatkoztam velük, hanem alávetettem magamat akaratuknak... nem mondtam nekik ellent és nem bosszantottam őket. Ellenkezőleg, úgy szerettem őket, mint a szemem fényét." (Fordítás angolból, a „Jesus – The Unauthorised Version" című könyvből, 43. oldal)

Ugyanezen könyv szerint Máriával és mostohatestvéreivel együtt gyászolt és sírt Jézus, amikor József meghalt. *„... és József összes gyermeke gyászolt... És én is, anyámmal, Máriával együtt sírtunk velük"* – mesélte később Jézus.

Ezidáig nem ismert olyan írás, amely szerint maga Jézus beszélt volna biológiai apjáról. Az az „atya", akire Jézus utal, az mindig a mennyei Atya, akivel ő teljes egységben él, és aki az egész emberiségnek az Atyja. Ez tűnik ki abból is, amit Jézus mond mostohatestvérének, Jakabnak:

„*A te atyád, nem az én atyám, de az én Atyám a te Atyád is…*

A te atyád, aki a te szemedben gazdag, mindent, amit látsz, örökségbe ad neked." (Jakab második elbeszélése, 51,14)

Jézus szeretné az emberek figyelmét nagyobb összefüggések felé terelni, ami nem azt jelenti, hogy le akarja kicsinyíteni a földi rokoni kapcsolatok fontosságát. Tudta, hogy a családfáknak és az örökségnek nagy szerepe volt abban a társadalomban, és hogy sok esetben mindezek összetűzést, gyűlöletet és szeretetlenséget okozhattak. Ezért tett hangsúlyt az emberek, illetve az emberiség Istenben való összetartozására.

Jézus születésével kapcsolatosan több olyan kérdés vetődik fel, amit nem könnyű megválaszolni. Nem lehet például pontosan tudni, hogy hol és mikor látta meg a napvilágot az a gyermek, akit később a keresztények Krisztusnak (görögül), azaz Messiásnak (héberül) neveznek, és akit a zsidó vallásvezetők elvetnek.

A keresztény egyházi hagyomány szerint Jézus Dávid király törzséből származik, azonban erre semmi komoly, történelmi bizonyíték nincs. Máté evangélista állította össze Jézus úgymond családfáját Ábrahámtól, Dávid királyon át egész József, Jézus mostohaapja családjáig. Annak ellenére, hogy maga Jézus is tagadja Dávid házából és Ábrahám nemzetségéből való származását, a keresztény teológusok ragaszkodnak ahhoz.

János evangéliuma szerint a következőket mondta Jézus azoknak a farizeusoknak, akik vitába szálltak vele:

„Ábrahám, **a ti atyátok** *ujjongott azon, hogy megláthatja az én napomat: meg is látta és örült is. A zsidók erre ezt mondták neki: Ötven éves sem vagy, és láttad Ábrahámot? Jézus így felelt nekik: Bizony, bizony, mondom néktek,* **már voltam, mielőtt Ábrahám lett volna***. Erre köveket ragadtak, hogy megkövezzék, de Jézus elrejtőzött, és kiment a templomból."* (János evangéliuma 8:56–59)

Jézus nem fogadta el közönséges embertől való származtatását, hanem azt akarta megértetni az emberekkel, hogy ő az örökkévalóságból, a mennyei Atya országából jött küldetésbe bolygónkra. Máté evangéliuma szerint hasonló gondolatot fogalmaz meg Jézus, amikor a Messiás Dávidtól való származtatását kérdőjelezi meg, mivel egyszerűen logikátlannak tartja azt, hogy Dávid urának nevezi azt a Messiást, akit a zsidók Dávid fiának neveznek.

„A farizeusok gyülekezetében pedig megkérdezte Jézus: Mit gondoltok a Krisztus felől? Kinek a fia? Így válaszoltak: A Dávidé.

Ekkor ezt mondta: Hogyan hívja hát őt Dávid a Lélek által urának, amikor ezt mondja (Zsolt. 110,1)*:*

Szólott az Úr az én Uramnak: Ülj az én jobbom felől, amíg ellenségeidet lábad alá vetem.

Ha tehát Dávid Urának hívja őt, mi módon lehet neki a fia?

Senki sem tudott neki felelni egy szót sem. Attól a naptól kezdve nem is mert kérdezni tőle senki semmit." (Máté evangéliuma 22:41–46)

Annak ellenére, hogy Jézus világosan rámutat a zsidó valláshagyomány logikátlan tanaira, a keresztény teológusok átvették és Jézusra alkalmazták, illetve értelmezték azokat.

Lukács evangéliumában olvassuk a Jézus születéséről szóló történetet, amelynek az lenne a célja, hogy megerősítse Jézus Dávid házából való származását. Ez írás szerint Mária és József a júdeai Betlehemben, azaz Dávid király városában tartózkodtak épp akkor, amikor Jézus megszületett. Világszerte ismert a Jézus születésével kapcsolatos karácsonyi történet:

„Abban az időben Augustus császár rendeletet adott ki, hogy az egész lakott földet össze kell írni. Ez az első összeírás akkor történt, amikor Szíriában Cirénius volt a helytartó. Mindenki elment az összeírásra, ki-ki a maga városába. Így ment fel József is Galileából, Názáret városából Júdeába, Dávid városába, amelyet Betlehemnek neveznek, mivel Dávid házából és nemzetségéből való volt, hogy beírják Máriával együtt, aki neki el volt jegyezve feleségül és várandós volt. Ottlétük alatt történt, hogy elérkezett az ő születésének ideje. Megszülte az ő elsőszülött fiát, bepólyálta és a jászolba fektette, mivel nem volt részükre hely a vendégfogadó házban." (Lukács evangéliuma 2:1–7)

A legtöbb bibliakutató elismeri azt, hogy Lukács evangéliumában több adat téves. Tudják például azt, hogy Augustus császár idejében nem volt általános, világméretű cenzus, hanem csak helyi vagy regionális összeírás fordult elő. De ha még világméretű „összeírást" is rendelt volna el a császár, akkor sem kellett volna a világ minden részéről a zsidóknak, rómaiaknak vagy más nemzetiségű embernek a maga városába visszatérnie. Ez egyszerűen lehetetlen lett volna abban az időben, de még ma is, minden repülőtársaság létezése mellett. A római birodalom óriási volt, nagy területen terjeszkedett és nagyon sok népfajt és törzset foglalt magában.

Az is ismert, hogy Cirénius (Quirinius) nem volt Szíria helytartója abban az időben. Az sem valószínű, hogy a kilencedik hónap várandósságában levő Mária elindult volna gyalog vagy szamárháton Názárettől egész a júdeai Betlehemig, körülbelül 150 km távolságú fáradságos útra. **Inkább hihető az, hogy a Galileában levő, Názárettől körülbelül 10 km távolságra fekvő, ugyancsak Betlehem nevű helyiségben szülte meg gyermekét.**

Lukács evangélista nem Jézus, hanem Pál apostol követője volt. Görög származású orvos volt, tehát tudós, ezért könyve elején azt mondja, hogy ő gondosan utánajárt mindazoknak az eseményeknek, amit Jézusról „hitelesen" leírt. Lukács nem találkozott soha Jézussal, csak mások, főleg Pál apostol elbeszélései szerint írta meg evangéliumát, amelyben számos téves adat és féligazság van megfogalmazva.

Jézus gyermekkorával kapcsolatosan csak egy elbeszélést találunk az újtestamentumi írásokban. Ez arról szól, hogy József és Mária már útban vannak hazafelé egy Jeruzsálemben tett zarándokút után, amikor rájönnek, hogy a 12 éves Jézus nincs velük. Keresik a zarándoktömegben, de mivel nem találják, visszatérnek Jeruzsálembe, hogy megkeressék.

E történet után nincs több adat az Újtestamentumban arról, hogy mit csinált Jézus 30 éves koráig, amikor tanítványokat gyűjt maga köré, és elkezdi tanait terjeszteni. Papok és teológusok szerint Jézus ácsmesterként dolgozott Józseffel együtt, erre azonban nincs semmi írásos bizonyíték. Arra azonban van, hogy valószínűleg nem ez az igazság.

Nicolos Notovitch, aki Oroszországban volt orvos, hosszú utat tett meg Afganisztánon és Indián át, amíg végül Lhasába, Tibet fővárosába került. E város könyvtárában érdekes, Issáról (Jézus Keleten használt neve) szóló írás került a kezében. Megtudta, hogy ezek az írások Indiából kerültek Tibetbe.

Amikor Notovitch a *Himis* buddhista kolostorban tartózkodik, két nagy, megsárgult könyvet hoz elő egy buddhista szerzetes, amelyekből Issáról (Jézusról) olvas fel. Ezen írások szerint tizenkét éves volt Jézus, amikor elhagyta a szülői házat, és kereskedelmi karavánokhoz csatlakozva Perzsián keresztül Indiába érkezett, és Jajannath és Benares városokban tanulta a brahmanizmus vallás papjaitól a védikus írásokat.

Később folytatta Issa (Jézus) utazását, amíg a gautamiták, azaz Buddha Gautama követőinek földjére nem ért, ahol hat évig tanulta a buddhista tanokat.

26 éves volt, amikor elhagyta Indiát és Egyiptomba ment, ahol Heliopolis nevű városban ismereteket szerzett az úgynevezett „Misztériumok iskolájában", de járt Alexandriában és Athénban is.

29 éves Jézus, amikor visszatér Galileába, ahol még mostohatestvére, Jakab sem ismeri meg őt első látásra. Hamarosan elkezdi hirdetni az Egy, Fény Istenről szóló tanait. Csodákat tesz, ezért bizonyos zsidó körökben Egyiptomból jött „mágusnak" nevezik őt; mások csodálattal hallgatják újszerű tanait és hiszik azt, hogy ő valóban Isten Fia. A vallásvezetők félnek attól, hogy Jézus eltéríti a népet a hagyományos zsidó hittől, és ezért eldöntik, hogy megölik. Jeruzsálemben Pilátus elé viszik, és kitalált vádak révén keresztre feszítését követelik.

MEGHALT-E JÉZUS A KERESZTFÁN?

Egyes kutatók szerint Jézus nem halt meg a keresztfán, hanem túlélte a sok kínzást, valamint a keresztre feszítés által okozott sérüléseket. Igaz lehet-e ez, és ha igen, akkor van-e erre bizonyíték?

Az újtestamentumi *János evangéliumában* érdekes adatokat találunk arról, hogy mi történt Jézus testével, amit három óra után le is vettek a keresztfáról. Ez a pár óra meglepően rövid idő ahhoz képest, hogy általában 2-3 napig szokták a megfeszített emberek testét elrettentő példaként a fán hagyni.

*"Ezek után pedig **arimátiai József,** aki Jézus tanítványa volt, de a zsidóktól való félelme miatt csak titokban, **kérte Pilátust, hogy levehesse Jézus testét**. Pilátus megengedte. Elment hát, és levette Jézus testét."* (János evangéliuma 19: 38)

Egy másik fontos adat az, hogy Nikodémus, aki titokban találkozott azelőtt Jézussal, nem kevesebb, mint 30 kg „mirhából és aloéból készített kenetet hozott", hogy ezzel kenjék be a keresztfáról levett Jézus testét. Ismert az a tény, hogy az aloét súlyos sebek, égések és zúzódások gyógyítására használják még ma is.

*„Eljött **Nikodémus** is – aki éjszaka ment először Jézushoz –, **mirhából és aloéból készített kenetet hozott**, mintegy száz fontot.*

Levették Jézus testét, és az illatszerekkel meghintett lepedőbe takarták, úgy, amint a zsidóknál szokás temetni. Azon a helyen, ahol őt megfeszítették, volt egy kert, a kertben egy új sír, amelybe még senkit sem temettek. Mivel a sír közel volt, a zsidók péntekje miatt abba helyezték Jézust." (János evangéliuma 19:39–42)

Úgy tűnik, hogy arimátiai József, Nikodémus és valószínűleg Jézus más követői is mindent megtettek annak érdekébe, hogy megmentsék életét. Erre vall két másik részlet, amit János evangéliumában olvashatunk:

„Mivel péntek volt, **a zsidók nem akarták, hogy a testek szombaton a kereszten maradjanak**; *az a szombat ugyanis nagy nap volt. Arra* **kérték Pilátust, hogy törjék el a megfeszítettek lábszárcsontjait, és vegyék le őket**... **De amint Jézushoz értek**, *mivel látták, hogy ő már halott,* **az ő lábszárcsontját nem törték el**." (János evangéliuma 19: 31–33)

A római katonák, akiknek a keresztre feszítettek lábszárcsontját kellett eltörniük, Jézushoz érve azért hitték, hogy ő már halott, mert előzőleg ecetbe, de meglehet, valami más italba mártott szivacsot nyújtottak fel neki, amiután úgy tűnt, hogy kilehelte a lelkét. Az evangélisták különböző italkeverékről számolnak be, így nem tudni, mit ivott meg akkor és ott Jézus. Máté evangélista azt írja például, hogy epével kevert bort adtak neki. Márk szerint azonban mirhás bort kapott Jézus, de nem itta meg. Bármi is volt abba az italba keverve, úgy tűnik, hogy a Mester elkábult tőle, amit a katonák úgy értelmeztek, hogy meghalt, és ezért az ő lábszárcsontját már nem kellett eltörniük.

Egy másik megmentési akció az volt, hogy annak ellenére, hogy azt hitték, hogy Jézus halott, *„az egyik ka-*

tona dárdával átszúrta az oldalát, amelyből azonnal vér és víz jött ki. " (János evangéliuma 19:34)

Jézus barátai valószínűleg tudták azt, amit a mai orvosok is elmondanak, hogy a több órás, kereszten való függés vízmeggyűlést okoz a tüdőben, aminek következtében egyre nehezebbé válik a légzés, ami végül a halálhoz vezethet. Elképzelhető, hogy Jézus barátai meg akarták ezt előzni, és ezért lefizettek egy római katonát, hogy dárdájával a tüdő magasságában szúrja át Jézus oldalát. A katona pontosan tudta, hol kell dárdáját beszúrnia ahhoz, hogy azonnal víz jöjjön ki a megfeszített oldalából, tehát Longinus sikeresen „csapolta le" a Jézus tüdejében felgyülemlett vizet, ezzel megmentve őt a fulladástól.

Nemcsak a keresztfánál próbáltak követői Jézuson segíteni, hanem már az odavezető úton is szerették volna a rámért súlyos szenvedést megkönnyíteni. Három evangéliumi író, Máté, Márk és Lukács arról számol be, hogy **nem Jézus vitte a keresztfát**, habár az volt a szokás, hogy a halálra ítéltnek kellett saját keresztfáját a kivégzési helyre vinnie. *János evangéliuma* szerint azonban Jézus vitte a keresztet a Golgotára. Hogy melyik változat igaz, nem tudjuk eldönteni, főleg azért nem, mert egyik evangéliumi író sem volt szemtanúja a történteknek. Ezenkívül a bibliai szövegeket is többször átszerkesztették, mielőtt a hivatalosan elfogadott, kanonizált Újtestamentumba bekerültek volna.

„És amint elvezették őt, megragadtak egy Simon nevű cirénei férfit, aki a mezőről jött, és rátették a keresztfát, hogy vigye Jézus után" – írja Lukács evangélista. (Lukács evangéliuma 23:26)

Jézus férfi tanítványai nem voltak jelen a keresztre feszítésnél, mivel félelmükben elbújtak. Jézus női követői azonban szemtanúi voltak a történteknek.

Mária Magdolna, aki hűséges követője volt Jézusnak, sírjához sietett az ünnepnap utáni kora reggelen. Csalódottan állapítja meg, hogy Jézus teste már nincs a sírban. Keservesen sír, és aztán Péterhez és egy másik tanítványhoz szalad, hogy **elmondja nekik, a sír üres**.

„*A hét első napján pedig kora reggel, mikor még alig szürkült, odament a sírhoz a magdalai Mária és látta, hogy a követ elvették a sírtól.*

Elfutott azért, és Simon Péterhez ment és a másik tanítványhoz, akit Jézus szeretett, és azt mondta nekik: Elvitték az Urat a sírból, és nem tudjuk, hová tették.

Elindult azért Péter és a másik tanítvány, és siettek a sírhoz.

Együtt futottak mind a ketten, de a másik tanítvány gyorsabban futott, mint Péter, és előbb ért a sírhoz.

Amikor behajolt, látta, hogy ott vannak a lepedők. De nem ment be.

Nyomban utána megérkezett Simon Péter is, és bement a sírba; és látta, hogy a lepedők ott vannak, de az a kendő, amely a fején volt, nincs együtt a lepedőkkel, hanem egy külön helyen van összegöngyölítve." (János evangéliuma 20:1–7)

Az üres sír zavart és gondott okoz Máriának és a többi tanítványnak, addig, amíg Jézus újra meg nem jelenik, először Máriának, aztán a többieknek is.

Később, a hivatalos egyház létrehozásával foglalkozó egyházatyák és teológusok a **test feltámadásáról szóló tan megfogalmazására használják fel az „üres sír" történetet**. Ez a tan nem Jézus dualista (kettős) életszemléletét veszi alapul, amely szerint az embernek van egy fizikai és egy szellem-teste. Tanítása szerint a fizikai test, amely „porból" teremtetett, a halál után porrá lesz; a szellem-test, amely egy másik dimenzióhoz tartozik, visszatér azonban eredeti, mennyei honába. A korai egyházvezetők nem Jézus szemléletét választják, hanem a zsidó ótestamentumit, amely szerint a feltámadás azt jelenti, hogy az idők végén a sírok megnyílnak, és a hallottak csontjai és testei megelevenednek. Ez akkor fog bekövetkezni, amikor a zsidó nép által várt Messiás eljön, és Izrael népét újra naggyá teszi. A test feltámadása azért fontos ebben az értelemben, mert akkor a zsidó nép számban is megnövekszik.

A zsidók még most is várják Messiásuk eljövetelét, a keresztények pedig a Messiás visszajövetelét.

A zsidók egy olyan történelmi személyt, mai szóval „politikust" várnak, aki újra nagy nemzetté, világuralkodóvá teszi Izraelt. Ézsaiás, Zakariás és más próféták jövendölései szerint nem sok jóra számíthatnak a világ népei, amikor eljön a zsidók által várt Messiás. Így szól az ÚR Zakariás jövendölése szerint:

„Júda házát éberen őrzöm, de a népek lovait vaksággal verem meg. Júda törzsfői ezt mondják magukban: Jeruzsálem lakóinak ereje Istenükben, a Seregek Urában van. Azon a napon olyanokká teszem Júda törzsfőit, amilyen a tüzes serpenyő a fahasábok közt, és amilyen a fáklya a kévék közt: jobbra-balra égetik a körülöttük levő népeket, de Jeruzsálem továbbra is békében marad a maga helyén." (Zakariás 12: 4–6)

A keresztény Messiás újra eljövetelekor is „ítéletnapra számíthatnak" a népek. Az egyházi tanítás szerint, azért jön el újra a Messiás, hogy ítéletet tartson eleveneken és holtakon. A Messiás visszajöveteléről szóló keresztény tan nem más, mint a zsidó hit szerinti átfogalmazott, a halálról alkotott szemlélet.

Úgy a zsidók, mint a keresztények Messiása el-, illetve visszajövetelekor „ítéletnapra" számíthatnak a népek. Mindkét esetben inkább félelmet, mint reményt adnak azok az apokaliptikus szövegek, amelyek arról a bizonyos utolsó napról szólnak. Ézsaiás próféta így írja le „az ÚR napját":

„Jön már az ÚR napja kegyetlenül, féktelenül, izzó haraggal. Pusztává teszi a földet, kipusztítja róla a vétkeseket. Az ég csillagai és csillagzatai nem ragyogtatják világosságukat. Sötét lesz a fölkelő nap, nem fénylik a hold világa. Megbüntetem a világ gonoszságát, a bűnösök bűnét." (Ézsaiás 13:7)

Ehhez hasonló újtestamentumi szöveget fogalmaz meg Máté evangélista:

„Ama napok nyomorúsága után pedig a nap elsötétedik, a hold nem fénylik, a csillagok lehullanak az égről, és az egek erői megrendülnek. És akkor feltűnik az Emberfiának jele az égen, akkor jajgat a föld minden népe, és meglátják az Emberfiát eljönni az ég felhőin nagy hatalommal és dicsőséggel." (Máté evangéliuma 24:29–31)

Ézsaiás próféta szerint, az „ÚR napjának" Babilónia pusztulásakor kellett eljönnie. A borzalmas történéseket többnyire más népek megbüntetésére vonatkoztatja, saját népe számára azonban ígéri, hogy az ÚR védelmébe veszi kiválasztott népét, Izraelt:

„Királyok lesznek a gondviselőid, fejedelemasszonyok a dajkáid. Földre borulnak előtted, és lábad porát nyaldossák.
...
Elnyomóiddal megetetem saját húsukat, megrészegednek saját vérüktől, mint a musttól, Akkor majd megtudja mindenki, hogy én vagyok az ÚR, a te szabadítód, és megváltód, Jákob erős Istene." (Ézsaiás 49:23)

Kegyetlen, a világ más népeit fenyegető istenképet fogalmaz meg e textus szerint is Ézsaiás próféta.

A Nag Hammadiban talált írásokban nem találunk olyan szöveget, amely a Messiás visszajövete-

léről szólna, és arról sem, hogy eljön ítélni eleveneket és holtakat.

Annak ellenére, hogy Jézus nem beszélt arról, hogy a halál után az ember fizikai testben fog feltámadni, a „hiszem a test feltámadását" tétel fontos része az Apostoli Hitvallásnak. Tertullianus, a korai egyház teológusa foglalkozott a test feltámadásáról szóló tannal, amit aztán a Hitvallásba is bevettek. A *De Carne Christi 5* (Krisztus Teste 5) címü írásában szögezi le Tertullianus azt, hogy mivel Krisztus testben támadt fel, ezért minden ember abban a „vér és csont" testben, amelyet idegszálak és vérerek szőnek át, fog feltámadni.

A mai keresztény ember, aki egyre gyakrabban választja a test elhanvasztását, szóban vallja, de valójában nem hiszi a fizikai test feltámadását, amikor az egyházi hagyományt követve az ünnepi szertartáson közösen elmondja az Apostoli hitvallást.

Az üres sír titkának megfejtése azért nem könnyű, mert több elképzelés van arról, hogy mi történt Jézus testével. **Egyesek szerint a zsidó vallásvezetők tüntették el Jézus testét attól félve, hogy sírja olyan kultikus helyé válik**, ahova a benne hívők zarándokolni fognak. **A zsidó vallásvezetők azonban azt állították, hogy Jézus tanítványai vitték el testét.** Ez utóbbi feltételezés azért tűnik valószínűbbnek, mert több bizonyíték van arra, hogy Jézus életét valakik valamiképen megmentették. Ez pedig csak úgy volt lehetséges, hogy a súlyosan megsebesített Mestert sürgősen elvitték a sírból és ápolni kezdték.

Bizonyos írások szerint, a keresztre feszítés után maga Jézus üzeni tanítványainak, hogy menjenek viszsza Galileába, mert ő is odajön, és ott fog velük találkozni. Márk evangéliumában a következő történetet olvassuk erről:

"Szombat elmúltával a magdalai Mária és Mária, Jakab anyja és Salomé drága keneteket vásároltak, és elmentek, hogy megkenjék őt.

Kora reggel, a hét első napján érkeztek a sírhoz, éppen amikor a nap felkelt.

Beszélték egymás közt azt, hogy ki hengeríti el a követ a sírbolt szájáról.

És amikor odatekintettek, látták, hogy a kő el van hengerítve, pedig igen nagy volt.

És bemenve a sírboltba láttak egy fehér ruhába öltözött ifjút ülni jobb felől és megrémültek.

Az pedig így szólt hozzájuk: **Ne féljetek! A Názáreti Jézust keresitek, akit megfeszítettek; feltámadott, nincsen itt.** *Íme, a hely, ahová őt helyezték.*

De menjetek el, **mondjátok meg tanítványainak és Péternek, hogy előttetek megy Galileába, ott majd meglátjátok őt**, *amint megmondta nektek.*

És kijöttek és elfutottak a sírbolttól, magukon kívül a rémülettől. Félelmükben senkinek sem szóltak semmit." (Márk evangéliuma 16:1–8)

Az újtestamentumi evangéliumokban négy különböző változatban olvashatunk arról, hogy Mária, egyedül vagy más asszonyokkal együtt, elment reggel Jézus sírjához. Minden evangélium arról számol be, hogy mivel a sír üres, Mária, illetve az asszonyok zavarban vannak és nem tudják, hová tűnt el Jézus teste. Minden evangéliumban olvashatunk arról is, hogy egy égi lény közli, hogy Jézus „feltámadt". Nem azt mondja, hogy meghalt, leszállt a poklokra és aztán harmadnapra feltámadt, amint az Apostoli Hitvallásban van megfogalmazva, hanem csak azt, hogy „feltámadt, nincs itt".

Jézus „feltámadása" nem jelenti feltétlenül azt, hogy halott volt, amikor levették a keresztfáról. Az Újtestamentumban több olyan elbeszélés van, amely szerint a halottnak hitt személy „feltámadt", és aztán tovább folytatta földi életét. Ez történt a halottnak hitt Lázárral, akit Jézus a sírboltból hívott elő. Az evangéliumok szerint Jézusnak köszönhetően „feltámadt" egy özvegyasszony fia, akit már koporsóban vittek temetni. Jairusnak, egy zsinagóga előjárójának a lányáról azt hitték, hogy már halott, de Jézus azt mondta nekik, hogy „csak alszik". Meglehet, hogy a halottnak hitt személyek, a keresztfán függő Jézust is beleértve, csak elájultak, illetve kómába estek, aminek következtében halálközeli állapotba kerültek, amiből később vissza is tértek.

Az újtestamentumi írásokban több olyan elbeszélés van, amely szerint a keresztre feszítés után Jézus fizikai testében jelenik meg a tanítványoknak, akikkel eszik, iszik, és még sebeit is megmutatja nekik.

„Amikor beesteledett azon a napon, a hét első napján, ott, ahol összegyűltek a tanítványok, bár a zsidóktól való félelem miatt az ajtók zárva voltak, eljött Jézus, megállt középen, és így szólt hozzájuk: Békesség néktek! És miután ezt mondta, **megmutatta nekik a kezét és az oldalát. A tanítványok megörültek, hogy látják az Urat...**

Tamás, a tizenkettő közül az egyik, akit Ikernek hívtak, éppen nem volt velük, amikor megjelent Jézus. A többi tanítvány így szólt hozzá: **Láttuk az Urat.** *Ő azonban azt mondta nekik: Ha nem látom a kezén a szegek helyét, és nem érintem meg ujjammal a szegek helyét, és nem teszem a kezemet az oldalára, nem hiszem.*

Nyolc nap múlva ismét bent voltak a tanítványai, Tamás is velük. Bár az ajtók zárva voltak, bement Jézus, megállt középen, és azt mondta: Békesség néktek! Azután így szólt Tamáshoz: Nyújtsd ide az ujjadat, és nézd meg a kezeimet, nyújtsd ide a kezedet, és tedd az oldalamra, és ne légy hitetlen..." (János evangéliuma 20:19–29)

Néhány tanítvány, akik egy egész éjjelen át sikertelenül halásztak a Tibériás tónál, találkoznak reggel Jézussal, akinek köszönhetően végül bőséges halfogásban lesz részük, és akit csak akkor ismernek fel igazából, amikor velük eszik:

„Jézus így szólt hozzájuk: Hozzatok a halakból, amelyeket most fogtatok! Simon Péter beszállt, és kivonta a partra a hálót, amely tele volt nagy halakkal... Jézus azt mondta nekik: Jöjjetek, egyetek! ... Jézus tehát odament, vette a kenyeret, és odaadta nekik; ugyanúgy a halat is. Ez már a harmadik alkalom volt, hogy Jézus megjelent a tanítványoknak a halálból való feltámadása után." (János evangéliuma 21:10–14)

Úgy az újtestamentumi evangéliumokban, mint a Nag Hammadiban megtalált írásokban több olyan elbeszélés van, amely szerint Jézus hol a valóságos fizikai testében jelenik meg a tanítványok körében, hol pedig olyan mennyei lényként, akit fény vesz körül, vagy ő maga a Fény. Érdekes arra felfigyelni, hogy amikor fizikai testében találkozik tanítványaival, nincs megemlítve a fény.

Feltevődik az a kérdés, hogy amennyiben Jézus nem halt meg a keresztre feszítéskor, hogy jelenhetett meg égi lényként Máriának és másoknak? A válasz az lehet, hogy Jézus, Pio atyához hasonlóan, bilokációs képességgel rendelkezett. Ez azt jelenti, hogy, miközben megsebzett testét valahol titokban ápolták, használta e képességét, hogy tanítványainak megjelenhessen. A tanítványok zavarban vannak, amikor a Mester megjelenik köztük, de később, felgyógyulása után, amikor már fizikai testében jön el hozzájuk, megértik azt, hogy Jézus valóban különleges képességekkel bírt.

Azok, akik kételkednek Jézus, Pio atya vagy más személyek bilokációs képességében, mondván azt, hogy lehetetlen egy személynek két helyen megjelennie, el kellene gondolkodniuk a modern atomfizikusoknak azon felfedezésén, amely szerint az atomrészecskék is legalább két helyen tudnak egyszerre megjelenni. Ez azt jelenti, hogy a két helyen való megjelenés képesség nem is annyira természetfeletti adottság, hanem eleve be van építve a látható és láthatatlan valóságba. Mivel az ember is atomrészecskékből áll, a két helyen való megjelenési lehetőség az ő esetében sincs kizárva.

A *Jakab titkos könyve* című írásban Jézus mostohatestvére, Jakab mondja el, hogy 552 napra a keresztre feszítés után megjelent köztük Jézus:

*„Együtt ült a tizenkét tanítvány és visszaemlékeztek mindarra, amit a Megváltó külön-külön mondott nekik titokban vagy nyilvánosan, mert mindazt könyvekbe akarták összegyűjteni. Jómagam a saját könyvemet írtam. Ekkor **megjelent a Megváltó, akit mi eltűnése óta keresünk**.*

Ötszázötvenkét nap telt el a feltámadása óta, amikor mi ezt mondtuk neki: ***Elmentél, és elhagytál bennünket?***

Jézus** azt mondta:* ***Nem, de vissza fogok térni arra a helyre, ahonnan jöttem*. Ha akartok, gyertek velem.*

Mindannyian azt mondták neki: Ha megparancsolod, megyünk.

Ő azt mondta: Megmondom nektek az igazat, soha senki nem fog a mennyek országába bemenni azáltal, hogy én parancsolom meg azt, hanem csak ha eltöltődik. Engedjétek Pétert és Jakabot velem jönni, hogy eltöltsem őket. Félrevonta a kettőt, a többieket pedig arra biztatta, hogy folytassák azt, amivel foglalkoztak." (Jakab titkos könyve, 2,7)

Hol volt Jézus 552 napig, amely idő alatt a tanítványok keresték őt? Miért keresték, ha tudták, hogy halott? Hová akart Jézus „visszamenni", és hová hívta tanítványait? Mindezek olyan kérdések, amelyekre csak úgy tudunk választ adni, ha összerakjuk azokat az adatokat, amelyek különböző írásokban, legyen az újtestamentumi vagy Biblián kívüli, rendelkezésünkre állnak.

A vatikáni könyvtárban valószínűleg számos olyan titkosított írás és dokumentum van, amely meg tudná könnyíteni „az üres sír" titkának a megfejtését. Nicolas Notovitch, orosz orvos, Ázsiában járva érdekes dolgokat tudott meg Jézusról, és azt állította, hogy 62 darab, különböző ázsiai nyelven írott, Jézusról szóló kéziratot – többek között Tamásnak, Jézus tanítványának írásait is – őriznek a vatikáni könyvtárban. Ezeket a dokumentumokat olyan misszionáriusok adták át, akik Indiában, Kínában, Egyiptomban és Arábiában jártak.

Amikor Nicolas Notovitch visszatért Ázsiából, felvette a kapcsolatot Rotelli kardinálissal, és megmutatta neki azt az írott szöveget, amit maga az orvos jegyzett le abból a tibeti dokumentumból, amit egy buddhista szerzetes olvasott neki fel Jézusról, azaz Issáról. Kérte a kardinálist, hogy adja ki a nyilvánosságnak ezt a szöveget, de Rotelli ellene volt ennek.

Notovitch szorgalmazta, hogy egy kutatócsoport utazzon el a helyszínre, és vizsgálja meg azokat a dokumentumokat.

Egy *Swami Abhedananda* nevű férfi, aki már 25 éve élt Amerikában, és akinek olyan híres barátai voltak, mint Thomas Edison, dr. Max Müller és William James, nem hitt Notovitch állításában. Ezért úgy döntött, hogy elutazik Tibetbe, és megkeresi a Himis buddhista kolostort. Úgy gondolta, ha nem találja a Jézusról szóló kéziratokat, akkor Notovitchot nyugodt lelkiismerettel csalónak nevezheti. Utazásának azonban az lett az eredménye, hogy neki is megmutatták a Jézus/Issáról szóló írást, amit aztán le is fordítottak. Így meggyőződött arról, hogy Notovitch igazat mondott, és nem volt csaló. Amikor Swami visszatért Amerikába, elmondta azt, amit megtudott és megtapasztalt. Nagy port kavartak fel az újságok, amikor közölték azt, amit Swami Abhedananda elmesélt.

Akik ezeknek az írásoknak a közelébe jutottak, meglepődtek, amikor a lejegyzésekből megtudták, hogy **Jézus nem halt meg a keresztfán, hanem, miután sérüléseiből felgyógyult és megerősödött, elhagyta Galileát és visszatért Ázsiába.** Először Damaszkuszba ment, aztán Perzsián át Indiába, Kashmirba ért. Úgy mondják, hogy Srinagar nevű helyiségben még ma is megvan az a sír, amelyet Jézus, azaz Issa sírjának tartanak. Az írások szerint nem egyedül hagyta el Galileát, hanem magdalai Mária és két tanítványa, Tamás és János is vele tartott. Azt, hogy János meddig maradt a Mesterrel, nem lehet tudni, azonban Tamásról tudjuk, hogy Indiában élt és teljesítette tanítványi szolgálatát.

Nicholas Roerich, orosz művész, filozófus és tudós 1925-ben utazott Tibetbe azzal a szándékkal, hogy ő is felkeresi a Himis kolostorban élő szerzeteseket. Amikor saját szemével látta a Jézusról szóló írásokat és feljegyzéseket, kéziratos másolatokat készített ezekről. Többek között ezt írta aztán:

„*Issa, azaz Jézus azt tanította, hogy az ember ne arra törekedjen, hogy szemével lássa meg az örök szellemet, hanem arra, hogy szívében érezze meg azt... Nem csak az emberáldozat van megtiltva, hanem az állatáldozat is.*"

Nicholas Roerich idézi Jézust, aki az írások szerint azt mondta:

„*Jaj azoknak, akik eltérítik az embereket az igaz útról és olyan babonaságokkal és előítéletekkel töltik meg az embereket, amelyek elvakítják őket, és azok az anyagi dolgok rabjai lesznek.*"

Nicholas Roerich feljegyezte naplójában, hogy nem érti, miért akarják letagadni Jézus Indiába és Tibetbe való utazását, valamint azt, hogy a Mester buddhista kolostorban tartózkodott. „*Mi a rossz abban, hogy még Jézus is járt iskolába? Mi a rossz abban, hogy elismerjük azt, hogy az én példaképem (Jézus) egy szigorú belső fegyelmezettséget valósított meg? És azt, hogy az Upanishádokat, talán még Platont és Pitagoraszt is tanulta*" – írja Roerich, aki négy és fél év után tért vissza közép-ázsiai fölfedező útjáról.

Azt, hogy Jézus nem a keresztfán, hanem idős korában, valószínűleg Ázsiában halt meg, egy olyan személy is megerősíti, akiről nem is gondolnánk, hogy erről írjon. **Irenaeus, Lyon város keresztény püspöke,** aki Smyrnában (Ázsiában) született és 130–202 között élt, a legelszántabb ellensége volt annak a gnosztikus mozgalomnak, amelynek sok szempontból az egyháztól eltérő felfogása volt Jézusról és az ő tanairól. Ezek ellen írta *A tévelygések ellen (Adversus haereses)* című írását, amiben **az idős Jézusról is tesz említést**:

„Amikor ő (Jézus) a harmincas éveit befejezte, továbbra is olyan fiatalember volt, aki semmi szempontból nem érte el az idős kort. Mindenki egyetért azzal, hogy az élet első stádiuma az első harminc év, és hogy aztán a negyven felé tartunk. **Azonban egy férfi, aki betöltötte a negyven és az ötven évet, kezd az öregkorhoz közeledni; ugyanez történt a mi Urunkkal is, miközben még tanítóként teljesítette kötelességét, amit maga az evangélium és az idősebbek is elmondanak. Azok, akik Jánossal, az Úr tanítványával találkoztak Ázsiában, bizonyságot tettek arról, hogy János maga mondta ezt el nekik. ... Továbbá, egyesek ezek közül nemcsak Jánossal, hanem a többi apostolokkal is találkoztak, és tőlük is ugyanazt hallották.**" (Iraeneus: Adversus haereses 2:22:5)

Ahhoz hogy felfedezzük Jézus Ázsiával való kapcsolatát, nem kell Indiába vagy Tibetbe utaznunk, hanem elég figyelmesen tanait olvasnunk. Ha az újtestamentumi evangéliumokban lehámozzuk azt a sok „adalékot", amelyeket a szerzők kevertek bele saját fantáziájuk és érdekük szerint, felfedezzük azt, hogy Jézus hit- és világszemlélete nem áll messze az ázsiai vallásoktól, legyen az hinduizmus, buddhizmus, Zoroasther követőinek hite, taoizmus, konfucianizmus és más misztériumi vallások. Erre egy konkrét példa az úgynevezett „aranyszabály", amit úgy ismerünk, mint Jézus tanát, amelyet azonban már 500 évvel előtte Kungfutse, ismert kínai mester terjesztett tanítványai körében. Dsi Gung megkérdezte mesterét, Kungfutsét, hogy van-e olyan parancsolat, amely életünk egész irányát megszabhatná? A mester azt felelte: *„Van. A felebaráti szeretet. Amit nem kívánsz magadnak, ne tedd azt te se embertársadnak."* (Lun-yü, YV. Könyv, 23 f)

Ötszáz évvel később ugyanazt hirdette Jézus, amikor azt mondta tanítványainak: *"Amit tehát szeretnétek, hogy az emberek veletek cselekedjetek, ti is ugyanazt cselekedjétek velük."* (Máté 7:12)

János evangéliuma szerint a következőket mondta Jézus tanítványainak:

*"Én vagyok **az út**, az igazság és az élet..."* (János evangéliuma 14:6)

A keleti vallásokban, például a taoizmusban az Út (a Tao) fontos jelkép. A buddhizmus szerint a lelki fejlődésnek és a megvilágosulásnak a jelképe az Út, ami maga az élet célja e vallások tana szerint.

Az „Út" mint jelkép nem található meg a zsidó vallásban, ezért gondolhatjuk azt, hogy Jézus ezt a hasonlatot, számos más jelképpel együtt, az ázsiai vallásfilozófiából „kölcsönözte", amikor lelki-szellemi fejlődésre akarta tanítványait buzdítani.

Jézus, aki a Világmindenség Urának, az Egy Istennek küldöttje, nem korlátozta hit- és világszemléletét csak Izrael vallására, amely erősen nacionalista jellegű. Az ő feladata nem az volt, hogy a kiválasztott nép Istenéről hirdessen, arról az Istenről, aki nem tűrte meg más népek vallását, hitét és kultúráját. Jézus érdeklődött minden olyan vallás, filozófia és kultúra iránt, amely túlmutat nemzeti hovatartozáson, és amelynek egyetemes, békét és szeretetet hirdető jellege van.

Az egyházvezetők és a teológusok többsége elveti azt a gondolatot, hogy esetleg Jézus mégsem halt meg a keresztfán. Makacsul ragaszkodnak a *Jézus, az áldozati bárány* tanhoz, és úgy gondolják, hogy e tan nélkül nincs kereszténység. Nézetük szerint, ha Jézus nem áldozta volna fel életét, és vére által nem engesztelte volna ki Istent, akkor bűneink sem lennének megbocsájtva. Feltevődik azonban az a kérdés, hogy ezen áldozat után bűn nélküliek vagyunk-e? Úgy gondolom, kevés ember válaszol nyugodt lelkiismerettel „igennel" e kérdésre, hogyha arra a sok kegyetlenségre és gonoszságra gondol, amit emberek és népek, keresztények, zsidók, iszlám vallásúak vagy más hitet vallók Jézus Krisztus halála óta elkövettek.

Keresztény egyházvezetők és teológusok szerint Jézus kereszthalála azért is fontos, mert anélkül nem lehetséges a feltámadásban, illetve az örök életben való hit. Szerintük csak Jézus halála kapcsán tudjuk a halál utáni életet megérteni és abban hinni. Ez azonban nem fedi az igazságot, mivel a túlvilágban való hit minden idők vallásainak fontos része volt. A világ minden vallásában és filozófiákban megtaláljuk az örök élettel kapcsolatos gondolatokat, érveket és hitet. Maga Jézus is állandóan Isten országáról és a túlvilági életről beszélt, összekapcsolva azt földi életünkkel. Tehát nem volt szükség egy kegyetlen keresztre feszítésre ahhoz, hogy az emberek hinni tudjanak a túlvilági életben. Csak egy csoport a zsidóságon belül tagadta a feltámadást és az örök életet, a zsidók legnagyobb része viszont hitte azt. Az Apostolok cselekedeteiben olvasunk erről:

„... *a szadduceusok azt állítják, hogy nincs feltámadás, sem angyal, sem lélek, a farizeusok ellenben mind a kettőt vallják."* (Apostolok cselekedetei 23:8)

A keresztény teológusok nem akarnak tudomást szerezni olyan írásokról, mint például a *Jakab első kinyilatkoztatása*, amelyben maga Jézus mostohatestvére mondja el azt, hogy a keresztre feszítés után találkozott a Mesterrel. Ezen írás szerint a nép várta, hogy Jézus megjelenjen, ezért a Gaugela nevű hegyen (valószínűleg a Golgatha – Gagultha szíriai nyelven) gyűlt össze. Jakab is ott volt, és miután a tömeg szétszéledt, és ő egyedül maradt, **odajött hozzá Jézus. Jakab megölelte és megcsókolta őt és azt mondta neki:**

„Megtaláltalak, Mester. Hallottam arról a szenvedésről, amit kiálltál, sajnáltalak, és nagyon aggódtam érted. Soha többet nem akarok azokkal az emberekkel találkozni. Meg kell őket büntetni mindazért, amit tettek, mert amit tettek, nem volt helyes.

A Mester azt mondta: Jakab, ne aggódj sem miattam, sem azok az emberek miatt. *Én az vagyok, aki bennem van. Én nem szenvedtem...*" (Jakab első kinyilatkoztatása 30,16)

Jakab nem azt mondja, hogy „hallottam azt, hogy meghaltál, és leszálltál a pokolba, de most feltámadtál", hanem azt, hogy „hallottam arról a szenvedésről, amit kiálltál", ezenkívül megölelik és megcsókolják egymást, amikor találkoznak, tehát fizikai testében találkozik Jézus Jakabbal.

A továbbiakban elmondja Jézus mostohafivérének azt, hogy a gonosz erők, akik őt keresztre feszítették, csak a halandó „palástját", azaz a testét tudták megkínozni, és nem pedig az ő sebezhetetlen szellemét.

Az *Apostoli Hitvallás* szerint Jézust: *„megfeszítették, meghala és eltemették; szálla alá poklokra, harmadnapon halottaiból feltámada; fölméne a mennyekbe, ül a mindenható Atya Istennek jobbja felől; onnan lészen eljövendő ítélni eleveneket és holtakat..."*

Ezt a hitvallást minden kereszténynek vallania kell annak ellenére, hogy több olyan tételt tartalmaz, amelyet a mai gondolkodó ember nem ért és nem is tud elfogadni. Nem érti például azt, hogy a Hitvallás szerint

Jézus „harmadnapon halottaiból feltámada" és „fölméne a mennyekbe", miközben János evangéliumában az áll, hogy a harmadik napon, amikor magdalai Máriának **megjelenik Jézus a sírnál, azt mondja neki, hogy ne érintse meg őt, mert még nem ment fel az Atyához.**

„Mária pedig kívül állott a sírnál zokogva. Zokogása közben behajolt a sírba, és látta, hogy ott, ahol Jézus teste feküdt, két angyal ül fehér ruhában, egyik fejtől, másik lábtól. Azok így szóltak neki: Asszony, miért sírsz? Ő azt mondta: Elvitték az én Uramat, és nem tudom, hová tették.

És mikor ezeket mondta, hátrafordult és látta, hogy Jézus ott áll, de nem ismerte fel, hogy Jézus az.

Jézus megszólította: Asszony, miért sírsz? Kit keresel? Ő pedig azt gondolta, hogy a kertésszel beszél, és ezt mondta: Uram, ha te vitted el őt, mondd meg, hová tetted és én elhozom.

Jézus megszólította: Mária! Az megfordulva azt mondta neki: Rabbóni! Ami azt jelenti: Mester.

Jézus azt mondta: Ne érints engem, mert még nem mentem fel az Atyához..." (János evangéliuma 20:10–17)

Jézus e kijelentését úgy lehet értelmezni, hogy még nem ment be az örök élet dimenziójába, tehát nem halt meg, vagy, ahogy ma mondanánk, „még nem állt be a klinikai halála".

Egy másik tétel az Apostoli Hitvallásban, ami zavarba hozza a laikus keresztény embert az, hogy Jézus az Atya jobbján tétlenül „ül" és várja azt az időt, amikor eljön ítélni eleveneket és holtakat. A keresztény ember azt szeretné hinni, hogy Jézus még a másik dimenzióban is azon igyekszik, hogy segítse és megmentse az Emberiséget a gonosz erők támadásaitól, legyen az Yaldabaothnak, Saklának vagy sátánnak nevezve. Az is nehezen érthető, hogy ha Jézus a keresztfán hozott áldozata által kiengesztelte Istent, és vérével lemosta a bűnöket, akkor miért kell eljönnie újra ítélni eleveneket és holtakat?

A halott test feltámadásában sem könnyű a mai hívő embernek hinnie, mivel a modern orvostudomány szerint a halál bekövetkeztével a test, az anyag lebomlik és valóban „porrá lesz".

Kinek volt érdeke komplikált, zavart keltő hitvallásokat és dogmákat megfogalmazni és azokat a keresztény hitrendszerbe beépíteni, elhagyva Jézus igaz tanait? Egy válasz az lehet, hogy az intézményesített egyházvezetők tették mindezt azzal a szándékkal, hogy egybefonják a zsidók vallását a jézusi tanokkal. Nem vették figyelembe Jézus figyelmeztetését, amikor azt mondta:

„*Senki sem tesz új posztóból foltot az elnyűtt ruhára, mert a folt tovább szakítja a ruhát, és még nagyobb szakadás lesz.*

Új bort sem töltenek régi tömlőkbe, mert a tömlők szétszakadnak, a bor is kiömlik, a tömlők is tönkremennek, hanem az új bort új tömlőkbe töltik, és mind a kettő megmarad." (Máté evangéliuma 9:16–17)

A BETELJESÜLETLEN KERESZTÉNYSÉG

Egy ádventi istentisztelet után két férfit hallottam beszélgetni egy svéd templom ajtajánál. Így köszöntek el egymástól:
- Viszontlátásra itt, jövőre! - mondta az egyik férfi. - Igen, viszontlátásra itt, egy év múlva - válaszolta a másik férfi, aki nevetve hozzátette: - Szeretjük a szép ádventi zsoltárokat; csak ezen a vasárnapon szoktunk templomba jönni. - Úgy vagyunk vele mi is - mondta a másik férfi, miközben kezet fogtak egymással, és aztán elmentek.

Annak ellenére, hogy tudtam, hogy 95%-a a svédországi keresztényeknek ugyanúgy gondolkozik, mint ez a két férfi, szomorú lettem, habár örülnöm kellett volna, hogy azon a napon tömve volt a templom néppel. Eldöntöttem, hogy utánanézek annak, hogy mi okozza mindezt? Hamarosan megértettem, hogy nemcsak Svédországban alacsony az istentiszteletet látogatók száma, hanem hasonló a helyzet Európa más országaiban, valamint Amerikában is.

A statisztikák lesújtó adatokkal szolgálnak. Olaszországban, a katolikusoknak csak 7-8%-a megy el rendszeresen a misékre. A skandináv országok keresztényeinek nagy része lelkiismeretesen fizet egyházadót, azonban a híveknek alig 4-5%-a, de egyes helyeken alig 1%-a látogatja rendszeresen a vasárnapi istentiszteletet. A kelet-európai országokban észlelhető volt egy eufórikus fellendülés a kommunizmus bukása után, azonban pár évvel később ott is csökkent a templomba járók száma. A keresztényeknek körülbelül 10%-a megy el rendszeresen a vasárnapi misére, illetve istentisztletre.

A történelmi egyházak papjai szembesülnek azzal a ténnyel, hogy a fiatal és középkorú generáció „unalmasnak" találja a hagyományos dogmákon alapuló igehirdetéseket, mivel ezek által nem kapja meg azt a lelki táplálékot, amire szüksége van. A mai ember nem akarja cserbenhagyni a keresztény hagyományt, ezért még igénybe veszi a legszükségesebb egyházi rítusokat: keresztelést, esetleg konfirmációt, illetve első áldozást, esküvőt, és főleg az egyházi temetést. Megtartják az egyházi ünnepeket, de azt is többnyire világiasan, Mammonnak hódolva, hisz olyan vásárlási láz, mint karácsonykor és húsvétkor, nincs az év többi napjaiban.

Püspökök és lelkészek sokat foglalkoznak azzal, hogy mit kellene tenni, milyen stratégiát kellene alkalmazni, ahhoz hogy az „elveszett nyájat" visszacsalogassák a templomba. Több nyugati országban már feladták a reményt, hogy vissza tudják fordítani ezt a folyamatot. Templomokat zártak be vagy alakítottak át koncerteremmé, diszkóvá, kávéházzá, vagy akár vásárcsarnokká. Mások a modern világgal akarnak lépést tartan, ezért rockzenével vagy más furcsaságokkal „színesítik" a vasárnapi misét/istentiszteletet. Svédországban például egy lelkész pizsamába öltözve tartott vasárnapi istentiszteletet. Előzőleg arra biztatta a gyülekezet tagjait, hogy ők is ugyanígy jöjjenek felöltözve, azonban senki nem hallgatott a bohókás késztetésre.

Miért történt ez így? Egyik válasz a kérdésre az lehet, hogy az egyházvezetők, papok és teológusok nem akarják tudomásul venni azt, hogy nem elég külsőségekben megújulni, hanem egy mélyebb, radikálisabb megújulásra lenne szükség. Ez csak úgy lehetséges, ha visszatekintenek a kereszténység kezdetéig, amikor már a Jézus keresztre feszítése utáni első évtizedekben elkezdődött a tévedések sorozata.

Egy rövid áttekintése annak, hogy mi is történt 2000 év alatt a kereszténységgel segít talán választ adni arra a kérdésre, hogy **miért BETELJESÜLETLEN A KERESZTÉNYSÉG?**

AZ ŐSEGYHÁZ

A keresztények többsége azt hiszi, hogy az első évszádban egy hitben és szeretetben éltek együtt a keresztények, megosztva mindenüket egymással. Ez azonban csak részben igaz. Valóban voltak ilyen közösségek is, de amint Pál apostol más egyházatyákkal együtt elkezdett gyülekezeteket alapítani, megváltozott a Jézust követők közti hangulat, ami aztán a különböző csoportokra való szakadást okozta.

A farizeus Saulból lett **Pál apostol** alig pár évtizeddel Jézus keresztre feszítése után körbeutazta Kis-Ázsiát, ahol elsősorban az ott levő **zsidó gyülekezetekben hirdette saját „evangéliumát"**. Beszédeinek és leveleinek kiindulópontja az Ótestamentum szerinti zsidó történelem, amelyhez néhány jézusi tant illeszt hozzá. Az *Apostolok cselekedetei* írás szerint ezeket mondta el Pál apostol magáról:

"Én zsidó vagyok, a ciliciai Tarzusban születtem, de ebben a városban (Jeruzsálemben) nevelkedtem fel Gamáliel lábainál. Az ősi törvény szigorúsága szerint tanítottak, és én is oly buzgón ragaszkodtam az Istenhez, mint ma ti mindnyájan.

Halálra üldöztem ennek a tanításnak a híveit, megkötöztem és tömlöcbe vetettem férfiakat és nőket egyaránt... és elmentem Damaszkuszba, hogy az odavalókat is fogva hozzam Jeruzsálembe, büntetés céljából.

Történt azonban menet közben, amint közeledtem Damaszkuszhoz, hogy déltájban hirtelen nagy mennyei világosság sugárzott körül engem.

A földre estem és szót hallottam, amely ezt mondta nekem: Saul, Saul, miért üldözöl engem?

Kicsoda vagy, Uram? – kérdeztem. És ő így felelt: Én vagyok a názáreti Jézus, akit te üldözöl..." (Apostolok cselekedetei 22:3–8)

Ez a damaszkuszi úton történt élmény nagy változást hozott a farizeus Saul, azaz Pál apostol életében. Elhagyta Jeruzsálemet, ahol azelőtt abban reménykedett, hogy feleségül veheti a főpap lányát. Arábiában és Tarsosban tölt több évet, amikor végül cselekedni kezd. Visszajön Jeruzsálembe, mert szeretne Jézus tanítványaival találkozni és beszélni, de azok tartózkodnak tőle, mivel tudják, hogy azelőtt üldözte a Jézus-követőket. Később újra visszatér Jeruzsálembe, és ekkor közelebbi kapcsolatot alakít ki Jézus néhány tanítványával, valamint a jeruzsálemi keresztény gyülekezettel.

Ő is „tanítványokat" gyűjt maga köré. Barabás, Márk és Lukács követik őt és segítik missziós munkájában. Végül nagy tekintélyre tesz Pál szert, ami a későbbi egyházatyák írásaiból is kitűnik.

Pál apostol, aki nem hallgatta Jézus beszédeit, és nem ismerte részletesen annak tanait, kialakítja a saját „evangéliumát", amelyhez olyannyira ragaszkodik, hogy átkot szór arra, aki azt megmásítaná. A Galatákhoz írt levelében olvashatunk erről:

„*Csodálkozom, hogy ilyen hamar elhajoltatok más evangéliumra attól, aki a Krisztus kegyelme által elhívott titeket, holott nincs más (evangélium), csak némelyek zavarnak meg titeket azzal, hogy el akarják ferdíteni a Krisztus evangéliumát.*

De ha még mi magunk vagy mennyei angyal hirdetne is nektek más evangéliumot, mint amit nektek hirdettünk, átok reá!

Ismétlem, amit mondtam: Ha nektek valaki más evangéliumot hirdet, mint amit elfogadtatok, átok reá!" (Galátákhoz írt levél 1: 1–9)

Az az „evangélium", amit Lukács, Márk, Barabás és Pál apostol más tanítványai hirdettek, helyet kapott a kanonizált Újtestamentumban. *Márk és Lukács evangéliuma, Pál összes levelei, az Apostolok cselekedetei*, de még *Máté evangéliuma* is, habár ennek az íróját nem tudják pontosan beazonosítani, olyan írások, amelyeket valószínűleg Pál gyülekezeteiben használtak. *János evangéliuma* azonban nem tartozik ezeknek a sorába, mert írója nem Pál apostol, hanem Jézus követője volt. Jánosról ugyanis tudjuk, hogy ő valóban közel állt a Mesterhez.

János evangéliumát nehezen, csak több átdolgozás után vették be az újtestamentumi szöveggyűjteménybe. A Nag Hammadi írások között János apostolnak olyan lejegyzései vannak, amelyek nem az intézményesített, páli teológiát igazolják, hanem többnyire a gnosztikusok által megfogalmazott gondolatokat. Ez lehet egyik magyarázat arra, hogy miért volt kérdéses az, hogy *János evangéliuma* bekerüljön-e az Újtestamentumba.

Miután a Nag Hammadiban talált írások ismertté váltak a teológusok körében, egyre többen vélik azt, hogy **az intézményesített keresztény egyház nem Jézus egyháza, hanem Pálé**, mivel az ő „evangéliuma", előírásai és szabályai szerint lett az megalapítva és felépítve. Pál követői a zsidó egyházhoz hasonló hierarchikus egyházvezetést hoztak létre, amin belül főpapok (püspökök), papok és diakónusok vették át a vezetést. Az első keresztény gyülekezetekben és a gnosztikusok között nem volt ilyen jellegű tisztségfelosztás.

Pál apostol keveri a zsidó hit- és történelemszemléletet olyan messiási tanokkal, amelyek nem Jézustól származnak. Sajátságos páli tanok azok, amelyeket később az őt követő egyházatyák dogmákká alakítanak ki. E dogmák szerint Isten áldozta fel saját fiát, akinek a vére lemosta az emberek bűneit. Úgy tűnik azonban, hogy még a véres áldozat sem engesztelte ki teljesen Izrael Istenét, mert a páli tanítás szerint Jézusnak, azaz a Messiásnak újra el kell jönnie, hogy ítéljen eleveneket és holtakat. Ezt az istenképet nem ismerjük fel Jézus tanaiban, főleg nem azokban amelyeket legközelebbi tanítványai jegyeztek le, és amelyeket a gnosztikus írásgyűjteményben találunk meg. **A véres áldozat, legyen az állat- vagy emberáldozat, az ótestamentum-kori zsidó vallásnak, valamint az ókor más vallásainak volt szerves része, nem pedig Jézus tanainak.**

Pál, aki nem tud teljesen elrugaszkodni attól a hagyománytól, amelyben azelőtt élt, azon igyekszik, hogy a „régi tömlőbe új bort töltsön". Attól eltekintve azonban, hogy a saját teológiáján kívül nem tűr meg más hirdetést, nagy érdemei vannak Pál apostolnak a kereszténység fennmaradásában és kialakulásában. Fáradhatatlanul utazott és hirdetett zsidók és más népek között, olykor még életét is kockáztatva. Hű akart maradni a zsidó vallás hagyományaihoz, ugyanakkor szerette volna azt fejleszteni és átalakítani, jézusi tanok hozzáadásával. Bizonyos írásokból az derül ki, hogy ismerte és részben elfogadta azt, amit a gnosztikusok hirdettek az Egy Fény Istenről. Közeli tanítványainak beszélt ezekről a dolgokról, de a népnek és a gyülekezetekben saját evangéliumát hirdette. Figyelmesen olvasva írásait illetve leveleit, gnosztikus gondolatokat is fedezhetünk fel azokban.

Pál apostol ahhoz, hogy minél több hívet, legyen az zsidó, vagy nem-zsidó, nyerjen meg, képes volt különböző „identitást" felvenni. Ezt ő maga mondja el a Korinthusiakhoz írt levelében:

„Mindenkivel szemben szabad vagyok, de magamat mindenki szolgájává tettem, hogy minél többeket megnyerjek.

Én a zsidóknak zsidóvá lettem, hogy zsidókat nyerjek meg; a törvény alatt levők számára törvény alatt levővé – noha nem vagyok a törvény alatt –, hogy a törvény alatt levőket megnyerjem.

Törvény nélkül valók számára törvény nélkülivé lettem – noha nem vagyok az Isten törvénye nélkül, hanem Krisztus törvénye alapján állok –, hogy a törvény nélkül valókat megnyerjem.

Az erőtlenek számára erőtlenné lettem, hogy az erőtleneket megnyerjem. **Mindenkinek minden lettem, hogy minden módon minél többet megtartsak.**

Mindezt pedig az evangéliumért teszem, hogy benne részestárs legyek." (Korinthusiakhoz írt 1. levél 9:19–23)

Szigorú szabályokat vezetett be azokban a gyülekezetekben, amelyeket megalapított. A zsidó hagyományhoz ragaszkodott Pál apostol, amikor például a nőknek alárendelt szerepet osztott ki, azt írva a korinthusi gyülekezetnek:

"Tudnotok kell, hogy minden férfinak a feje Krisztus; az asszonynak pedig feje a férfi; Krisztusnak pedig feje az Isten ... Mert nem a férfi van az asszonyból, hanem az asszony a férfiból. Mert nem a férfi teremtetett az asszonyért, hanem az asszony a férfiért." (Korinthusiakhoz írt 1. levél 11:3-9)

Ez az ótestamentumi szemlélet, amely szerint a nő azért lett Ádám oldalbordájából teremtve, hogy a férfit segítse, meghatározza a nők szerepét a páli gyülekezetekben. Erről így ír a korinthusiaknak:

"Mint a szentek gyülekezetében mindenütt, az asszonyok nálatok is hallgassanak a gyülekezetben; mert nem engedhető meg nekik, hogy beszéljenek, hanem engedelmeskedjenek, amint a törvény is mondja.

Ha pedig tanulni akarnak valamit, kérdezzék meg otthon a férjüket, mert illetlen az asszonyoknak beszélni a gyülekezetben." (Korinthusiakhoz írt 1. levél: 14-15)

Pál szabályait alkalmazza az intézményesített, később katolikusoknak (egyetemesnek) nevezett egyház is. Pál szemléletéhez ragaszkodnak azok a pápák és püspökök, akik nem fogadják el a nők egyenrangúságát a férfiakéval, és ezért nem engedik meg nekik, hogy papi szolgálatot végezzenek. Sem Pál apostol, sem a katolikus egyházvezetők nem akarják figyelembe venni azt, hogy Jézusnak hét női tanítványa volt, akik követték, segítették és szolgálták őt. Ezek közül magdalai Mária állt legközelebb hozzá. A Nag Hammadiban talált írások bizonyítják azt, hogy úgy Mária, mint a többi nő, aki követte a Mestert, részt vehetett az Istenről szóló beszélgetésekben a férfi tanítványokkal együtt. A *Jézus Krisztus*

Bölcsessége című írás szerint, a keresztre feszítés után „a tizenkét tanítvány és hét nő továbbra is az ő követői voltak."

A gnosztikus keresztény csoportban teljes egyenlőség volt férfiak és nők között. Minden istentiszteIet előtt sorshúzás által választották ki azokat a személyeket, legyen az nő vagy férfi, akik különböző feladatot kaptak. Egyesek felolvastak valamelyik írásból, mások magyarázták azt. Egyesek tanúságtételt tettek, mások a szeretetvendégségnél segédkeztek. Minden alkalomkor nő és férfi részt vehetett ezekben a feladatokban. **A párhuzamosan kialakuló, hierarchikus, intézményesített katolikus egyház nem nézte jó szemmel a gnosztikusok egyenlőségre alapozott csoportját.** Eretnekeknek nevezték őket, és harcoltak ellenük.

Az intézményesített egyház vezetői, akiket egyházatyáknak is neveznek, szerették, csodálták és követték Pál apostolt.

Antiókiai Ignác püspök (körülbelül 70–108 Kr. u.) ezt írta Pálról az efeziusoknak:

„*Pállal vagytok felszentelve, ővele, aki szent, híres, és aki tanúsít. Az ő lábnyomaiban szeretnék Isten elé lépni...*" (De apostoliska fäderna/ Az apostoli egyházatyák, 85. oldal)

Ignác püspök leveleiből nem csak az tűnik ki, hogy csodálója volt Pálnak, hanem az is, hogy ő volt egyike azoknak, akik az egyházi tisztségek kiépítésén dolgozott. A magnéziai gyülekezetet arra szólítja fel, hogy engedelmeskedjenek a püspöknek:

„*Amint az Úr sem tett semmit magától, vagy az apostolok által, hanem az Atya által, aki őt elküldte, és akivel ő egy volt, úgy ti sem tegyetek semmit a püspök és a presbiterek nélkül.*" (Az apostoli egyházatyák, 93. oldal)

A Smyrnában levő gyülekezetnek azt írja:

"Senki ne tegyen semmit az egyházban püspöki engedély nélkül. Csak az az eukarisztia (úrvacsora) érvényes, amit a püspök, vagy az, akit ő erre kijelölt, szolgáltatja ki azt... Püspöki engedély nélkül nincs megengedve a keresztelés és a szeretetvendégség. Az a helyes, ha Istent és a püspököt vallják. Aki nagyra becsüli a püspököt, azt Isten is fogja becsülni. Aki a püspök háta mögött cselekszik valamit, az az ördögöt szolgálja." (Az apostoli egyházatyák, 111. oldal)

Polykarposz egyházatya, akit valószínűleg 156-ban végeztek ki, magasztos szavakkal dicséri Pált a filippibeliekhez írt levelében:

"Testvéreim, amit a megigazulásról írok, nem magamtól írom, hanem azért, mert megkértetek rá. Sem én, sem a hozzám hasonlók nem tudjuk utánozni a híres Pál bölcsességét..." (Az apostoli atyák, 120. oldal)

Polykarposz egyházatya tehát nem Jézus tanaira hivatkozik, amikor a megigazulásról ír, hanem Pál apostol „bölcsességére".

Annak ellenére, hogy csodálója volt Pálnak, Polykarposz aggodalmát fejezi ki Pál és felesége miatt. Ezt írja egyik levelében:

"Nálatok szolgált Pál, titeket nevez meg levele elején. Büszke rátok, mintha ti lennétek az egyedüli egyház az összes közül, amely Istent ismeri; akkor még nem ismertük őt mi, a többiek. Tehát nagyon aggódom érte és feleségéért. Adjon nekik az Isten igaz megbánást! Ebben a dologban legyetek ti is nagyon mértékletesek. Ne tekintsétek őket ellenségnek, hanem térítsétek őket vissza, mint a szenvedő és eltévelygő tagokat, hogy így mentsétek meg egész testeteket. Ha így tesztek, akkor saját magatokat építitek." (Az apostoli egyházatyák, 122. oldal)

Ebből a textusból nehéz megérteni azt, hogy milyen hibát követhetett el Pál és felesége, és hogy mit kellett volna megbánniuk. Pál apostol leveleiből megértjük, hogy időnként azzal vádolták meg őt, hogy nem volt tisztességes a pénzügyekben. Azon is felháborodtak egyesek, hogy Pál „elcsábította" a nagyon fiatal Teklát, aki aztán hű követője és felesége lett. Az is elképzelhető, hogy időnként elmentek a gnosztikusok összejövetelére, ami aztán az egyházatyák nemtetszését váltotta ki.

Miközben a magukat *„tiszta hitűeknek" (görögül ortho-doxnak)* nevező egyházvezetők azon igyekeztek, hogy megszervezzék és megerősítsék egyházukat, a **másik Jézust követő csoport, a gnosztikusoké, élte a saját keresztényi életét.** Ők nem a Pál apostol és annak munkatársai által terjesztett írások szerint hittek Jézusban és Istenben, hanem azok az írások és tanúbizonyságok alapján, amelyeket Jézus közvetlen tanítványai, vagy az őt hallgató emberek jegyeztek le, vagy mondtak el. Voltak köztük olyanok, akik személyes megtapasztalásról tettek tanúbizonyságot.

A gnosztikusok nem foglalkoztak a zsidók történelmével, és azzal sem, hogy Izrael lenne Isten kiválasztott népe. Ők a láthatatlan Szellem és Jézus mindent átfogó kozmológiájáról elmélkedtek, beszéltek és hirdettek. Jézus tanítványainak a lejegyzéseit, és nem az Ótestamentumot használták, amikor összegyűltek és felolvastak. Szabad szelleműek voltak és a tudásra, *gnózisra alapozták hitüket.* **Jézus, a Világosság Fiában hittek**; az intézményesített egyház tévelygőknek nevezte őket, és addig harcolt ellenük, amíg írásaikat megtiltották, és egyeseket közülük kivégeztek.

Jézus figyelmeztette mostohatestvérét, Jakabot, hogy hagyja el Jeruzsálemet, mert őt is, és más tanítványait is meg fogják ölni ott. A *Jakab első kinyilatkoztatása* írás szerint ezt mondta Jézus Jakabnak:

„*Holnapután letartóztatnak engem, de az én kiszabadításom hamarosan bekövetkezik.*

Én, Jakab azt mondtam: Mester, azt mondod, le fognak tartóztatni. Mit tehetek érted?

Ő azt mondta nekem: Ne aggódj értem, Jakab. Téged is letartóztatnak. **Hagyd el Jeruzsálemet, mert ez a város mindig a keserűség tömlőjét töltötte a világosság gyermekeire. Ez a hely a démonok (arkonok) lakhelye, de a te üdvösséged megszabadít téged tőlük.**" (Jakab első kinyilatkoztatása: 25,9–25,10)

A gnosztikus csoport egyik ismert vezetője **Valentinus** volt. Először az intézményesített egyház vezető tagja, ezért ragaszkodik ahhoz, hogy ő is Pál apostol hagyományának az örököse. Teológiai vitái során elmondja, hogy maga Theudás, Pál apostol egyik követője avatta őt azokba a titkos jézusi tanokba, amelyeket Pál csak legközelebbi tanítványainak adott át. E titkos tanítás szerint Izrael Istene, akit Teremtőnek is hisznek, egy alacsonyabb rendű istenség, egy demiurgos, akit Jézus „a világ fejedelmének" nevezett, és aki úgy uralkodik az Emberiség fölött, mint egy király vagy katonai főparancsnok. A zsidó vallásvezetőket erősen felháborította mindaz, amit a gnosztikusok hirdettek Izrael Istenéről.

Valentinus és követői elutasítják az intézményesített egyház püspökét, mint egyházvetőt. **Iraeneus püspök** (130–202) mondja el azt, hogy Valentinus követői „tiltott találkozásokon jönnek össze", vagyis anélkül, hogy erre a püspök engedélyt adott volna. (Tertullianus, Adversus Valentinianos 3.3.2)

Iraeneus püspök a többi egyházvezetővel együtt szembesül azzal a ténnyel, hogy a gnosztikusok nem akarják az egyházi hatalom alá vetni magukat. Ezt a hatalmat erősítik meg az egyházvezetők, amikor megfogalmazzák az **"Egy Isten – egy püspök"** tant, amely szerint az Egy Istennek csak egy igaz egyháza és egy földi helytartója lehet. Ez nem lehet más, csak az egyház által kijelölt püspök, akit latinul „papának", azaz atyának, később „pápának" neveznek. Iraeneus püspök kijelenti, hogy mindenki alá kell vesse magát a papoknak, mivel ők követik az apostoli hagyományt, és a püspöknek, azaz a pápának, aki tévedhetetlen.

A kereszténység kétezer éves történelmi múltjára visszatekintve szomorúan kell megállapítanunk, hogy azok a **papok, püspökök és pápák, akik évszázadokon át erőszak alkalmazásával terjesztették a kereszténységet,** kiátkozva és kizárva egyházukból mindazokat, akik nem rendelték magukat az ők tanaik és szabályaik alá, **nem követték Jézusnak és apostolainak erőszakmentes hagyományát.** Azt lehetne mondani, hogy inkább az ótestamentumi hagyományt követték azok a püspökök és pápák, akik háborúkat indítottak, és kegyetlen kínzásokra és halálra ítéltek embereket, például az inkvizíció ideje alatt. Nem volt tévedhetetlen, és nem hordozta magában Jézus békés, irgalmasságra és szeretetre buzdító szellemét például IV. Ince pápa, aki 1252-ben kiadta az „Ad exstirpanda" bullát, amely szerint szét kellett zúzni azokat az „eretnekeket", akik elutasították a pápa és az egyház tanait és követelőzéseit.

Az „Ad extirpanda" bulla követői olyan kínzási eszközöket és módszereket találtak ki, amelyek borzalmas kínokat és fájdalmakat okoztak. A „vasszűz" például egy asszonyi test méretének és alakjának megfelelő üres eszköz volt, amelynek oldalaira úgy voltak kések rögzítve, hogy nyomás hatására ezek szét tudták szaggatni a vádlott testét. Ennek a szenteltvízzel meghintett eszköznek a belsejében az „*Egyedül Isten dicsőségére*" (vagy: *Egyedül Istené a dicsőség*) jelmondat volt felírva. Feltevődik a kérdés, hogy milyen isten dicsőségére rendelték el a „Szentatyák" mindezt a sok kegyetlenséget? Bizonyára nem annak az Istennek, aki Fia által azt üzente a földi embereknek, hogy „*Legyetek irgalmasok, amint Atyátok is irgalmas.*" (Lukács 6: 36). Ezek az egyházvezetők, és még sokan mások a történelem folyamán, Mózes „*gyilkoljatok le testvért, barátot és rokont!*" (Mózes 2. könyve 32:27) módszere szerint cselekedtek.

A középkorban folytatott háborúk is azt bizonyítják, hogy az intézményesített egyházvezetők nem a békeszerető Jézusnak, hanem a Seregek Urának, a háborúk istenének a szellemét örökölték. 1179-ben III. Sándor pápa keresztes csapatot küldött a katarok ellen, akiket az egyház eretnekeknek tekintett sajátságos hitük és kultikus szokásaik miatt. Mivel 1179-ben nem tudták a pápa csapatai legyőzni a katarokat, új csapatok indultak 1208-ban ellenük. Arnold, citeauxi apát, aki e keresztes hadjáratot vezette, így számolt be a harcokról III. Ince pápának:

„*A mieink nem néztek se állást, se nemet, se kort, **majdnem húszezer embert lemészároltunk**, amikor az ellenséget rettenetesen levertük. **Az egész várost kirabolták és felgyújtották úgy, hogy az isteni bosszút csodálatosan végrehajtották rajta.***" (Idézet Szimonidesz: A világ vallásai című könyvből)

Arnold apát, aki isteni bosszúnak tekinti a katarok ellen elkövetek vérengzést, abban az Ótestamentum szerinti büntető és bosszúálló Istenben hitt, akinek nevében izraeliták, keresztények és muszlimok háborút, népirtást és terrorcselekményt követnek el. Ézsaiás könyve szerint így szólt a Seregek Ura:

„Jöjjetek ide, népek, halljátok, figyeljetek, nemzetek! Hallja meg a föld, és ami rajta él, a világ és minden szülötte! Megharagudott az Úr minden népre, haragra gerjedt egész seregükre, kiirtja, vágóhídra viszi őket. Az elesettek szétszórva hevernek, bűzt árasztanak a hullák, hegyek olvadnak meg a vértől... **Vért akar inni mennyei kardom**, ezért lesújt Edómra, a népre, amelyet kiirtásra ítéltem. **Az Úr kardja csupa vér...**" (Ézsaiás 34: 1–5)

Ézsaiásnak és a többi prófétáknak, valamint magának a zsidó népnek természetes volt a hol szerető, népét féltő, hol pedig a pusztító, „vérszomjas" Istenben hinni, mivel ez eleme volt vallásos gondolkodásuknak. A mai keresztény embert viszont meglepi az, hogy Jézus Krisztus *egyháza átvette és magáévá tette a bosszúálló és vérszomjas Istenben való hitet, annak ellenére, hogy a Mester egy teljesen más, békeszerető Atyáról hirdetett.*

A REFORMÁCIÓ KORA

A reformáció korában sem bántak kíméletesebben egymással a szembenálló, ki-ki a maga igazságát és tanát védő egyházvezetők és keresztények. Gondoljunk mindazokra, akiket máglyán égettek el, Husz Jánosra és Zwingli Ulrichra például, és azokra a papokra és keresztényekre, akik az ellenreformáció ideje alatt veszítették el életüket. 1525-ben a német parasztlázadás idején **Luther Márton** előbb a lázadó parasztok oldalán állt. Amikor azonban arra a belátásra jutott, hogy „minél inkább intette és tanította őket az ember, annál csökönyösebbek, büszkébbek és eszeveszettebbek lettek" a lázadók, elfogadta – egyes források szerint kérte –, a katonai beavatkozást, aminek következtében egy borzalmas vérfürdő lett a parasztlázadás vége.

Kálvin Jánosról tudjuk, hogy a legistenesebb szándékkal a legtürelmetlenebb törvényeket erőszakolta rá Genf lakosaira. Szervét Mihály ellen, aki a spanyol inkvizíció üldözése elől Genfbe menekült, addig munkálkodott Kálvin János, amíg a tanács kimondta a „lefejezni" ítéletet. Kálvin előre megtervezte Szervét kivégzését, hisz azt mondta: „ha jön s hatalmam lesz hozzá, semmiképp nem tűröm, hogy élve meneküljön."

Amint látjuk, a „Ne ölj!", „Szeresd felebarátodat!", és „Legyetek irgalmasak!" életmentő igéket hatálytalanították a keresztény egyházfők minden olyan esetben, amikor érdekük ezt kívánta.

Pál apostolnak a galatákhoz intézett dorgáló szavaival lehetne megilletni mindazokat az egyházfőket és keresztényeket, akik Isten nevében háborúztak és öltek:

„Óh, esztelen galaták, **ki igézett meg titeket***, hogy az igazságnak ne engedelmeskedjetek! ...Csak azt akarom megtudni tőletek: A törvény cselekvéséből kaptátok-e a Lelket, vagy a hitnek a prédikálásából?* **Ennyire oktalanok vagytok? Amit Lélekben kezdtetek, most testben fejeznétek be? Hiábavaló volt a sok nagy tapasztalás?** *Ha ugyan hiába! Az, aki a Lelket ajándékozza nektek és csodákat művel bennetek, a törvény cselekedetei által*

vagy a hitnek prédikálása által cselekszi-e?" (Galatákhoz írt levél 3: 1–5)

Pál apostol nem látja be, hogy ő maga indította el a „megigézést", azzal, hogy a zsidó hit hagyományát beépítette az új, krisztusi hitrendszerbe. E hagyományt követik azok az egyházvezetők, akik háborút indítanak Isten nevében, és ezt a hagyományt követi Luther Márton, amikor egy asztali beszélgetés alkalmával kifejti véleményét az asszony és a férfi rendeltetésével kapcsolatosan. A reformátor szerint *„Isten azért alkotta a férfit széles mellkassal, és nem széles csípővel, hogy az sok bölcsességet tudjon magába szívni. A férfi esetében az, ami tisztátalanná teszi az embert, egy pici lukon távozik belőle. Az asszony esetében pont fordítva van ez. Ezért van az asszonyban sok tisztátalanság és kevés bölcsesség."* (Martin Luther: BORDSSAMTAL (Asztali beszélgetés), 129. oldal)

Pál apostolhoz hasonlóan, úgy véli Luther, hogy az asszonyok *„csak a háztartásról képesek beszélni még akkor is, ha van szóbőségük. Vannak olyan dolgok, amihez nem értenek. Nagyon bután és zavarosan beszélnek. Ez azért van,* mert **az asszony arra teremtetett, hogy ellása a háztartást, a férfi pedig arra, hogy rendet tartson, irányítson, háborúzzon és ítéljen.**" (Asztali beszélgetés, 128. oldal)

Luther szerint a nő csak egy testi ember, akinek az a rendeltetése, hogy gyermeket szüljön, és a háztartásban dolgozzon. Szerinte a nők nem rendelkeznek értelemmel, és nem képesek Istenről és a felsőbb dimenziókról elmélkedni és azt megérteni. **Luther nem tudja azt**, hogy Jézus nem így gondolkodott a női nemről. Nem tudta például azt, **hogy Jézus tana szerint Éva (Hawah) nem követett el bűnt, amikor a tudás fá-**

jának gyümölcséből evett. **Luther azt sem tudta, hogy magdalai Mária soha nem volt „bukott nő", amint azt a katolikus egyház tanítja, hanem egy magas fokú spiritualitással rendelkező asszony, akit Jézus tisztelt és becsült.**

A Nag Hammadiban talált írásokból világosan kitűnik az, hogy Jézus olyannyira tisztelte és becsülte Mária Magdolna spirituális képességeit, hogy neki több „titkot" fedett fel, mint a többi tanítványnak. Emiatt Péter irigykedett Máriára, akit időnként ellenségesen kezelt. A *Mária evangéliuma* című írás szerint azt mondta Péter Máriának:

„Testvérem, tudjuk, hogy a Megváltó jobban szeretett téged, mint a többi nőt. Mondd el nekünk mindazt, amit a Megváltó neked elmondott, és amiket mi nem tudunk, mivel mi nem hallottuk azokat.

Mária azt mondta: Tanítani foglak benneteket arról, amiről ti nem tudtok. És elkezdett beszélni..." (Mária evangéliuma: Mária megvigasztalja a többi tanítványt, 9,5–14)

Miután Mária elmondta azt, amit tudott, azt mondta András:

„Mondjatok, amit akartok arról, amit ő (Mária) elmondott, de én nem hiszem, hogy a Megváltó mondta volna ezeket, mivel furcsa gondolatok ezek.

Péter, hasonlóképpen megkérdőjelezve a hallottakat, azt kérdezte a Megváltóval kapcsolatosan: Személyesen beszélt egy nővel anélkül, hogy mi tudtunk volna róla? El kell hinnünk azt, amit ő (Mária) mond? Őt választotta volna a Mester helyettünk?

Akkor Mária sírt, és azt mondta Péternek: Testvérem, Péter, mit képzelsz? Azt hiszed, hogy mindezeket én találtam ki, és hogy hazugságot mondanék a Mesterről?

Lévi azt mondta Péternek: Péter, te mindig egy heves (mérges) ember voltál. Most úgy látom, úgy szállsz szembe az asszonnyal, mint ellenségeiddel. **Ha a Megváltó méltónak találta őt, ki vagy te, hogy elutasítod őt?** *Bizonyára teljesen megbízhatóak az ő ismeretei a Megváltóról. Ezért szerette őt jobban, mint minket."* (Mária evangéliuma: A tanítványok vitatják Mária tanítását, 17, 10–19,5)

A *Fülöp evangéliuma* című írásból is kitűnik, hogy Jézus azért szerette jobban Mária Magdolnát, mert ő megértette azt, hogy Jézus a Világosság Fia, miközben a többi tanítványnak a gondolkodását „sötét" lepel fedte be.

„A Megváltó társa magdalai Mária. A Megváltó jobban szerette őt, mint az összes többi tanítványt, és gyakran szájon csókolta őt. Ezt mondták neki a többi tanítványok: Miért szereted őt jobban, mint minket?

A Megváltó válaszolt, ezt mondván nekik: Miért nem ugyanúgy szeretlek benneteket, mint őt? Ha egy vak ember és egy olyan, aki lát, sötétségben vannak, akkor egyformák ők. Amikor eljön a világosság, az, aki lát, meglátja a fényt, miközben a vak ember megmarad a sötétségben." (Fülöp evangéliuma, 63,30–64,9)

Érdekes ez a hasonlat, amely által Jézus a tanítványok kérdésére válaszol. Nem nehéz megérteni azt, hogy a hasonlatban magdalai Mária a „látó", mivel ő Jézusban a Fény Fiát látja, a többi tanítványok pedig a „vakok", akik megmaradnak a sötétségben, mivel nehezen értették meg azt, hogy ki Jézus valójában.

Mindazok a tanítványok, papok és teológusok, akik a péteri „vakságot" örökölték, még ma is hiszik azt, hogy Jézusnak csak férfi tanítványai voltak, és csak ezeknek az apostoli örökösei részesülhetnek a papi szolgálat tisztségében.

MODERN IDŐK

Teológusok és egyetemi professzorok vitatják azt, hogy ki is volt magdalai Mária. Egyesek azt szeretnék bebizonyítani, hogy Jézus szeretője, mások pedig azt, hogy a felesége volt. Annak ellenére, hogy a Nag Hammadi írásokból világosan kiderül, hogy Mária egyike volt Jézus női követőinek, és hogy nem szerelmi, hanem szellemi, spirituális kapcsolat fűzte őket össze, szívesebben foglalkoznak az egyetemi kutatók olyan írásrészletekkel, amelyek Jézus és Mária úgymond „szexuális" kapcsolatát bizonyítják. Gnosztikus írásokból idézik azt, hogy Jézus szájon csókolta Máriát. Azok a teológusok, akik a „szájon csókolást" szexuális kapcsolat bizonyítékának tekintik, nem tudják azt, hogy Jézus saját mostohatestvérét, Jakabot és másokat is szájon csókolt, mert ez volt az élet leheletének, a Szent Szellem átadásának egyik módja.

A szájon csókolás szokás volt az én családomban is gyermekkoromban. Szülők és gyerekek, valamint rokonok szájon csókolták egymást, amikor találkoztak vagy búcsúzkodtak. Meglehet, hogy ez a szokás visszanyúlik sumér, vagy akár ázsiai származásunkig, azaz olyan kultúrákig, amelyekkel Jézus is érintkezett.

Jakab, Jézus mostohatestvére mondja el, hogy Jézus szájon csókolta őt, amikor eljött hozzá:

„Szájon csókolt, megölelt, és azt mondta: Kedvesem! Nézd, fel akarom neked fedni mindazt, amit az egek és azok urai nem ismernek..." (Jakab második kinyilatkoztatása 56,14)

A kereszténység *beteljesületlen marad* mindaddig, amíg tiszteletbeli professzorok és teológusok Jézust és Máriát lejárató dokumentumfilmek gyártásában közreműködnek. Nem Jézus és Mária magasztos spiritualitásával foglalkoznak, hanem szenzációt hajhászó történetekkel, nagy port kavarva fel például egy olyan kis papiruszdarabka körül, amelyet nem tudni ki és hol írt, és amelyen pont az áll, hogy Jézus megcsókolta Máriát. Ilyen papírdarabkára írott szövegből következtetik azt, hogy Mária felesége volt Jézusnak. Ha annyira fontos ez a téma, akkor jobb lenne olyan dokumentumok iránt kutatni, amelyekben esetleg a valóságot írják le.

Azok az írások szerint, amelyeket Indiában és a tibeti Hemis kolostorban őriztek, és amelyeknek titkosított másolata valószínűleg a vatikáni könyvtárban is megtalálható, Jézus valóban feleségül vette Máriát, aki vele ment Indiába a keresztre feszítés után. Ennek a házasságkötésnek az lehetett az indító oka, hogy abban az időben nem illett egy nőnek férfival együtt utazni és annak a közelében élni, ha nem volt annak a felesége.

Beteljesületlen lesz a kereszténység mindaddig, amíg papok és teológusok nem veszik komolyan, nem kutatják és nem tanítják a Nag Hammadiban megtalált, Jézus közvetlen tanítványainak tulajdonított írásokat. **Eljött az idő, hogy ne csak az Újtestamentumban levő írások alapján ismerjük meg Jézust és tanait, hanem azok az írásokon keresztül is, amelyek ezerötszáz éven át el voltak rejtve.**

Beteljesületlen marad a kereszténység mindaddig, amíg olyan Bibliát adnak ki, amelyben nem a Jézusról és tanítványairól szóló apokrif írásokat veszik be, hanem a zsidó történelemről szólókat. Svédországban, amikor 2000-ben új fordításban adták ki a Bibliát, 11 ótestamentumi, a zsidók történetéről szóló írással egészítették ki a Szentírást.

Azt, hogy a Bibliában mennyire kevés a Jézusról szóló írásoknak a száma, a következő képpel szeretném szemléltetni:

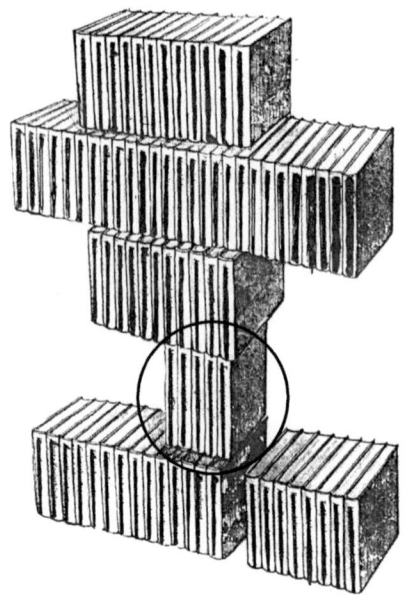

Csak a bekarikázott könyvek szólnak Jézus Krisztusról a Bibliában; a legtöbb írás a zsidók történetét, valamint Pál apostol leveleit tartalmazza.

A kereszténység nem tudott egy igaz, egyetemes vallássá kibontakozni, mivel egymáson uralkodni vágyó egyházvezetők, pápák, püspökök és pátriárkák olyan dogmákat, tanokat és szabályokat találtak ki, amelyek megakadályozták azt. Jézus Krisztus egyháza nem tud beteljesülni és egyetemessé válni addig, amíg a magát egyetemesnek (görög nyelv szerint katolikus) nevező egyház kizárja soraiból mindazokat, akik nem az ők hitrendszerük és szabályaik szerint élnek. E szabályok szerint például elvált szülőknek egy új házasságban született gyermekét nem keresztelik meg; a protestáns felekezetek papjait nem tartják Isten igaz szolgáinak, és legfőképpen a női lelkészeket nem tartják arra méltónak, hogy katolikus papokkal közös úrvacsorában vegyenek részt.

Eljött az ideje annak, hogy a történelmi egyházak vezetői és teológusai szembenézzenek azzal a ténnyel, hogy, cserbenhagyva az eredeti jézusi tanításokat, Pál apostolnak és az ő tanítványainak a tanait vallják és szolgálják.

Jézus tanítása radikális, és fellépése forradalmi volt. Elutasított mindent, ami nem a szeretet, a megbocsátás és irgalom szellemében történik. Ezért helytelen őt, és a hozzá kapcsolódó üdvtörténetet az ótestamentumi erőszakkal és kegyetlenséggel telített történésekkel kapcsolatba hozni.

Az Ótestamentum szerinti Izrael Istene a történelem Ura, aki többnyire büntet, pusztít, azonban féltőn szereti és védelmezi kiválasztott népét, a zsidó népet. II. János Pál pápa Buenos Airesben tett látogatásakor azt mondta, hogy Isten szeretett gyermekei a zsidó nép, a keresztények pedig Isten mostoha gyermekei. Jézus Krisztus nem tett ilyen megkülönböztetést.

Jézus azt hirdeti, hogy Isten, az Egy, a Mindenség Ura, minden Fény és rezgés létrehozója, a szeretet és békesség Istene, a Láthatatlan Szellem, aki körülvesz bennünket, és aki lelkünkben is jelen van. Jézus ennek az Istennek a hirdetésére teszi a hangsúlyt, és nem pedig a zsidó vallás és annak a törvényre alapozott hagyományára.

A kereszténység nem tudott beteljesülni, mert sok minden, amit Jézus elvetett, és ami ellen harcolt, jelentős helyet kapott az intézményesített keresztény egyházban. Jézus harcolt többek között az ótestamentumi törvények formalizmusa ellen. Ennek ellenére a történelmi egyházak vaskos törvénykönyvek szerint szabályozzák az egyházi élet minden apró részletét, ami sok esetben pereskedésekhez és gyűlölethez vezet.

Ezt mondta Jézus, amikor „misszióba" küldte tanítványait:

„Menjetek el, és hirdessétek: egész közel van a mennyek országa! Gyógyítsátok meg a betegeket, támasszatok fel halottakat, tisztítsatok meg leprásokat, űzzetek ki ördögöket. Ingyen kaptátok, ingyen adjátok. Ne szerezzetek se aranyat, se ezüstöt, se rézpénzt az övetekre, se tarisznyát, se két felsőruhát, se sarut, se botot: mert méltó a munkás a kenyerére." (Máté evangéliuma 10:8–10)

Mit valósítanak meg e küldetésből a mai tanítványok, a pápa, a pompában és jólétben élő kardinálisok, érsekek és papok? Hogyan képzelik el a halál után való találkozásukat Istennel és Jézussal azok az egyházvezetők, akik ékes palotákban élnek és az egyház bankszámláin milliárdokat őriznek, miközben több millió keresztény szegénységben és ínségben él?

Beteljesületlen lesz a kereszténység mindaddig, amíg minden ember, legyen az keresztény vagy más vallású, be nem látja azt, hogy ő nem csak test, azaz egy biológiai gépezet, porgubanc, hanem egy olyan szellemlény is, akinek halála után vissza kell térnie eredetéhez, Istenhez, aki minden Fény és rezgés Létrehozója. Ennek a visszatérésnek azonban az a feltétele, hogy a Szeretet és a Fény vonzáskörében élje le földi életét.

Pál apostol írja a korinthusiaknak, hogy *"vannak mennyei testek és földi testek; de más a mennyeiek fényessége, más a földieké."* (Korinthusiakhoz írt 1. levél 15:40)

BEFEJEZÉS

ÉGI LÉNYEK ÉS ANGYALOK

A láthatatlan, más világban való hit azért nem könnyű, mert a mai ember bizonyítékot kér olyan dolgokról, amelyeket igazából csak megélni, és nem bizonyítani lehet. A kételkedők megkérdőjeleznek mindent, ami az ők felfogásuk szerint ellentmond a természet törvényeinek. Elvetik még a gondolatát is annak, hogy a Világmindenségben létezhetnek olyan valóságok, dimenziók, amelyek más, általunk nem ismert törvények szerint működnek. Azt mondják, hogy az ő „hitük" tudományos kutatásokra van alapozva. Elfelejtik azonban azt, hogy a tudósok is csak részigazságokat fogalmaznak meg a látható és láthatatlan világról, mivel nincs lehetőségük mindenről tudást és bizonyítékot szerezni.

Azok, akik nem zárják ki azt a lehetőséget, hogy a világ több annál, mint amit látunk, különösebb bizonyíték nélkül el tudják fogadni a transzcendentális, azaz az érzékfölötti valóságot.

Nagy része az embereknek nem akar hit- és természetfölötti kérdésekkel foglalkozni, azonban megrémül és meglepődik, ha olyan dolgokat tapasztal meg, amely a földi valóságon túlmutat. Ezek sorába tartoznak azok, akiknek váratlanul egy halálközeli, vagy más, megmagyarázhatatlan élményben van részük. Sokan mesélnek például arról, hogy **őrzőangyaluk jelent meg**, vagy segített nekik egy szorult helyzetben.

Angyalok, vagy más égi lények megjelenéséről árulkodnak azok az ősidőkben készített rajzok és festmények, amelyeket temetkezési helyeken és barlangokban találtak a kutatók. Érdekes megfigyelni azt, hogy ezeket a jelenségeket nem egyformán értelmezik a különböző vallású és kultúrával rendelkező népek.

Az Ótestamentumban is találunk számos, angyalokkal kapcsolatos leírást. A legismertebb arkangyalok közé tartozik Mihály arkangyal, Gábriel, Rafael, Uriel és más arkangyal. Az újtestamentumi *Jelenések könyve* című írásban olyan angyali intéseket olvashatunk, amelyek az ótestamentumi haragos és bosszúálló Izrael Istenére emlékeztetnek. Például az egyik angyal vészjósló intése szerint, az, aki tévelyeg, *„inni fog az Isten haragjának borából, amely elegyítetlenül tölti meg az ő haragjának poharát, és kénköves tűzben fog gyötrődni a szent angyalok és a Bárány orcája előtt. Kínjaik füstje felszáll örökkön örökké, és nem lesz nyugalmuk sem éjjel, sem nappal azoknak, akik imádják a vadállatot, és az ő képét, és akik felveszik az ő nevének bélyegét."* (Jelenések könyve 14:9–11)

A Jelenések könyvének szerzője az ótestamentumi istenképhez akar hű maradni, amikor így fogalmazza meg az angyalokkal kapcsolatos látomását:

„Ezután másik nagy és csodálatos jelt láttam a menyben: Hét angyalt, akiknél a hét utolsó csapás volt; ezek által lett teljessé az Isten haragja." (Jelenések könyve 15:1)

Az átlagember nem olyan angyalokban hisz, akik Isten haragját töltik be és csapásokat mérnek a Földre és az Emberiségre. **Őrzőangyalokról** mesélnek mindazok, akik egy szorult helyzetben valamiképpen segítséget kaptak mennyei lényektől. Sok esetben csak egy, de van, amikor egy egész sereg angyalt lát valaki.

Az őrzőangyalokban való hit természetes része volt a kereszténységnek egészen a reformáció koráig, amikor Luther Márton és más reformátorok megkérdőjeleztek minden olyan jelenségben való hitet, ami nem a Biblián alapszik. Nem gondoltak arra, hogy az emberek hitét és transzcendentális élményét nem lehet szigorú tanok és dogmák által meghatározni.

Sem egyházi szabály, sem a tudósok ellenvetései nem tudják meggátolni az őrzőangyalokban való hitet, főleg akkor, amikor az embereknek saját megtapasztalásban van részük. Így volt ezzel a Svédországban élő **Inger Waern** asszony is, aki először nem merte a nyilvánosság elé tárni mindazokat az őrzőangyal-jelenéseket, amelyeket megtapasztalt. Attól félt, hogy egyházi körökben elítélik, az emberek pedig kinevetik őt, ha elmondja, amit látott és hallott. Ő maga sem értette az elején, hogy miért kellett neki ezeket a jelenéseket megtapasztalnia. Sokáig küzdött azzal a kérdéssel, hogy mi is az ő dolga a világban, és hogy mit is kezdjen ezekkel az élményekkel. Végül megértette, hogy nem csak saját élményeivel kell foglalkoznia, hanem a más emberek által elmondott megtapasztalásokról kell írnia. Újságokon és más médiákon keresztül kérte azokat, akiknek őrzőangyallal vagy más égi lénnyel kapcsolatos megtapasztalásban volt részük, hogy levélben vagy személyesen vegyék fel vele a kapcsolatot. Rengeteg levelet és telefonhívást kapott, így aztán bőséges anyag gyűlt össze ahhoz, hogy a **Találkozás az angyalokkal – svéd emberek elbeszélé-**

se szerint (Möte med änglar – Svenskar berättar) című könyvét megírja.

E könyvből idézek egy pár olyan elbeszélést, amelyeket svéd emberek meséltek el Inger Waernnek küldött levélben.

Egy **Lena** nevű svéd asszony írja a következő történetet: *"El szeretném mesélni azt a különös élményt, amiben gyerekkoromban volt részem.*

Négy vagy öt barátommal játszottam a kertünkben levő pinceveremben, ahol szüleim burgonyát tároltak. A ládákon ültünk és egy asztalt veregettünk azokkal a botokkal, amelyeket előzőleg az erdőben szedtünk. Csintalanságunkat nagyon viccesnek találtuk.

Hirtelen arra figyeltünk fel, hogy angyalok állnak mögöttünk. Teljesen és világosan láttuk őket. Megijedtünk és kirohantunk, aztán szaladtunk le a dombon, miközben azt kiabáltuk: Angyalok! Angyalok! Anyámhoz szaladtunk és ordítva mondtuk el neki azt, hogy angyalokat láttunk a pincében. Anyám azt gondolta, hogy képzelődtünk; próbált bennünket lenyugtatni, mivel nagyon megrendültek voltunk.

Este, amikor apám hazajött a munkából, elmondta neki anyám, hogy mi, a gyerekek angyalokat láttunk a pincében. Apám mindjárt kiment, hogy megnézze, milyen állapotban hagytuk a pincét. Nagyon meglepődött, amikor látta, hogy a pince be volt omolva.

Apám és anyám hálás volt az őrzőangyaloknak, mivel megjelenésükkel megijesztettek bennünket és így nem történt bajunk, amikor a pince beomlott." (Találkozás az angyalokkal, 35. oldal)

Egy másik asszony, **Elsa** arról mesél, hogy egy angyalsereget látott megjelenni körülbelül ugyanabban az időpontban, amikor anyja egy távollevő kórházban meghalt:

„Amit itt most elmesélek, az 1920-as évek végén történt. Nyolcan voltunk testvérek, és én tizenkét éves voltam, amikor anyám súlyosan megbetegedett. Kórházba vitték, de nem lett jobban. Apám gyakran látogatta őt.

Egy este – pontosan emlékszem, hogy hétfő volt – úgy nyolc óra körül épp majdnem elaludtam, amikor hirtelen egy angyalsereget láttam az ég felé repülni. Ekkor teljesen éber lettem, és arra gondoltam, hogy remélhetőleg nem anyámat vitték az angyalok az égbe.

Fél órára rá telefonüzenetet kaptunk apánktól, aki a kórházban volt, hogy anyánk nyolc órakor meghalt. Nagy csapás volt ez apánkra, és miránk, gyerekekre... Anya csak 10 napig volt beteg, amikor 46 évesen elhunyt... Arra gondoltam aztán, hogy az angyalsereg elkísérte anyámat a másvilágra. Ez erőt és vigasztalást adott nekem a nagy szomorúságomban." (Találkozás az angyalokkal, 64. oldal)

Tove asszony elmondja azt, hogy mi történt vele, amikor tizenegy éves korában súlyosan megbetegedett:

„Tizenegy éves voltam, amikor időnként erős vakbélfájdalmaim voltak. Hol jól, hol rosszul éreztem magam. Mivel aztán egyre rosszabb lett az állapotom, úgy döntöttek az orvosok, hogy megműtenek. Megadták az időpontot, hogy mikor fog erre sor kerülni, de én nem nagyon akartam a kórházba bemenni, mert nagyon féltem.

A műtét előtti estén épp készültem lefeküdni, amikor úgy hallottam, hogy valaki a hátam mögött osonva közeledik hozzám. Az gondoltam, hogy anyám akar megviccelni, hogy jobb kedvem legyen... De amikor hirtelen megfordultam, nem anyámat, hanem egy nagy fehér angyalt láttam ott állni.

Soha nem láttam azelőtt angyalt, ezért nagyon megijedtem, és nagyot kiáltottam. Akkor az angyal eltűnt, én pedig rohantam anyámhoz, hogy elmondjam neki, hogy mit lát-

tam. Ő azt mondta, hogy az angyal azért jött, hogy vigyázzon rám és őrködjön felettem.

Másnap, minden félelmem ellenére, bementem a kórházba. A műtétkor alig találták meg az erősen begyulladt vakbelemet. Ezenkívül hashártyagyulladásom is volt; majdnem meghaltam. Amikor állapotom mélypontján voltam, azt láttam, hogy fehér égi lények szinte védőbástyaként vesznek körül engem. Minden nehézség ellenére aztán kezdtem jobban lenni, de időbe tellett, amíg teljesen meggyógyultam.

Mindez nagyon sok évvel ezelőtt történt, de még ma is meg vagyok arról győződve, hogy angyalok vigyáztak rám, amikor legveszélyesebb állapotban voltam." (Találkozás az angyalokkal, 54. oldal)

Nem angyalokkal való találkozásról ír az a **Bengt** nevű apa, akinek súlyos szívbeteg fia megmagyarázhatatlan módon teljesen meggyógyult:

„1979-et írtunk, amikor négyéves kisfiunkat a gyermekklinikára vittük egy általános rutin kivizsgálásra, ahol aztán az orvos aggódva közölte velünk, hogy gyermekünknek súlyos szívbetegsége van. Szívnagyobbodást, és az egyik szívbillentyűben lyukat állapítottak meg az orvosok. Azt mondták, műtét által tudnak a gyereken segíteni. Hosszú időn keresztül tett kórházlátogatások és kivizsgálások után közölték velünk, hogy egy bizonyos időn belül a szívműtétnek meg kell történnie, és hogy azt az uppsalai Akadémiai Kórházban fogják elvégezni. Nagyon el voltam keseredve, annál is inkább, mert anyám is szívbetegségben halt meg, amikor 18 éves voltam.

Kisfiam, aki nagyon hitt Jézusban, sokszor kérte, hogy imádkozzak érte, amit természetesen folyamatosan tettem, mivel jómagam is hívő ember vagyok. A gyerek fejére tettem a kezem és azt mondtam: Jézus nevében kérem, hogy gyógyulj meg...

A műtétre való utazás előtti estén sétálni mentem a kisfiammal. Hirtelen azt mondta nekem a gyerek: Apa, nem kell Uppsalába utaznunk, mert Jézus már elintézte ezt.

Szinte most is hallom szavait, amelyek képszerűen hatottak rám. Azt mondtam neki, hogy ha még hisszük is azt, hogy Jézus meggyógyította őt, el kell mennünk Uppsalába, hogy az orvosok megvizsgálják.

Miután egy kardiológus alaposan megvizsgálta a gyereket a kórházban, meglepődve közölte velünk, hogy a kisfiam teljesen egészséges. Zavart lettem, mert még ha kitartóan is imádkoztam, alig tudtam elhinni azt, amit az orvos mondott.

Ez alkalommal nem röntgenezték meg a kisfiamat, így nem voltam biztos az orvos által megadott diagnózisban. Az, ami történt, szinte hihetetlen volt számomra, annak ellenére, hogy Jézusban való hitben élek.

Felhívtam egy másik orvost, aki legelőször vizsgálta meg fiamat, és az azt mondta, hogy ő teljesen megbízik kollégájában. Azonban mégis úgy döntött, hogy új röntgenfelvételt készítenek.

Miután ez megtörtént, összehasonlították a különböző röntgenfelvételeket. Egy szerda este felhívott az orvos, és azt mondta, hogy még nem tudja az eredményt közölni, mert más kollégákkal is meg kell beszélnie az esetet. Aztán szombat este újra felhívott és a feleségemmel beszélt.

Ezt mondta az orvos szó szerint: Igazuk van az uppsalai orvosoknak, de ne kérje azt, hogy magyarázatot adjak. Az Önök fia egy új szívet kapott, és nem értem, hogy történhetett meg ez. Nincs sem orvosi, sem emberi magyarázat rá, egyszerűen csak az van, hogy az Önök fia egy új szívet kapott, és most teljesen egészséges." (Találkozás az angyalokkal, 120. oldal)

Megszámlálhatatlan beszámoló van angyalokkal való találkozásról, megmagyarázhatatlan gyógyulásról, és más olyan jelenségről, amely gyökeres változást okoz az emberek életében. Ennek ellenére a kételkedőkben felmerül az a kérdés, hogy miért csak egyes emberek lesznek meggyógyítva, és miért tudnak a gonosz erők Földünkön duhajkodni?

A válasz az lehet, hogy Földünk, valamint az emberi élet, nem más, mint ellentétes, a jó és a rossz erők kozmikus „harctere". Van, amikor akaratunk ellenére kerülünk be a csatába, legtöbbször azonban nekünk kell eldöntenünk, hogy a szeretet és a békesség, azaz az Egy, Fény Isten oldalára akarunk-e állni, vagy hagyjuk magunkat a negatív, sátáni erők által befolyásolni, és legyőzni. Ugyanakkor a jó és a rossz megtapasztalása része lehet annak az „életiskolának", amit minden embernek végig kell járnia. Egy súlyos betegség vagy egy más nehéz helyzet olyan élettapasztalatot, vagy akár tudást is adhat, amely lelki fejlődésünk szempontjából hasznos lehet.

Időnként meg kell tapasztalnunk, Jézushoz hasonlóan, hogy a mennybe vezető út olykor a nehézségeken, „a poklon" át vezet. **Jézus kitartóan és bizakodva járta végig földi útját és végezte a rábízott feladatot.** Betegeket gyógyított, tömegeket tanított és olykor csodálatos módon betekintést adott a más, láthatatlan világok titkaiba. **Tette ezt azáltal, hogy a más dimenziók törvényeit ismerve frekvenciát változtatott, és földi palástját levetvén, Fénylényként mutatta meg magát.** Mindez félelmet és gyanakvást keltett a zsidó vallásvezetők körében, ezért testét keresztre feszítették. A mennyei, spirituális lényét, amely örök, nem tudták azonban megsebezni.

A Világmindenség titkairól tanított Jézus anélkül, hogy atomrészecskékről, leptonokról és protonokról beszélt volna, és anélkül, hogy milliárdokat érő kutatóintézetekben szerzett volna ismereteket. Ismerte a látható és láthatatlan világ és a Fény titkait. Azt hirdette, hogy minden ember magában hordozza az isteni szikrát, a szellemet és azt a Fényt, amelynek iránytűként kellene működnie bennünk, mivel ez vezet minket vissza eredetünkhöz, Istenhez, az Egyhez, akinél mindeneknek a kezdete és vége van. Ennek az isteni szikrának, Fénynek a fő tulajdonsága a SZERETET, az a szeretet, amelyet nem lehet földi eszközökkel megmérni. Jézus Krisztus közvetítette ezt a szeretetet, tanítványait is arra biztatva, hogy szeressék egymást:

„*Új parancsolatot adok nektek, hogy egymást szeressétek; amint én szerettelek titeket, ti is úgy szeressétek egymást.*

Arról ismeri meg mindenki, hogy tanítványaim vagytok, ha egymást szeretitek." (János evangéliuma 13:34)

IRODALOM - REFERENCIA

Biblia - Károli Gáspár fordításában
Biblia, kiadva a Magyar Bibliatanács megbízásából, Budapest, 1975
Balogh Béla: A végső valóság, Bioenergetic Kft. kiadásában, 2002
Paul Davis: Gud och den nya fysiken (Isten és az új fizika), Prisma kiadó, Stockholm, 1987
Gary Zukav: Den dansande Wu-li mästarna (A táncoló Wu-Li mesterek), Askild & Kännefull kiadó
The Nag Hammadi Scriptures - The Revised and Uppdated Translation of Sacred Gnostic Texts (A Nag Hammadi írások), Marvin Meyer nemzetközi kiadásában, 2008
Pagels, Elaine: De gnostiska evangelierna (A gnosztikus evangéliumok) Wahlström & Widstrand kiadó
JESUS - The Unauthorised Version (Jézus - a nem egyházi írások szerint), Profile Books 2006
Einhorn, Lena: Vad hände på vägen till Damaskus? (Mi történt a damaszkuszi úton?), Nordsteds kiadó, Stockholm 2007
Dan Millma és Doug Childers: Gudomligt ingripande - Mirakel... (Isten beavatkozik - Csodák...), 2000 Egmont Richter AB, Malmö

Ljungman, Ulrika: Padre Pio av Pietralcina, Artos & Norma kiadó, 2002

PIO atya világa (3 kötet) – Szerkesztette és fordította Tekulics Judit, Etalon kiadó, 2011

PIO atya levelei – Egy misztikus szent vallomásai lelki vezetőihez, kiadta MÉCS Családközösségek, Budapest, 2008, fordította Ménesiné Mezősi Krisztina

Madame Katharina Tangari: TÖRTÉNETEK PIO ATYÁRÓL, Etalon Kiadó, 2009

Don Gabriele Amorth: PIO ATYA, miként én ismertem, kiadta IHTYS 2015, Nagyvárad

Pio atya breváriuma, Szent Gellért Kiadó és nyomda

Morcaldi, Cleonice: ÉLETEM PIO ATYA KÖZELÉBEN, Etalon Kiadó, 2008, Tekulics Judit fordításában

Gunnar Hillerdal/ Bengt Gustafsson: De såg och hörde Jesus (Ők látták és hallották Jézust), Verbum kiadó, 1973

Hillerdal, Gunnar: Så ger sig Gud till känna (Így fedi fel magát Isten), Proprins kiadó, 1988

Eben Alexander: Till himlen och tillbaka (A mennyország létezik), Forum kiadó, Svédország, 2014

Betty J. Eadie: Omsluten av Ljuset (Átölelt a Fény), Forum kiadó, 1995, Svédország

Moody, Raymond A.: Ljuset ur tunneln (Fény az alagútban), Natur och Kultur kiadó, 1988, Svédország

Chopra, Deepak: Life After Death – The Burden Proof (A halál utáni élet), Damm kiadó Kft., Malmö, 2007

Waern, Inger: Möte med änglar – Svenskar berättar (Találkozás az angyalokkal – a svédek mesélik), Libris kiadó, Örebro, 1998

Stroebel, Lee: Fallet Jezus (Jézus esete), Libris, 2002

Tabor, James D.: Jesus Dynastin – Juden Jesus och hans religion (A Jézus Dinasztia – A zsidó Jézus és vallása), Schibsted kiadó, 2007

Woodrow, Ralph Edward: Babylon misztériumvallása régen és ma, Lantec Verlag, Germany, 1992

Dr. Zakar András: A sumér hitvilág és a Biblia, N.Y. USA, 1973

Gilgamesh eposet (Gilgámes eposza), Natur & Kultur kiadó, Svédország, 2001

Kanaaneiska myter och legender (Kánaáni mítoszok és legendák) ugaritból fordította Ola Wikander, Wahlström&Widstrand kiadó

De Apostoliska Fäderna (Az apostoli egyházatyák), Verbum kiadó, Stockholm, 1992

A Szentírás Magyarázata – Jubileumi Kommentár, Budapest, 1981

Cardier, Jean: Kálvin – Egy Ember Isten igájában, Budapest, 1994

Cullman, Oscar: Az Újszövetség Krisztológiája, Budapest, 1990

Kálvin János: Tanítás a keresztyén vallásra, Budapest, 1986

Virág Jenő: dr. Luther Márton önmagáról, Ordas Lajos Baráti Kör kiadásában

Martin Luthers Bordssamtal (Luther Márton asztali beszélgetései), Svédország

FATIMÁRÓL beszél Lucia nővér – Portugálból fordították és sajtó alá rendezték P. Kondor Lajos SVD és Ruttmayer Ince OSB.

Szimonidesz Lajos: A világ vallásai, Budapest, 1988

Google – Wikipedia – Internet

A kiadó

*Aki feladja,
hogy jobbá váljon,
feladta,
hogy jobb legyen!*

E mottó alapján a novum publishing kiadó célja az új kéziratok felkutatása, megjelentetése, és szerzőik hosszútávú segítése. Az 1997-ben alapított, többszörösen kitüntetett kiadó az egyik legjelentősebb, újdonsült szerzőkre specializálódott kiadónak számít többek között Ausztriában, Németországban és Svájcban.

Valamennyi új kézirat rövid időn belül egy ingyenes, kötelezettségek nélküli kiadói véleményezésen esik át.

További információkat a kiadóról és a könyvekről az alábbi oldalon talál:

w w w . n o v u m p u b l i s h i n g . h u